DER STURM
BEGINNT

MARCEL ZENTRICH

Dieses Buch widme ich meiner Verlobten Lisa-Maria Schindler, der ich dieses vollendete Werk zu verdanken habe, war sie es doch, die mich von Anfang an beim Schreiben meines ersten Romans unterstützte, Korrektur las, mir Hinweise gab und mich immer wieder motivierte, durchzuhalten und bis zur allerletzten Seite weiterzuschreiben. Dank ihrer Treue und dem Glauben an mich, habe ich unser Ziel nunmehr erreicht.

Vorwort

Immer wieder entdecke ich in Bibliotheken und Büchereien Werke englischer, französischer oder auch spanischer Geschichte. Romane berichten von ihren Helden, wie sie sich in historischen Schlachten einen Namen machen. So zum Beispiel Cato, Soldat der römischen Armee aus den Bänden von Simon Scarrow, Hornblower von C. S. Forester, ein Seeheld der Royal Navy oder aber Bernard Cornwall's Romane über den englischen Schützen Richard Sharpe, dessen sämtliche Werke ich von klein auf gelesen habe.

Ich muss gestehen, es sind *seine* Werke, die mich zu dieser Buchreihe führten. Meine Faszination über die Geschichte eines einfachen Soldaten, der es schaffte, zu Zeiten der napoleonischen Kriege Offizier in der britischen Armee zu werden, ist so groß, dass ich nach dem letzten Band der Sharpe - Serie anfing, selbst eine Geschichte zu schreiben, eine Geschichte, die auf wahren Begebenheiten beruht. Die Geschichte meines eigenen Helden, -Sven Eriksson. Motiviert wurde ich von der Idee, endlich einmal auch die Schweden in Romanen zu erwähnen. Bis in das frühe achtzehnte Jahrhundert hinein war jene Nation eine wahre Großmacht, einige sprechen sogar von einer Supermacht, deren Prestige, Projektion und Legitimität einzig und allein vom schwedischen Militär ausging. Dieses zählte in jenen Tagen zu den Fortschrittlichsten der Welt mit einer Präzision an taktischer Genauigkeit und technischem

Wissen, die seinesgleichen suchte. Namen, wie Gustav II Adolf oder Karl XII. tauchen in vielen Geschichtsbüchern auf, erzählen uns heute von deren Leben als schwedische Herrscher, voll von Abenteuergeist und Tatendrang. „Karoliner" ist über viele Jahre hinweg ein, für die einen, gefürchtetes Wort, für die anderen Ausdruck wahrer Stärke. Es sind Zeiten großer Themen, wie der Aufklärung, der Religionskriege, Zeiten voller Intrigen und vieler Geheimnisse. Vor allem aber ist es die Zeit der Kriege, eine Zeit, in der Soldaten Geschichte schreiben.

Im dreißigjährigen Krieg kämpften die Schweden auf der Seite der Protestanten im Konflikt mit dem katholischen Kaiserhaus Österreich. Davor und danach kam es immer wieder zu Auseinandersetzungen zwischen den Schweden und den Dänen zu Lande wie auch zu Wasser. Zu oft wurden Kriege gewonnen, zu viel Land erobert und zu oft fanden die Gewinner ein trauriges Ende!

Ich möchte den Lesern zeigen, dass auch die Schweden einen Platz in heroischen Romanen verdienen, ganz einfach aus dem Grund, weil sie es verdient haben!

Dank der Idee Sven Erikssons habe ich die Möglichkeit erhalten, dieses Wunschdenken in die Wirklichkeit umzusetzen.

Nun war da natürlich die Frage, wo ich anfangen sollte. Seit dem dreißigjährigen Krieg schrieb Schwedens Militär Geschichte gestützt von herausragenden Siegen aber auch verheerenden Niederlagen. Doch auf die Frage fand ich schnell eine Antwort. Das meiste, was man über das schwedische Militärwesen und sein damaliges Genie erfahren kann, findet sich in der Zeit des *Großen Nordischen Krieges*. Von 1700 bis 1721 kam es zu unendlich vielen Scharmützeln gefolgt von großen Schlachten. Einige sollten erwähnt werden, andere hingegen nicht unbedingt.

Wichtig dabei ist aber das Ausmaß des Krieges, der nicht nur den Untergang eines Großreichs bedeutete, sondern einem anderen dessen Aufstieg!
Doch bis dahin bleibt viel Zeit, um klein anzufangen, mit der Geschichte zu beginnen im November des Jahres 1700, als sich Sven Eriksson aufmacht zu seinem ersten Abenteuer, -*Narva*!

Prolog

Die Luft war feucht und die Nebelschwaden hingen schwer in der Luft. Seit Tagen sahen die Soldaten keinen blauen Himmel mehr. Selbst die Sonne kam nicht durch den dichten Schleier hindurch. Kein Wind war zu spüren, kein Vogel zwitscherte, es war die düstere Zeit des sich nähernden russischen Winters, Anfang November um genau zu sein.
Kapten Björn Olsson starrte durch den Nebel hindurch Richtung Wasser und erkannte plötzlich den Umriss eines Beibootes, welches von *Sjörmanners* mit langen Rudern Richtung Pier gefahren wurde. Es war schon das achte Boot, das Björn Olsson zählte. Wie schon zuvor saßen die Soldaten seiner Kompanie auch in diesem dicht an dicht in der Mitte, die Hände an den Musketen und die Blicke ins Nichts starrend. Schweigend kamen sie näher und warteten, bis ein, zwei *Sjörmanners* die Taue um einen der Poller warfen und das Boot an die Kaimauer heranzogen. Dann, wie schon zuvor bei den anderen Einheiten standen Reihe um Reihe der Soldaten auf und stiegen über die Reling an Land, wo sie sich zugleich in Formation aufstellten.
„Das Letzte", sagte der Kapten etwas genervt zu seinem Untergebenen, dem Förste Sergeant Lasse Larsson, der mit einer Liste unter dem Arm bei ihm stand.
Acht Boote brachten nach und nach die einhundertfünfzig Mann starke Kompanie von der Fregatte *Schonen* an Land. Je zu zwanzig Soldaten wurden Stück für Stück übergesetzt, während das letzte Boot die noch verbliebenen zehn Kameraden holte.

Durch ihre geringe Anzahl verlief das letzte Manöver wesentlich schneller als die Vorangegangenen.
Nachdem nun alle angetreten waren, schritten der Kapten und sein Förste Sergeant die Reihen ab und ließen durchzählen. Sergeant Nilsson trat vor und meldete alle einhundertfünfzig Mann vollzählig angetreten und reihte sich wieder ein, nachdem er salutiert hatte.
Björn Olsson öffnete seine Tasche, aus der er sein Befehlsschreiben hervorholte, las darin und richtete sich dann an seine Kompanie. „Wir haben Befehl, hier ein Feldlager aufzuschlagen und zu warten, bis die restlichen Kompanien eingetroffen sind! Danach sollen wir abrücken! Sergeants, lassen sie ihre Männer das Lager aufschlagen und stellen sie Wachposten auf! Niemand entfernt sich vom Lager ohne meinen ausdrücklichen Befehl, verstanden? Gut! Und noch etwas, Pernau wird erst einmal gemieden, das gilt auch für die Herrn Offiziere! Weggetreten!"
Während die Sergeants wie angeordnet ihre Befehle ausführten, richtete sich Olssons Blick auf die Stadt. Obwohl des dichten Nebels waren einige der entfernten Häuser von Pernau auszumachen, so auch die Kirche, dessen gewaltiger Turm über die Nebeldecke hinauszuragen schien.
„Larsson, bitte sorgen Sie dafür, dass mein Zelt hergerichtet wird und meine Sachen bis Einbruch der Dunkelheit vollzählig eingetroffen sind, das wäre dann vorerst alles, danke!" Mit einem steifen Gruß verabschiedete sich der Förste Sergeant und Olsson stand allein auf der Pier, den Blick erneut auf das Wasser gerichtet.
Vor zwei Wochen wurden die vier Kompanien des ersten Bataillons von ihrer Garnisonsstadt Ombergsheden nach Stockholm befohlen, von wo aus sie eingeschifft und mit mehreren Schiffen

ins schwedische Livland übergesetzt wurden, so auch seine Kompanie auf der Fregatte *Schonen*. Seit der letzten Auseinandersetzung mit den Dänen und deren erfolgreicher Belagerung Kopenhagens war nunmehr Schweden führende Seemacht im Ostseeraum und nach siegreicher Bekämpfung der dänischen Marine konnten die Truppenkontingente ohne größere Probleme ins ferne Livland übergesetzt werden. Als sie dann an jenem Morgen die Hafenstadt Pernau erreichten, ging es sofort daran, Mensch, Tier und Material von Bord zu schaffen, um möglichst unbemerkt vor ihrem Gegner, den Russen, zu bleiben. Zusammen mit den anderen drei Kompanien bildeten sie vier zusammen das erste Bataillon, des in den vergangenen Kriegen bekannt gewordenen *Närke -Värmland -Regiments*, dessen Sitz einst in Ombergsheden, jetzt in Pernau lag. Kapten Björn Olsson diente schon lange beim Militär. Er war bereits mit dreizehn Jahren Soldat bei der Artillerie geworden, wurde dann vor gut neun Jahren zur dritten Kompanie des *Närke- Värmlands* versetzt, wo er jetzt schwedische Infanterie befehligte. Er kannte seine Jungs, kannte ihre Stärken und Schwächen und ihren Kampfgeist. Er redete sich immer ein, sie seien Schweden, sie seien seine Heimat und wo sie waren, war Schweden immer bei ihnen. Von den anderen Kompanien hielt er nichts, da sie nicht die seinen waren. Egal, was seine Männer taten, sie mussten stets besser sein, besser in allem! Im Marschieren, im Formaldienst, im Fechten, im Reiten, selbst beim Reinigen! Doch so streng er einst auch gewesen war, man merkte ihm sein Alter an und mit der Zeit wurde er warmherziger. Alles in Allem für seine Kompanie ein guter Vater, der, wenn er musste, dennoch die volle Härte des schwedischen Militärwesens seinen Kindern einzuprügeln verstand.

Plötzlich wurde er aus den Gedanken gerissen, als die Kirchenglocken andeuteten, dass es bereits achtzehn Uhr war. Schnell zog sich Olsson seinen Dreispitz auf den Kopf, strich sein schwarzes Haar hinter die Ohren und schritt zu seinem Pferd, der Fuchsstute, die er seit einem Jahr besaß. Ein Geschenk seiner nunmehr verstorbenen Mutter. Ein wirklich treues Tier, robust und gleichzeitig feinfühlig.

Olsson packte die Zügel bei der Hand, rief noch einigen Unteroffizieren letzte Anordnungen zu und machte sich dann auf den Weg. Er hatte noch einen Auftrag zu erfüllen...

Kapitel I

Sven Eriksson stöhnte, als ihm die schwere Zeltplane aus den Händen viel. „Du musst schon mal mit anpacken, Nalle", sagte er. „Alleine schaffe ich es nicht, diese verdammte Plane wiegt einfach zu viel."
Nalle Halsson lachte auf, als er in das wehleidige Gesicht des jungen Soldaten blickte.
„Haha, sehr komisch, jetzt pack doch mal mit an, verdammt!"
Sven reichte seinem Freund ein festes Ende und zusammen gelang es ihnen, den schweren Stoff über das Gestell zu spannen. Während Nalle die verbliebenen Heringe in den Boden stampfte, machte Sven sich daran, ihre Provianttaschen und Waffen geordnet in ihrem Zelt zu verstauen.
Sven Eriksson, gerade einmal siebzehn Jahre alt, wurde von seinem Vater zum Militärdienst gepresst, eigentlich wollte er lieber Farmer werden, wie sein bester Schulfreund Finn, doch da sein Vater beim Militär gedient hatte und dessen Vater vor ihm, so musste nun auch er selbst in die Dienste des Landes treten.
Vor gut einem halben Jahr verließ er seine Heimat Varmland und meldete sich in der Garnisonsstadt Ombergsheden, wo er zum *Karoliner*, dem schwedischen Infanteristen gedrillt wurde.
Anfangs noch unbeholfen, änderte sich seine Meinung zum Militärleben. Er fand endlich Abstand zu seinem Vater, mit dem er sich nie gut verstanden hatte, starb doch seine Mutter bei seiner Geburt; der Vater gab ihm, Sven Eriksson, die Schuld

daran. Sein Bruder war im vergangenen Krieg gegen die Dänen ums Leben gekommen und somit hielt Sven nichts mehr im Elternhaus. Außerdem lernte er gute Freunde bei der Armee kennen, Freunde wie Nalle oder Träumer wie Mats, der sich immer ein gehobenes Leben im Palast wünschte. Auch mit seinen Vorgesetzten kam Sven gut aus, Sergeant Nilsson, der gerade einmal drei Jahre älter war als er selber und auch andere. Einzig bei Sergeant Radick und Utritt stieß er ständig auf Ärger. Daher hielt er sich die meiste Zeit über fern von Ihnen, denn sobald irgendwer in ihrer Nähe aufzufinden war, fingen beide Sergeants an, diese zu erniedrigen und zu verspotten, um zu hänseln, um zu lästern und Ärger zu schüren.

Radick und Utritt waren zum Militärdienst gepresst worden, nachdem sie beim Stehlen erwischt wurden. Man hatte sie vor die Wahl gestellt, Militärdienst oder Tod durch den Strick. Also schrieben sich beide in die Armee ein und wurden vergangenes Jahr nach vierjährigem Dienst zu Sergeants befördert.

Sven musste sich ducken, als er durch die Zeltplane ins Innere schlüpfte, denn mit seinen einmeterachtzig war er nicht gerade klein. Viele Schweden verkörpern ja das Bild eines blondhaarigen Mannes mit blauen Augen, bei Sven Eriksson waren die Haare jedoch dunkelbraun. Nur die dunkelblauen Augen seiner Mutter hatte er mit vielen anderen gleich. Früher, als er noch jünger war, hatte er blonde Haare gehabt, doch mit der Zeit wurden sie immer dunkler. Jetzt sind sie fast schwarz. Was seine Haarfarbe von den meisten unterschied, wurde aber von seinem typischen Aussehen wett gemacht. Die Haare lang, lose getragen oder nach hinten gekämmt und mit einem schwarzen Band verbunden, ein noch in der Entwicklung stehender Vollbart, schlank mit breiten Schultern. Seine Größe verlieh ihm bei einigen Respekt, doch die meisten interessierte die Größe herzlich wenig. Für sie war wichtig, ob sich ein Soldat schon in der Schlacht bewährt hatte. Svens *Mutprobe* sollte noch kommen. Im Vorteil zu vielen anderen konnte Sven lesen und schreiben, sein Freund Finn aus Nilsby, hatte es ihm einst beigebracht, dessen Vater Lehrer war. Durch dieses Können musste Sven immer wieder hinter dem Schreibtisch Briefe verfassen, Proviantlisten führen und einiges mehr, je nachdem, was vorlag.

Gerade verteilte er Stroh auf den Zeltboden, als Nalle hereinkam. „Das Teil steht endlich! Ich glaube, so wie ich diese Heringe in den Boden getreten habe, könnte wohl nicht einmal ein Orkan das Ding umreißen! Hast du meine Tasche mit 'reingeholt?" Sven nickte und zeigte auf die rechte Seite, wo er ordentlich Nalles Sachen gestapelt hatte.

Eine Stunde später war alles erledigt. Das Zelt stand, die Feldbetten waren aufgestellt und ihre Waffen gereinigt und ordentlich verstaut. Es war mittlerweile stockfinster geworden, die Lagerfeuer knisterten vor den aufgereihten Zelten, versprachen etwas Wärme und spendeten Licht. Während Sven in einem Buch herumblätterte, starrte Nalle an die Zeltplane. „Glaubst du, wir werden diesen *Iwan* bald kennenlernen?" Sven klappte das Buch zu und dachte kurz darüber nach. „Ich denke schon, Russland ist nicht weit von hier und wer weiß, wo der Feind mittlerweile ist. Vielleicht sehen wir ihn ja schon in wenigen Wochen."

„Ich habe noch nie einen Russen gesehen", bemerkte Nalle.

Das wird sich bald ändern, dachte sich Sven im Stillen. Während er so darüber grübelte, wie es wohl in einer echten

Schlacht zu sich gehe, fing Nalle bereits an zu schnarchen. Kurze Zeit darauf nickte auch Sven langsam ein. Bald würde seine Bewährung kommen...

Björn Olsson erreichte indessen sein Ziel. Ein großes Stadthaus in Pernau nicht weit vom Marktplatz entfernt. Seine Stute gab er einem Stallburschen, der für einen *Riksdaler* versprach, dass Pferd unterzubringen und zu versorgen. Während das Pferd weggeführt wurde, stieg Olsson eine Treppe zu dem Stadthaus hinauf und klopfte an die große Eingangstür. Diese wurde wenig später geöffnet und eine ältere Frau trat hervor, „Ja?"
„Sind sie Yva Rehnskiöld?" Die Frau blickte Olsson einen Moment lang an, bemerkte dann den abgenommenen Dreispitz und die Uniform, die unter dem schweren dunklen Mantel hervorlugte. „Ja, was wollen sie denn von meinem Mann", wollte die Frau wissen.
„Kapten Björn Olsson ist mein Name. Ich habe eine Verabredung mit ihrem verehrten Herrn Gatten."
„Ich wusste gar nicht, dass Carl heute noch jemanden erwartet, einen Moment bitte." Die Frau verschwand wieder im Haus, während Olsson ungeduldig an der halb offenen Tür stand. Er blickte sich um und erkannte, dass die Straßen menschenleer waren. Selbst der Marktplatz schien verlassen. Ein kalter Windzug stieß ihm ins Gesicht. Es war kalt, kalt und feucht. Im Sommer musste die Stadt ein tolles, lebhaftes Bild abgeben, doch jetzt im näherkommenden Winter schien sie wie ausgestorben und finster mit ihren grauen Fassaden.
Plötzlich wurde die Tür aufgeschoben und ein Mann in herausragender Uniform trat nach draußen. „Sie sind Kapten Björn Olsson", verlangte er zu wissen.

„Jawohl, Herr Fältmarskalk. Hier sind meine Befehle", Olsson salutierte, gab dann Carl Rehnskiöld seine Papiere und machte einen Schritt zurück.

„Kommen sie am besten ins Haus, dann können wir uns in Ruhe in meinem Arbeitszimmer unterhalten", bot der Fältmarskalk an und ohne auf eine Antwort zu warten, drehte er sich um und ging hinein. Björn Olsson folgte ihm. Vorsichtig schloss er die Haustür, durchquerte einen langen Flur, deren Wände mit großen Gemälden behangen waren. Seine Motive waren Zeugen vergangener Schlachten. Eines dieser Gemälde fiel Olsson sofort auf. Es war das Hinterste im Flur. Auf ihm erkannte er die Schlacht bei Lützen, in der ihr alter König Gustav II Adolf im Kampf ums Leben kam, als ihn eine Kugel traf. Björn selbst kannte die Geschichten dieser bedeutsamen Schlacht besser als viele andere, denn sein Großvater der damals Major der Fußartillerie war, erlebte die Schlacht am eigenen Leibe mit. Als Kind hörte er sich immer die Erzählungen seines Vaters an, die jener von seinem Vater hatte. Daher wusste Björn Olsson fast alles, was sich in der Schlacht zugetragen hatte.

Er folgte Carl Rehnskiöld nach oben, durchschritt einen weiteren Flur, an dem mehrere Türen anschlossen. Das fade Licht der Kerzen ließ nur wenig von der eigentlichen Größe des Hauses offenbaren, dennoch musste es gewaltig sein, dachte sich Olsson.

Der Fältmarskalk öffnete eine Tür und bat den Kapten mit einem Winken zu sich herein. „Die Sachen können Sie in der Ecke dorthin ablegen." Mit den Sachen meinte er Degen, Mantel und den Dreispitz des Kaptens.

Während sich Carl Rehnskiöld an seinen Schreibtisch begab, sah sich Olsson beim Ablegen seiner Uniformbestände im Raum um.

Das Zimmer war erstaunlich hell erleuchtet, was wohl von den vielen Kerzen kommen musste, die auf dem großen ovalen Tisch in der Mitte standen und überall an den Wänden hingen. Hinter dem massiven eichernen Schreibtisch, an dem der Fältmarskalk gerade Platz nahm, brannten in hellem kräftigen Schein Feuerscheite in einem Kamin, der dem Raum schon alleine genügend Licht gespendet hätte, auch ohne Kerzen. In der Mitte über dem ovalen Tisch hing ein gewaltiger Kronleuchter und an der linken Wand stand eine Standarte, wohl ein Relikt des Fältmarskalks von einer seiner früheren Einheiten, in denen er einmal gedient hatte.

Olsson begab sich an den Schreibtisch und setzte sich auf den ihm zugewiesenen Stuhl gegenüber von Carl Rehnskiöld. Er beobachtete, wie dieser sein Schreiben öffnete und darin eine Weile las. „Sie wissen, warum Sie zu mir geschickt wurden", fragte Rehnskiöld plötzlich.

Olsson schien überrascht, der plötzlichen Frage wegen. „Bitte?"

„Ich meine", antwortete der Fältmarskalk, „warum ausgerechnet S*ie* im Range eines Kaptens zu mir befohlen wurden, anstelle eines Översten oder gar eines Komendörs?"

„Nein, das weiß ich leider nicht", gestand der Kapten knapp.

„Sie sind hier, da Sie einen für Schweden und für den König wichtigen Auftrag mit Ihrer Kompanie ausführen sollen." Carl Rehnskiöld studierte das Gesicht des Kaptens und sah immer noch Unverständlichkeit in seinem Ausdruck. „Sie sollen als Vorhut, zusammen mit dem Generalmajor Georg Johann Maydell und dem Stab Karls XII. voraus marschieren und die nachrückenden Truppenverbände sichern." Er ließ den soeben genannten Befehl Björn Olsson erst einmal in sich aufnehmen, bevor er fortfuhr.

„In den nächsten Tagen werden wir nach Reval verlegen. Während die Hauptstreitmacht dort verharrt, rücken Ihre Truppen vor, Richtung Narva. Ich bin ehrlich zu Ihnen, der Weg wird ausgesprochen schwer werden. Mehrere Höhenzüge sind zu überwinden und niemand weiß, wann genau die Russen die Wege kreuzen könnten. Wir wissen nur, dass der russische General Alexander Imeretski Narva belagert und das mit einer enormen Truppenstärke! Wir schätzen die Zahlen seiner Armee auf etwa vierzigtausend Mann. Wie Sie wohl wissen, verfügt unser Heer gerade einmal über knapp zehntausend Soldaten, was nicht annähernd ausreicht, um den *Iwan* im offenen Felde zu schlagen. Karl XII. hat vor, mit der gesamten Streitmacht baldmöglichst auf Narva zu zumarschieren, den Feind dort schnell und überraschend zu schlagen und die Belagerung aufzuheben. Doch damit diesem Plan Erfolg zugesprochen werden kann, darf kein Russe von diesem Vorhaben erfahren. Unsere einzige Chance liegt in einem Überraschungsangriff, Olsson. Ihre Aufgabe wird es sein, genau dies zu gewährleisten! Schalten Sie jede russische Vorhut aus. Keiner darf entkommen und mögliche Informationen an den Feind tragen, haben Sie das verstanden?"
Olsson nickte, überrascht von der ihm anvertrauten Aufgabe.
„Da wäre noch etwas, ich bräuchte ein paar wenige Männer aus Ihrer Kompanie, einige, denen Sie trauen können, sagen wir...zwei. Deren Aufgabe soll darin bestehen, die für Ihre Truppenteile vorgesehene Route auszumachen, welche dann die achthundert Mann unbemerkt nahe an die feindlichen Linien bringen kann."
„Ich werde mich selbstverständlich darum kümmern, Ihnen und mir Männer zu geben, die dieser Aufgabe gewachsen sind...

Dürfte ich noch eine Frage stellen?"
„Aber selbstverständlich doch, was wollen Sie wissen", verlangte der Fältmarskalk zu erfahren.
Olsson räusperte sich: „Sie sprachen soeben von achthundert Mann. Verzeihen Sie die Frage, aber meine Kompanie besteht aus einhundertfünfzig Soldaten..., wer soll uns noch begleiten?"
„Der König selbst machte den Vorschlag vom ersten Bataillon, dem *Sie* mit Ihrer Einheit unterstellt sind, jede einhundertfünfzig Mann starke Kompanie auszusenden, um den Auftrag auszuführen. Zusätzlich kommen zu den nunmehr sechshundert Mann noch etwa zweihundert aus des Königs Stab hinzu, sowie der Generalstab des Generalmajors, also insgesamt achthundert Mann. Da der König höchstselbst den Vorschlag machte und wir unsererseits ebenfalls im kriegserfahrenen ersten Bataillon die Richtigen für diese Aufgabe sahen, entschieden wir uns, diesem Wunsche Folge zu leisten."
„Mit Verlaub, ich verstehe nur nicht, warum ich, ein Kapten, den Befehl erhalte, warum nicht jemand anderes? Und an wen soll ich mich richten?"
Carl Rehnskiöld blätterte in den Papieren herum, die Björn Olsson ihm übergeben hatte. „Ursprünglich war Overstelötnant Rorsten Hasselröck geplant, doch der fällt krankheitsbedingt aus. Da fiel die Wahl als nächstes auf *Sie*. Sie dienen bereits neunundzwanzig Jahre?"
Olsson nickte zustimmend. „Dann wissen Sie auch, dass Sie sich einen reichen Erfahrungsschatz angehäuft haben und mit vielen schwierigen Situationen fertig werden können?"
„Ich gehe davon aus, jawohl."
„Dann ist entschieden, dass *Sie* das Kommando für diese Mis-

sion übernehmen! Die anderen Kompanien sind Ihnen unterstellt. Deren Gruppenführer haben Ihre Befehle zu befolgen, selbst wenn sie von den Dienstgraden höher stehen, denn Sie als Kapten! Sie unterstehen einzig dem Generalstab unter Georg Johann Maydell."
Der Fältmarskalk öffnete seine rechte Schublade und holte einen versiegelten Brief hervor, den er Olsson überreichte. „Dies sind Ihre Befehle und gleichzeitig eine Vollmacht, die es Ihnen erlaubt, in Notfällen Gebrauch davon zu machen. Falls irgendjemand auf seinen Rang bestehen sollte, legen Sie ihm diese Papiere vor, die belegen, dass Sie die Vollmachten durch den König selbst erhalten haben und Vorgesetztenfunktionen ausüben dürfen! Morgen um sieben melden Sie sich bei dem Generalmajor im Quartier und nehmen gleich Ihre *Auserwählten* mit. Ach ja, und melden Sie sich pünktlich bei ihm, er hasst Unpünktlichkeit!"
Olsson verstand, nahm die Befehle entgegen, die ihm Carl Rehnskiöld hinhielt und verabschiedete sich dann sogleich. Er nahm sein Hab und Gut und verließ das Arbeitszimmer. Auf dem Weg nach draußen traf er noch einmal auf Yva Rehnskiöld und verabschiedete sich auch von ihr.
Vor der Tür hatte der Stallbursche bereits sein Pferd gesattelt und stand mit den Zügeln in der Hand vor dem Eingang am Fuße der Treppe. Olsson band sich seinen Degen um, setzte den Dreispitz auf und zog sich seinen Mantel über. Vorsichtig verstaute er seine Befehle in der Satteltasche und machte sich dann auf zurück zum Lager. Morgen würde er mit seinen *Auserwählten* beim Generalmajor vorstellig werden und übermorgen wahrscheinlich schon auf dem Weg zum Feind sein.

Und was seine *Auserwählten* anging, so wusste der Kapten schon genau, wer dafür in Frage kommen würde. Die Armen würden allen Gefahren ausgesetzt sein, womöglich sterben, doch falls sie überlebten, würden ihnen Ruhm und Ehre zu Teil werden und die Dankbarkeit des Königs selbst! ...

Sven Eriksson schnallte gerade bei Nalle die beiden cremefarbenen Ledergurte um und überprüfte im Lichtschein des Lagerfeuers noch einmal die Festigkeit der Patronentasche auf der einen und jene des Rapiers auf der anderen Seite. Es war stockfinster. Vor zehn Minuten hatte sie Sergeant Nilsson geweckt und ihnen beiden befohlen, sich frisch zu machen und auszurüsten. Gleich wolle sie jemand abholen.
„Hast du meinen Dreispitz gesehen? Ich finde ihn irgendwie nicht in dieser verdammten Dunkelheit", beschwerte sich Nalle.
„Der lag gestern noch auf deiner Porvianttasche im Zelt."
„Warte kurz... ah ja, du hast recht, da ist er ja! Weißt du, wer uns gleich abholen soll? Und vor allem, wieso schlafen alle anderen noch, verdammt!"
Da Sven keine Ahnung hatte, was sie beide gleich erwarten würde, zog er es vor zu schweigen.
Plötzlich vernahm er Schritte, die aus der Dunkelheit näherkamen. Dann machte er die Silhouetten mehrerer Musketen aus, dessen Läufe im Feuerschein aufleuchteten. Und dann standen sie vor ihnen. Nalle erkannte den Kapten zuerst und salutierte. Sven tat es ihm gleich, richtete dann aber seinen Blick auf die vier fremden Gestalten. Es waren keine Männer seiner Einheit, soviel stand fest. Aber wer waren sie und was sollte das alles? Der Kapten meldete sich zu Wort: „Seid ihr abmarschbereit?"

Beide nickten und Sven fügte hastig ein *jawohl* hinzu. „Dann kommt mit, aber verhaltet euch ruhig. Niemand muss wissen, was wir hier machen und wohin es geht."
Gehorsam folgten alle sechs Soldaten schweigend ihrem Vorgesetzten weg vom Lager hin zu einer Lichtung, an der sieben Pferde an Pflöcken festgemacht waren. Im schwachen Licht erkannte Sven die fuchsbraune Stute seines Kaptens. Olsson drehte sich zu seinen Männern um: „Jeder schnappt sich jetzt ein Pferd und dann reiten wir!"
Aber wohin, fragte sich Sven im Stillen, er war verwirrt. Warum die Heimlichtuerei? Wieso nur sie, was war mit den anderen der Kompanie? Wer waren die vier Fremden hier, die sich gerade daran machten, aufzusitzen? Er hatte keine andere Wahl, als ihrem Beispiel zu folgen und sich auf das letzte der sieben Pferde zu setzten. Er redete sich ein, dass er ja bald erfahren würde, was hier vor sich ging. Sodann ritten sie zu siebt ihrem ungewissen Ziel entgegen.

Nach knapp zwanzig Minuten langsamen Ritts erreichten sie ihren Bestimmungsort. Ein längliches Zelt, von wenigen Kleineren umgeben, an dessen Eingang zwei Wachen standen, die nun ihrerseits gerade die Papiere von Björn Olsson entgegennahmen und ins Innere des Zeltes brachten.
Gerade erschien Nalle aus dem Dunkeln, nachdem er die Pferde festgemacht und versorgt hatte, als die Soldaten wieder aus dem Zelt traten und dem Kapten seine Papiere zurückgaben. Dann wurde ihnen allen Einlass gewährt.
Sven trat als letztes ein, nahm seinen Dreispitz ab und gesellte sich zu den anderen. Der Feldtisch in der Mitte strotze nur so vor Landkarten und Briefen, die verstreut von dem Kerzenlicht

angestrahlt wurden. Überall im Raum standen hohe Offiziere verteilt und beäugten neugierig die Fremden. Sven machte unter ihnen mehrere Överste aus, sogar einen Brigadgeneral, doch haften blieb sein Blick auf den großen, ordentlich gekleideten Mann in der Mitte des Zeltinneren. Er trug langes blondes Haar mit einer Schleife hinten zusammengebunden. Er hatte ein frisch rasiertes und gepflegtes Gesicht und seine blauen scharfen Augen schienen jeden zu durchleuchten. Sven schätzte seine Größe auf gut einmeterneunzig, wenn nicht mehr. An der Seite trug er einen Degen, dessen vergoldeter Griff, sowie sein Portepee nur von großem Reichtum zeugen konnten. Sonst machte aber fast nichts an ihm erkenntlich, wen genau er verkörperte und was seine Funktion in der schwedischen Armee war. Er trug einen langen schwarzen Mantel unter dessen Oberfläche eine beiche Weste zum Vorschein kam. Die Hose und seine kniehohen Stiefel waren, wie der Mantel selbst schwarz. An den Hacken trug er Sporen und auf dem Kopf einen besonderen Dreispitz mit weißer Befederung an den Kanten, das einzige Indiz, dass er wohl Soldat sein musste. Sven wusste, dass nur hohe Offiziere Federschmuck auf der Kopfbedeckung trugen und er hatte recht damit, denn gerade, als er den Gedanken zu Ende gesponnen hatte, stellte sich der Mann als Generalmajor Georg Johann Maydell vor.

„Meine Herren. Ihr wisst alle, warum ihr hier seid", wollte dieser nunmehr wissen und Kapten Björn Olssons Reaktion machte deutlich, dass er seine kleine Truppe noch nicht eingeweiht hatte. „Nun gut, somit obliegt es an mir, euch aufzuklären! Das ihr heute so früh alleine und hoffentlich ungesehen den Weg zu mir angetreten habt, ist natürlich kein Zufall und unsererseits geplant gewesen, um euch hier und jetzt Befehle auszustellen. Seine

Majestät, König Karl XII., hat entscheiden, dem Russen *ordentlich eins auf die Nüsse zu geben!* Er will ihm einen schweren Schlag versetzen, sozusagen. Ihr seid diejenigen, den der Auftrag zufällt, voraus zu reiten und unsere Vorhut vor dem Feind zu verbergen. Tötet jeden, der versucht, Informationen an den Russen weiterzugeben! Bleibt ungesehen, verhaltet euch unauffällig. Nutzt nicht die Wege, sondern bewegt euch abseits. Niemand darf wissen, dass es euch überhaupt gibt. Euer Kapten Björn Olsson hier hat euch nicht zufällig ausgewählt. Er sollte Männer finden, denen er diese Aufgabe zumutet und wie es scheint, seid ihr diese Männer!"

Er, warum denn Sven Eriksson, warum er, der gerade einmal ein halbes Jahr diente und komplett unerfahren ist, fragte er sich im Stillen. *Und was ist mit Nalle, er ist kaum länger Soldat als er selbst.*

„Ihr dürft niemanden auch nur ein Wort davon erzählen, absolut niemanden! Der Kapten Olsson, meine Wenigkeit und ein paar wenige Offiziere des Generalstabs sind die einzigen, die von eurer Existenz und eurer Mission wissen. Vergesst nicht, ihr seid des Königs ganze Hoffnung! Wenn ihr euren Auftrag gewissenhaft ausführt und erfolgreich beendet, ist dies wahrscheinlich der Schlüssel zum Erfolg! Kapten Olsson ist nunmehr euer einziger Vorgesetzter. Ihr seid ausschließlich ihm unterstellt und hört auf niemand anderen. Seine Befehle erhält er von uns. Ihr befolgt sie, egal wie eigentümlich sie auch manchmal erscheinen werden!... Gut, wenn das geklärt ist, Herr Kapten, übernehmen sie den Trupp. Lassen sie ihre Männer reisefertig machen und morgen in der Früh aufbrechen. Hier sind ihre genauen Anweisungen, halten sie sich daran!"

Olsson nahm das Schreiben entgegen, salutierte, die anderen taten es ihm gleich und dann traten die sieben aus dem Zelt ins Freie.
Mittlerweile war die Morgendämmerung angebrochen und ein blaugrauer Schein verdrängte langsam die Finsternis der Nacht. Es war immer noch so kalt wie an den Vortagen, aber wenigstens schien die Luft nicht mehr so feucht zu sein. Vielleicht würde es ja heute keinen Nebel mehr geben. Die Zeichen dafür standen gut.
Der Kapten führte seine kleine Gruppe weg vom Zelt zu ihren Pferden, die Nalle vor einigen Minuten an den Pflöcken festgemacht hatte. Dort ließ er sie antreten.
„So, nun wisst ihr, warum ihr hier seid. In euch wird hohes Vertrauen gesetzt, also enttäuscht mich nicht! Morgen um diese Zeit werdet ihr aufbrechen. Rüstet euch mit allem ein, was ihr benötigt, Verpflegung, Munition. Sven, du nimmst noch Papier und Feder und Tinte mit, um gegebenenfalls Informationen an uns weiterzutragen, verstanden? Klariert eure Waffen, putzt und reinigt eure Musketen, überprüft noch einmal die Vollzähligkeit in euren Munitionstaschen und schärft noch einmal eure Rapiere. Ihr werdet sicher bald Gebrauch von ihnen machen müssen.
Nalle, Sven, ihr kommt noch einmal zu mir, so gegen vierzehn Uhr, verstanden? … Dann macht euch jetzt auf eure Tiere und reitet zurück zu euren Kompanien. Wir sehen uns dann morgen früh."

Die Stadtkirche von Pernau schlug zwölf, als Sven und Nalle vor ihrem Zelt saßen und gerade an ihren Musketenschlössern die Schrauben für die Feuersteine am Abzugshahn kontrollierten und ölten. In einer halben Stunde sollte die dritte Kompanie im

Gefechtsanzug auf dem Übungsfeld antreten. Sven, der immer noch zu verstehen versuchte, warum ausgerechnet er und Nalle solch eine verantwortungsvolle Aufgabe erhielten, rubbelte gerade krampfhaft mit einen Ledertuch über die Zündplatte. Nalle fühlte sich genauso unwissend und keiner der beiden hatte die vergangene Stunde ein Wort gewechselt.
Plötzlich hielt Sven inne und starrte zu seinem Freund, der immer noch damit beschäftigt war, die Schraube des Hahns zu ölen. „Ich verstehe das einfach nicht", posaunte Sven geradewegs heraus. „Wieso denn nur wir? Den ganzen Morgen stelle ich mir schon diese blöde Frage und noch immer fehlt mir die geringste Spur einer möglichen Antwort!"
Nalle blickte auf und sein Blick suchte die Ferne. „Ich verstehe das doch auch nicht", gestand er ein. „Wir sind mit die am kürzesten dienenden Soldaten in unserer Kompanie, das macht alles keinen Sinn! Warum haben sie nicht Linus oder Thore genommen, die dienen immerhin schon eine halbe Ewigkeit und verstehen was von ihrem Handwerk!"
Sven zuckte nur mit den Schultern. „Ich nehme an, der Grund für das alles wird uns nachher bei unser'm Kapten erklärt werden, deswegen will er uns ja wohl auch sehen, denke ich. Bis dahin sollten wir aber schleunigst sehen, dass wir zum Übungsfeld kommen, die Hälfte von unserer Kompanie ist schon dort! Also schnapp dir deine Waffe und vergiss nicht wieder deinen Gurt mit der Patronentasche, wie beim letzten Mal!"
Sodann machten sich beide auf den Weg mit den restlichen ihrer Kameraden zum Übungsfeld. Dieses war nicht mehr als ein unbestellter Acker, eine von Unkraut und Maulwurfshügeln überdeckte Ebene, dessen matschiger Boden nunmehr durch die Kälte der vergangenen Tage festgefroren und ausgehärtet war.

Ein Trompetensignal erschallte, das Zeichen zum Sammeln und sogleich machten sich die Männer daran, in Linie zu sechs Gliedern anzutreten. Es benötigte einige Zeit, bis die gesamte Einheit in Stellung gebracht war.
Insgesamt bestand die Kompanie aus drei *Peletonen* zu je achtundvierzig Mann. Links und rechts bestehend aus Grenadieren, die Elite der Truppe und das mittlere *Peleton* aus einfachen Musketieren. Drei der Unteroffiziere standen noch in der Mitte, während der Vierte, der dienstälteste Sergeant die Truppenfahne hielt. In wenigen Augenblicken würden sie sich auf ihre Stationen verteilen.
Löjtnant Linus Kalle, seit vier Jahren bei der Dritten, trat vor und betrachtete die aufgestellte Linie. „Karoliner! Ihr alle wisst, warum wir hier sind! Ihr alle kennt den Auftrag! Wir stehen einem weit überlegenen Feind gegenüber! Dreimal so viele Männer, ein unendlich weites Land und mächtige Verbündete im Nacken, doch vergesst eines nicht, ihr werdet nicht grundlos Karoliner genannt! Ihr seid gefürchtet, werdet respektiert und geachtet! In ganz Europa wirft man neidische Blicke auf euch, auf euren Kampfgeist, eure Ausdauer und auf euren Wagemut! Doch Respekt alleine reicht nicht! Ihr müsst gegen einen Berg voller Männer antreten, mutiger Männer, die glauben, für das Richtige zu kämpfen. Unsere Unterlegenheit muss wett gemacht werden durch Drill und Disziplin!" Löjtnant Linus Kalle wartete einen Augenblick, bis jeder seine Worte verarbeitet hatte. „Sehen wir mal, aus welchem Holz ihr geschnitzt seid, Förste Sergeant Larsson, mit dem Schießtraining beginnen!"
Dieser seinerseits trat vor und rief den Sergeants ihre Befehle zu: „Sergeants Gustafsson, Utritt, Radick, Nilsson; dritte Kompanie feuerbereit machen! Es werden drei Salven gefeuert. Achtet auf

Geschwindigkeit, aber vor allem auf Präzision!...Nun denn, ausführen!"
Sogleich verteilten sich die Sergeants auf ihre Posten, der gesamten Länge nach an der Kompanie, um später beim Ausrufen der Befehle wie eine einzelne Person zu wirken. Sergeant Gustafsson verblieb mit der Truppenfahne in der Mitte, ebenso Sergeant Utritt. Beide zusammen führten das mittlere *Peleton* an, indem sich auch Sven und Nalle befanden. Sergeant Nilsson übernahm die Grenadiere zur rechten -und Radick die zur linken Seite. Gleich würden sie ihre Befehle den einzelnen Abteilungen zurufen. Während Sergeant Gustafsson die Truppenfahne hielt, hob sein Nachbar, Sergeant Utritt die *Hellebarde* in die Luft, ein einmeterachtzig langer Holzschaft, an dessen Ende eine aus Eisen geschwungene Spitze befestigt war. Diese, den Unteroffizier kennzeichnend, senkte er nun wieder und brüllte sogleich: „Dritte Kompanie bereit machen zum Feuern!"
Nervös wackelte Nalle mit den Beinen, während Sven angestrengt auf den nächsten Befehl wartete. Seine geschulterte Muskete drückte an seinem Schlüsselbein.
„Kompanie... laden!"
Sogleich ließen die Soldaten der vordersten, zweiten und dritten Reihe ihre Kolben auf den Boden fallen, hielten mit der linken Hand den Schaft der Muskete, während die anderen aus der Munitionstasche die erste Patrone holten. Diese bestand aus einem Papiertrichter, in dessen Innern sich das Schwarzpulver, sowie die Musketenkugel befand. Sven biss gerade das obere Ende des Papiers auf und füllte seine Zündpfanne mit ein wenig Schießpulver, nachdem er die immerhin fast fünf Kilogramm schwere und etwa einmeterfünfzig lange Muskete zu sich angehoben hatte. Er schmeckte den bitteren Geschmack des

Pulvers auf seiner Zunge, als er den Verschluss nach hinten zog, um somit das Ausweichen des Pulvers auf der Zündplatte zu verhindern. Er ließ den Kolben der Waffe wieder auf den Boden fallen, sodass er nunmehr den Rest des Pulvers und die Kugel mitsamt dem Papier in den Lauf der Muskete stopfen konnte. Sven zog den Ladestock aus der Halterung unterhalb der Waffe und stopfte mit seiner Hilfe die Kugel in den Lauf. Nachdem er den Stock mehrmals hineingedrückt hatte, zog er ihn nun wieder heraus und schob den Ladestock zurück in die für ihn vorgesehene Verankerung. Als das getan war, schulterte er die Waffe wieder, ein Zeichen dafür, dass seine Waffe geladen und feuerbereit war. Die anderen taten es ihm gleich und bald schon verstummte alles Klicken und Schraben und die Dritte wartete auf weitere Befehle.

„Legt an", brüllte der Förste Sergeant Larsson, der sich mittlerweile vor die Kompanie gestellt hatte. Hinter ihm, leicht versetzt, hob Sergeant Utritt wieder seine Hellebarde. Der Förste Sergeant hielt seinen Degen in die Luft und wartete, während die erste Linie seine Befehle ausführte.

Sven, Nalle und die anderen spannten den Abzugshahn, den sie vorhin noch ordentlich geölt hatten, damit er sich nicht allzu schwer betätigen lies und brachten dann ihre Waffen zum Anschlag. Die Soldaten zielten ins Nichts vor ihnen.

„Feuer", schrie der Förste Sergeant und lies seinen Degen niedersausen. Auch Sergeant Utritt senkte nun seine Hellebarde mit einem Ruck.

Innerhalb kürzester Zeit krachte es fürchterlich aus all den Mündungen. Grelle Feuerblitze stießen aus den Musketen, gefolgt von einer dichten Rauchwolke, die sich auf der gesamten Länge der Linie ausbreitete. Sven sah nichts mehr, er roch nur

den verfaulten Gestank von Eiern und hatte leichte Schmerzen an der Schulter vom heftigen Rückstoß der Waffe. Seine Augen brannten von den dichten weißlichen Rauchschwaden, die jegliche Sicht vor ihnen nahmen. Ein paar Sekunden verschluckte die Stille all den eben verursachten Lärm, bis sich plötzlich der Förste Sergeant wieder zu Wort meldete:
„Erstes Glied nachladen, Zwotes und Drittes bereitmachen zum Feuern!"
Wieder ließ Sven seinen Kolben der Muskete auf den Boden fallen und wiederholte die Prozedur des Ladens, nur dieses Mal in kniender Position, denn sogleich machten sich die zweite und dritte Reihe daran, gleich ihrerseits die Waffen auf den imaginären Feind abzufeuern.
„Leeeegt... an!" Hahn um Hahn wurden gespannt und Muskete um Muskete in Anschlag gebracht. Sven zog gerade den Ladestock aus der Verankerung, als erneut der Feuerbefehl kam. Dieses Mal blitzte und krachte es über ihm auf, als die Musketen oberhalb seines Kopfes ihre Patronen ausspuckten und mit ihnen den Rauch des Schwarzpulvers. Es folgte erneut ein ohrenbetäubendes Krachen und Sven hörte, wie die gespannten Hähne mit den Feuersteinen nach vorne fielen und die Funken das auf der Zündplatte befindliche Pulver zur Zündung verhalfen. Dann folgte das Krachen, als das Pulver im Innern des Rohres entfacht und die Kugel ausgespien wurde.
Sven war mit dem Laden der Waffe fast fertig, als die dritte Reihe in Anschlag ging und nach Befehl hin feuerte. Ein letztes Mal krachten die Musketen und zerrissen die kühle Novemberluft mit tödlichem Laut. Dann war es vollbracht. Die erste Salve war beendet und die Luft stank abartig verwesend und war gefüllt mit verdrecktem, weißlichem Rauch.

„Erste Reihe in Position", rief nunmehr Förste Sergeant Larsson und die vorderste Linie erhob sich wieder und brachte sich in Position, währenddessen gleichzeitig die zweite und dritte Reihe mit dem Laden ihrer Waffen beschäftigt waren. „Legt an… Feuer!" Sven drückte den Abzug, wieder schoss der Hahn nach vorne, erzeugte ein kurzes grelles Licht, als der Feuerstein mit dem Pulver in Berührung kam, blinzelte, damit die Funken nicht in seine Augen kamen und zuckte zurück, als der Rückstoß der Waffe erneut gegen seine Schulter stieß. Dann kam das gewohnte Krachen, das Entfachen des Feuers und der Kugel, die aus der Mündung schoss und dann der Qualm, der jede Sicht auf den simulierten Gegner nahm.
„Laden! Zweite Reihe, legt an…Feuer! Laden! Dritte Reihe…legt an… Feuer! Laden"
Wie eine geübte Maschinerie bewegte sich die dritte Kompanie in ihren Abläufen. Svens Mund war schon völlig ausgetrocknet von aufgebissenen Patronen, seine Augen brannten fürchterlich und seine Ohren piepten, als er das letzte Mal seine Waffe zum Anschlag brachte und auf den Befehl wartete.
Kapten Björn Olsson stand etwas abseits vom Geschehen auf einer etwas erhöhten Position und betrachtete das Schauspiel, was sich vor ihm auftat. „Feuer", ertönte es aus den Reihen seiner Kompanie und von der Ferne aus betrachtet, schien das Ganze wie ein Spektakel zu sein. Er lauschte dem Krachen und sah die Soldaten in ihrer Rauchwolke verschwinden. Langsam lichtete sich der Rauch, wurde jedoch gleich erneut verstärkt durch den zweiten Feuerstoß und dann noch einmal, doch dann war es plötzlich still.
Sven, mit verrußtem, vom Schwarzpulver geschwärzten Gesicht, schulterte die Muskete wie auch Nalle und die anderen. Langsam

lichtete sich der künstliche Nebel und er sah mit verkniffenen Augen ihren Kapten, wie dieser plötzlich vor ihnen stand. Er gab gerade dem Förste Sergeant Anweisungen und richtete sich dann an seine Kompanie: „Männer, das war zu langsam! Der Russe schafft zwei Salven die Minute, wir müssen drei schaffen, wenn wir eine reelle Chance auf Erfolg haben wollen! Die Soldaten Sven und Nalle zu mir! Der Rest, fortfahren mit der Übung. Förste Sergeant Larsson, ich will drei Salven die Minute, verstanden? Sorgen sie dafür, dass unsere Kompanie das schafft! Und lassen sie durchwechseln, damit auch mal die hinteren drei Reihen Spaß an der Arbeit bekommen!"

Sven und Nalle kamen soeben zu ihm, als er sich von dem Förste Sergeant abwendete und Richtung seines Zeltes verschwand. Sie folgten ihm pflichtbewusst, mit der geschulterten Muskete. Obwohl es kalt war, schwitzten beide Männer vom mühseligen Laden der Waffe und zusammen mit dem Schweiß und dem Geruch von verfaulten Eiern, brachten sie eine herrliche Duftmarke hervor, die den Kapten jedoch nicht weiter zu stören schien.

Am Zelt angelangt, bat sie der Kapten zu sich herein und legte seinen Dreispitz ab. Er setzte sich hinter einen kleinen Klapptisch und betrachtete die beiden rußgeschwärzten Gesichter kritisch. „Ihr fragt euch sicher nach wie vor, warum ich ausgerechnet euch mit dieser wichtigen Aufgabe betreue. Nun, die Antwort ist ganz simpel. Sven Eriksson, du bist der Einzige von diesen Landratten hier, der vernünftig lesen und schreiben kann. Weder Nalle, noch die vier anderen Soldaten aus den anderen Kompanien unseres Bataillons haben diese Fertigkeiten vorzuweisen. Wir brauchen einfach jemanden, der womöglich Lagepläne erstellen und Informationen brieflich weiterreichen kann, falls sich die Gruppe einmal in ernsthafter Gefahr befinden sollte. Nalle, für dich habe ich mich entschieden, weil Sven jemanden an seiner Seite braucht, den er vertrauen kann. Jemand, der die Stärken und Schwächen des jeweils anderen einzuschätzen und zu beurteilen weiß. Ihr zwei seid nunmehr meine wichtigsten Männer!" Er hielt inne, als erneut das Krachen der Musketen erklang. *Das Schießtraining musste also weitergehen*, dachte sich Sven. Während sie so auf die zweite und dritte Salve warteten, wurde Sven erst allmählich klar, welch eine große Verantwortung er ab morgen tragen würde. Nicht nur, dass er den König nicht enttäuschen durfte, nein, auch seine Kompanie, das Leben seiner Kameraden würden von ihm und Nalle abhängen.

Der Kapten lauschte dem Krachen und fuhr sodann fort: „Nalle, du wirst besonders auf deinen Freund hier aufpassen, hast du das verstanden? Er ist die wichtigste Person der Gruppe und ihm darf nichts passieren! Ach ja, noch etwas, wenn es zu einer Schießerei kommen sollte, lasst den anderen Kämpfen, mir wurden Krieger geschickt, die etwas von ihrem Handwerk verstehen, also bringt euch nicht unnötig in Gefahr, sondern passt lieber auf euch selbst auf. Und denkt daran, der Auftrag steht vor allem anderen! Eure Gefühle spielen hier keine Rolle, eure Gesundheit nicht, euer Leben auch nicht. Nur bringt diese Mission erfolgreich über die Bühne! Gut, das wäre dann alles. Macht euch bereit, für den Rest des Tages seid ihr vom Dienst befreit. Morgen früh treffen wir uns an der Lichtung, wo wir heute Morgen die Pferde genommen haben. Seid pünktlich und verhaltet euch ruhig. Denn niemand darf auch nur im Geringsten von eurer Unternehmung erfahren, verstanden? Wegtreten!" Sven und Nalle nickten, salutierten und verließen dann eilig das Zelt. Draußen sahen sie sich an, keiner sagte etwas, doch an ihren Gesichtern konnte man die Gedanken des jeweils anderen ablesen. Morgen früh also sollte sich ihr Schicksal entscheiden. Morgen würde ihre Bewährungsprobe kommen, der Aufbruch ins Ungewisse...

Kapitel II

*D*er Mond schien hell auf die Lichtung, an der sich die sechs Soldaten aufhielten und nach ihrem siebten Mann umschauten. Die vielen Feuer leuchteten einladend, denn ein eisiger Wind umfing die kleine Gruppe, die sich mit allem ausgerüstet hatte, was auch nur möglich war, um vorbereitet zu sein, auf alles, was da auch kommen würde.
Sven zog sich den schweren dunkelgrauen Mantel noch tiefer ins Gesicht und spähte durch die Finsternis Richtung Lager. Er suchte die Gegend ab nach irgendeiner Bewegung, doch tat sich nichts abgesehen von dem Patrouillieren der Wachen, die immer wieder durch ein Feuer angeleuchtet wurden, wenn sie an einem der Scheite vorbei traten.
Die Gruppe stand abmarschbereit zusammengewürfelt auf der Ebene und wartete auf Kapten Björn Olsson, der sie noch einmal sehen wollte, doch er kam einfach nicht.
„Ich verstehe das nicht", meldete sich einer der Anwesenden. „Es war doch ausgemacht, heute um sieben auf dieser Anhöhe hier Treffen des Kaptens, wo zum Teufel steckt der denn nur?"
Keiner antwortete, sie starrten nur ungeduldig in die Dunkelheit. Nach einer Weile gab die Gruppe die Warterei auf und wollte sich gerade auf den Weg machen, als ein kleinerer Mann auf die Lichtung kam und an sie herantrat. „Ich soll euch bei dem Kapten entschuldigen. Er ist aufgehalten worden, gab mir aber diese Befehle hier, um sie an euch weiterzureichen. Worum es sich hierbei handelt, weiß ich nicht, ich will es aber auch nicht

wissen. Also nehmt die Papiere und macht euch auf den Weg. Kapten Olsson sagte, ich solle von ihm ausrichten, dass er jedem von euch Glück wünsche und hoffe, dass ihr alle heile und gesund und vor allem erfolgreich zurückkommen werdet." Der Fremde drückte die Befehle dem Erstbesten in die Hand, verschwand dann wieder in der Dunkelheit und ließ die Gruppe alleine auf der Lichtung zurück.

„Na schön", meldete sich einer der sechs plötzlich. „Da wir ja nun die Befehle haben, schlage ich vor, dass wir uns sogleich auf den Weg machen. Ich bin übrigens Knut Wenger, Karoliner der zwoten Kompanie und das neben mir hier ist mein Kamerad Karl Hortsenk."

Nachdem er den Anstoß gegeben hatte, stellten sich nun auch die anderen vor. Sven und Nalle erfuhren von den beiden Letzten, Brenke Utsson und Nils Linting, dass sie aus der ersten Kompanie stammten.

Nachdem das erledigt war, schlug Knut Wenger vor, die Befehle bei sich zu führen, da er der Ansicht war, der Dienstälteste unter ihnen zu sein und ein Anrecht darauf zu haben. Die anderen schien es nicht zu kümmern und so wurde die Truppe recht schnell zugeordnet. Während Wenger die Führung übernahm, entschied sich die kleine Gemeinschaft dazu, Brenke Utsson als Stellvertreter der ersten Kompanie anzuerkennen. Ihnen beiden folgten Karl Hortsenk und Nils Linting, zuletzt Sven und Nalle, waren sie doch die Jüngsten und Unerfahrensten unter den anderen. Keiner schien diese beschlossene Rangfolge zu stören und als dies geklärt war, machten sie sich sogleich daran, das Lager zu verlassen.

Sie folgten anfangs dem Weg, der Richtung Pernau führte, verließen dann aber, wie angeordnet, die befestigte Straße und entschieden sich für einen kleinen Pfad, der sie weg von der Stadt und den Stellungen des ersten Bataillons führte.

Es dämmerte bereits, als Sven gerade an jene Worte des Generalmajors vom vergangenen Tag denken musste. *Ihr seid all die Hoffnung des Königs; Das Schicksal Schwedens hängt von euch ab...*
Er blickte nach oben und sah den roten blassen Schein, der die Morgendämmerung andeutete. Es würde wohl heute ein wolkenfreier Tag werden und vielleicht würde er ihnen allen etwas Wärme schenken, damit diese eisige Kälte endlich aufhörte.

Der Weg schlängelte sich an Bäumen vorbei, lief Hügel herauf und herunter und bog dann zu einem kleinen Bachlauf ab, dem er eine Weile folgte. Mittlerweile war die Sonne aufgegangen, ein, wie Sven fand, ungewöhnlicher Anblick, verglichen mit jenen vergangenen Tagen, in denen der Nebel ständiger Begleiter war. Die ersten Strahlen durchdrangen das Baumgeäst über der Gemeinschaft. Vor wenigen Augenblicken hatte sich ihre kleine Gruppe in einen angrenzenden Wald begeben, durch den der Pfad weiterführte.

Wenger entdeckte zuerst den Bachlauf, denen sie dem Geräusch nach zu urteilen immer näherkamen, bis sie ihn schließlich erreichten.

„Ich würde sagen, wir rasten kurz und sehen uns endlich die Befehle an, die uns dieser Kerl von Kapten Olsson gegeben hat..."

Er überreichte seine Muskete dem Nächststehenden, Karl Hortsenk, setzte seine Provianttasche ab und kramte in ihr herum, bis er die besagten Papiere fand und herausnahm. Die anderen setzten sich um ihn herum, um neugierig ihre Blicke auf die

Befehle werfen zu können, die Wenger gerade entfaltete. Er blätterte durch die einzelnen Seiten, entdeckte einen Lageplan, eine Landkarte mit einer einzelnen auf ihr rot gekennzeichneten und gestrichelten Linie, von der er ausging, dass sie wohl die geplante Route der achthundert Mann starken Vorhut sei und blätterte weiter.

Auf einmal hielt er ein Schreiben in der Hand, auf das er unwissend starrte. Dann sah er zu den anderen auf, die ihn mit neugierigen Blicken anstarrten. Seine Augen fokussierten einen großen Mann mit langen dunklen Haaren und strahlend blauen Augen an. Seine kindlichen Züge waren ihm noch immer anzusehen, die ihn mehr wie einen Schuljungen als einen Karoliner auszeichneten. Daran änderte auch nicht der gerade erst entstehende Bart etwas.

„Du da, Sven... Eriksson, richtig", wollte Wenger wissen.

„Ja, der bin ich", antwortete Sven zustimmend.

„Ist es richtig, dass du lesen und schreiben kannst?"

„Ja, das stimmt. Woher weißt du das? Soll ich denn etwas notieren?"

„Das hat mir dein Freund Nalle erzählt. Nein, lies uns mal den Brief hier vor, damit wir wissen, was darin geschrieben steht", forderte ihn Wenger auf, etwas erzürnt, musste er doch gerade eingestehen, dass er nicht lesen konnte.

Sven nahm das Stück Papier an sich und fing an, den anderen daraus vorzulesen: „Geschrieben an den Kapten Björn Olsson... Ihnen wird hiermit der Auftrag zu Teil, eine Gruppe von sechs Männern einzuteilen, denen sie, oder aber andere Vorgesetzte vertrauen können..." Sven hielt inne, überflog die Zeilen, um zu dem Punkt zu kommen, den sie noch nicht kannten. „Ah ja, hier... Ihr Auftrag liegt im Auskundschaften und Sicherstellen eines geeigneten Weges, der dem ersten Bataillon erlaubt, schnell und gefahrlos zum Ziel auf Narva vorzustoßen. Die Route soll zwischen dem Startpunkt Pernau und dem Zielort Wesenberg verlaufen. Achten Sie auf die Länge der Strecke. Je kürzer sie ist, desto besser für uns, jedoch, suchen Sie Pfade, die gefahrlos zu passieren sind, damit die Armee auf ihrem Weg nicht aufgehalten wird. Die beigefügte Karte schwedisch Livlands sowie Estlands dient dazu, sich einen Überblick über die Regionen zu verschaffen. Nutzen Sie diese als Wegweiser und Planungsroute. Kennzeichnen Sie alles Ungewöhnliche auf ihrem Weg, seien es feindliche Lager oder schwer überwindbare Wege. Im Folgenden soll ihre Gruppe losmarschieren, Sie selbst aber sollen zurückbleiben, sich in kürzester Zeit bei König Karl XII. und seinem Generalstab in *Reval* melden, um dort nach Beginn des Unternehmens unsererseits die restlichen Befehle zu empfangen. Treffen Sie dann in dem kleinen Ort Kolgaküla in dem Gebiet um *Loska* mit der Gruppe zusammen und gehen Sie vereint weiter vor. Bis auf Weiteres wünschen wir Ihnen alles Gute, gezeichnet; Georg Johann Maydell, Generalmajor..." Sven beendete den Brief, faltete ihn wieder zusammen und gab ihn an Wenger zurück.

„So, so", sagte dieser nach einer kurzen Weile des Nachdenkens, „in Kolgaküla sollen wir also den Kapten treffen. Na schön, dann schauen wir uns doch mal diese Landkarte hier an, die dem Schreiben beigefügt war..."

Sven meldete sich zu Wort: „Ich glaube, dass diese rot gestrichelte Linie von Olsson stammen muss. Er hat sich bestimmt schon die Mühe gemacht, sich nach einem geeigneten Weg umzusehen und ist dabei auf diese Route gestoßen. Seht,

Kolgaküla ist sogar gesondert hervorgehoben!" Er wies mit dem Finger auf den rot umkreisten Flecken auf der Karte.
„Glaubst du, dass hätte ich nicht gewusst, dass die Linie von dem Kapten stammen muss? Denkst wohl, ich wäre blöde, was? Du arrogantes, selbstgefälliges Milchgesicht! Seht ihr, ich sag's ja immer wieder, kaum kann jemand lesen, denkt er, er wäre Gott, aber so einfach ist das nicht, Sven Eriksson! Hier entscheidet nicht die Klugscheißerei, sondern das Töten! Das nächste Mal hältst du dich zurück und wartest, bis ich fertig bin, verstanden?" Sven war am Boden versunken. Er wollte doch nur behilflich sein. Schnell nickte er und sah beschämt zu seinen Stiefeln, mit denen er auf dem Boden herumkratzte.
„Gut, also, wie bereits angesprochen, sollen wir uns in Kolgaküla treffen, das werden wir auch tun und dank des Kaptens hervorragender Arbeit, müssen wir nicht einmal mehr einen Weg ausfindig machen... Das einzige Problem ist, dass die eingezeichnete Route bei uns im Lager beginnt, wir aber bestimmt schon eine dreiviertel Stunde von unserer eigentlichen Startposition entfernt liegen." Er hielt kurz inne und starrte auf die Karte. „Wenn ich das hier richtig deute", Wenger zeigte mit einem Ast auf eine grün verzeichnete Stelle südöstlich ihrer Stellung, „dann sind wir genau... hier! Es sollte nicht schwerfallen, von unserer Position aus den Pfad Olssons ausfindig zu machen."
Alle nickten zustimmend, selbst Sven hatte sich von seinem Schamgefühl losgerissen und blickte abwechselnd auf den Redeführer, dann auf die Karte.
„Andere Frage", fuhr Wenger fort. „Hat irgendwer schon was gegessen?"
Keiner nickte, sie schüttelten nur den Kopf.

„Dachte ich mir. Ich weiß ja nicht, wie es euch geht, aber mein Magen knurrt wie ein Berserker! Vorschlag, wir rasten noch eine Weile hier, essen etwas und machen uns dann gestärkt auf den Weg nach Kolgaküla, sind alle damit einverstanden?" Er blickte misstrauisch auf Sven, der aber, wie die anderen, sofort zustimmte.

Zusammen machten sich die sechs daran, aus ihren Taschen ihr Proviant hervorzukramen und genüsslich auf ihrem trockenen Stück Brot und dem gesalzenen Fleisch herumzukauen. Es viel gleich auf, wer mit wem diente, denn während Wenger und Hortsenk auf einem umgestürzten Baumstamm Platz nahmen, machten es sich Brenke Uttson und Nils Linting auf dem Pfad gemütlich, Sven und Nalle saßen am Bachlauf in einiger Entfernung zu den anderen.

Sven starrte auf das plätschernde Wasser, dass durch das Licht der Sonne weiß schimmerte. Am gegenüberliegenden Rand bemerkte er kleine Eiszapfen, die sich im Schatten unter einer Baumwurzel durch die eisigen Winde der vergangenen Tage gebildet hatten. Nachdenklich kaute er auf seinem harten Brotkanten herum. Seitdem Wenger ihn vor aller Manns Gesichter ausgeschimpft, nahezu beleidigt hatte, war er still und zurückhaltend gewesen.

„Nun mach mal nicht so nen Gesicht, Mann! Du siehst ja aus, wie neun Tage Regenwetter", musterte Nalle seinen Freund. „Diese Sache vorhin hat dich wohl doch ziemlich mitgenommen, was?"

„Ach, sei doch still! Ich wollte doch nur helfen und wie dankt er es mir? Ich werde gleich zusammengeschissen, wie ein dämlicher Rekrut", konterte Sven verteidigend.

„Nun aber mal langsam mit den jungen Pferden. Schließlich kennt er dich ja erst seit gestern. Wenn ihr euch erst genauer einschätzen könnt, sieht die Welt bestimmt ganz anders aus", versuchte ihn Nalle aufzumuntern.
Sven starrte wieder zu dem glitzernden Wasser: „Wir werden sehen..."
Plötzlich wurden beide aus ihren Gedanken gerissen, als sich Brenke zu Wort meldete: „So, auf geht's, wir wollen aufbrechen. Nehmt eure Sachen und kommt!"
Wenger und Hortsenk standen mittlerweile abmarschbereit da und warteten nun auf den Rest der Truppe.
Sven warf sich seine Provianttasche über die Schultern, setzte sich seinen Dreispitz wieder auf und befestigte seinen schweren Mantel mit einer Schnalle unterhalb des Halses. Dann schulterte er seine Muskete, vergewisserte sich noch einmal, nichts vergessen zu haben und stapfte dann mit Nalle zusammen zurück zu den anderen.
Ihr Weg führte sie quer durch das kalte, trostlose Land. Die Sonne stand inzwischen auf ihrem höchsten Punkt und spendete den sechs Karolinern etwas Wärme. Sven und Nalle hatten sich vor einigen Minuten zu Brenke und Nils gesellt und kamen ins Gespräch. Sie unterhielten sich über ihre Kindheit, wo sie groß geworden waren und was sie zur Armee führte. Sven erfuhr dabei, dass Nils gar nicht weit von ihm entfernt beheimatet war. Er wuchs in Fryksta auf, etwas weiter südlich von Nilsby gelegen. Beide Ortschaften verband der längliche See *Mellan-Fryken*. Nachdem auch Nils seinerseits von Sven über sein zu Hause aufgeklärt wurde, baute sich gleich ein besonders nahestehendes Verhältnis auf, was Nalle gleich mit einbezog. *Es war erstaunlich, was die gleiche Heimat auf ein Verhältnis*

zueinander bewirken kann, dachte sich Sven. *So entstehen Freundschaften, so gewinnt man Kameraden! Nicht unbedingt die einzigen schlagkräftigen Argumente, aber weiß Gott mit die Wichtigsten!*

Nalle unterhielt sich gerade mit Brenke, als Wenger sich der hinteren Gemeinschaft zuwand.

„Wenn ihr dann fertig mit quatschen seid, kommt mal zu uns nach vorne!"

„Ich mag ihn nicht, Sven, ich mag ihn absolut nicht", gestand ihm Nalle ein und blickte wütend zu Wenger und seinem Kameraden Hortsenk. „Alle beide nicht! Verfluchte zwote Kompanie. Kann eben nicht jede so gute Soldaten haben wie die unsrige, stimmt's?.. Hey, stimmt's?"

Nalle starrte seinen Freund an, doch dieser reagierte gar nicht, sondern blickte nur besorgniserregend nach vorne an den anderen vorbei auf einen nahegelegenen Waldrand. Nalle folgte seinem Blick und ganz plötzlich verfinsterte sich seine Miene, genauso, wie die, der anderen. Alle kamen nun nach vorne geeilt und gesellten sich zu Wenger und Hortsenk, die kniend zu dem Waldrand schauten und ihre Blicke erst lösten, als die anderen neben ihnen in die Hocke gingen.

„Verfluchte Scheiße! Noch nicht mal einen Tag unterwegs und schon das! Das gibt's doch gar nicht, verdammt!" Hortsenk schüttelte den Kopf bei diesen Worten.

Sven verstand ihn nur zu gut und blickte geradewegs auf die Soldaten, die sich immer wieder vor dem Rand des Waldes sehen ließen. Die Sonne stand gut und so konnte er die grünen und roten Uniformen ausmachen, die leuchtend die Lichtstrahlen in sich aufsogen. -Russen!

Wie zum Henker konnten sie soweit südwestlich von ihrer

Armee bei Narva sein? Sie trennte gerade höchstens ein Eintagesmarsch von der schwedischen Armee. Wenn sie diese ausfindig machen würden, wären alle Hoffnungen dahin, dass Karl XII. einen Überraschungsangriff auf die russischen Stellungen führen könnte. Damit wäre wahrscheinlich auch der Krieg verloren.

Sven erschrak bei dem Gedanken, dass sie vielleicht schon längst die Stellungen der Schweden entdeckt und mit der gewonnenen Information bereits auf dem Rückweg ins Lager des Zaren waren. Der folgenden Auffassung Wengers wegen, musste dieser die gleichen Gedanken wie Sven gehabt haben. „Wir können sie nicht entkommen lassen! Es ist zu gefährlich. Wer weiß, vielleicht haben sie schon längst unsere Armee ausgespäht und wollen nun ihre Leute warnen. Das Risiko ist zu hoch, das können wir nicht riskieren. Nalle, geh du mal vor und schau dich um. Versuche zu ermitteln, wie viele Feinde du ausmachst und wie sie bewaffnet sind. Ist ihr Lager befestigt, gibt es Anzeichen auf Vorgesetzte, wenn ja, wie viele sind es? Geh schnell, aber verhalte dich ruhig. Lass die Waffe und deine Provianttasche hier, die behindern dich nur und machen ein unbemerktes Herannahen fast unmöglich. Noch Fragen? ... Dann los!"

Wie befohlen, machte sich Nalle sofort daran, seine Tasche vom Rücken abzuschnallen, gab Brenke seine Muskete und setzte sicherheitshalber noch seinen Dreispitz ab, damit er sich noch kleiner machen konnte.

„Viel Glück", flüsterte ihm Sven zu und nickte dann entschieden. Da der Befehl von Wenger vernünftig gewesen war und sie wissen mussten, wie viele Soldaten die gegenüberliegende Stärke der Feinde umfasste, stellte er sich nicht protestierend zwischen beide, sondern ließ ihn gewähren. Nalle ging vorsichtig und gebückt nahe genug an den Waldrand heran, legte sich dann mit dem Bauch nach vorne ins hohe Gras und kroch von nun an weiter. Er näherte sich langsam der Stelle, an der sie eben den ersten Soldaten ausgemacht hatten. Nalle konnte nun Stimmen hören, die, je weiter er heran kroch, immer lauter wurden und dann sah er sie.

Der Erste, der Nalle ins Auge fiel, war ein großgewachsener Mann mit breiten Schultern und strengem Gesicht. Er trug den grünroten Uniformrock der zaristisch, russischen Truppen. Über seiner rechten Schulter hing eine Muskete, deren Bajonett aufgepflanzt war. Neben ihm stand ein zweiter Soldat, wesentlich kleiner, aber nicht minder gefährlich, dem Gesicht nach zu urteilen.

Nalle schaute an ihnen vorbei und entdeckte ein kleines Zelt, dass aufgebaut zwischen zwei hochgewachsenen und sperrigen Bäumen hervorlugte. Er versuchte weitere Details auszumachen. Beim durchwandern seines Blickes sah er noch sechs weitere Soldaten, die verteilt zwischen dem Waldrand und den Gräsern standen. Es machte nicht den Anschein, als hätten sie es eilig, im Gegenteil, es schien eine himmlische Ruhe zu herrschen. Nachdem Nalle das Gefühl hatte, genug in Erfahrung gebracht zu haben, machte er sich zurück auf dem Weg zu den anderen. Hortsenk entdeckte ihn zuerst und führte ihn zu der Gruppe, die in seiner Abwesenheit ein Stückchen zurückgefallen war, um unbemerkt zu bleiben. Dort angekommen, erstattete Nalle seinen Kameraden nun Bericht. Er erzählte von dem aufgebauten Zelt, klärte sie über die Bewaffnung auf und zählte die Stärke der feindlichen Männer auf.

Für Wenger und die anderen stand fest, allzu schwer sollten sie es nicht haben. Es waren lediglich zwei Soldaten mehr, die

Andeutung Nalles auf die Musketen und sein Versprechen darauf, nichts Weiteres an Waffen gesehen zu haben, war ein weiterer Grund für die mögliche Chance, den Feind zu überrumpeln. Aber vor allem das Verhalten der Russen überzeugte die Gruppe, die Männer dort drüben am Waldrand anzugreifen. Sie waren weder vorbereitet, noch trafen sie Vorsichtmaßnahmen. Laut Nalle stellten sie nicht einmal Wachen zu ihrer eigenen Sicherheit auf.

„Sie scheinen sich ja unglaublich sicher zu fühlen, was", warf Wenger ein. „Das wird ein Kinderspiel Leute. Wenn es uns gelingt, unbemerkt nahe genug an den Rand des Waldes zu kommen, haben sie keine Chance. Wahrscheinlich sind ihre Musketen nicht einmal geladen!" Wenger lief ein Grinsen über die Lippen, deren Hortsenk sich anschloss.

Sven wirkte hingegen weniger ruhig und gelassen. Es war das erste Mal, dass er einem wahren Feind gegenüberstand und töten sollte. Ihm war natürlich bewusst, dass der Kampf kurz und wahrscheinlich auch ungefährlich sein würde, doch ihm war genauso klar, dass er, wenn er nicht aufpassen sollte, von einer Kugel getroffen und getötet oder verwundet werden könnte. Unbehaglich schaute er auf, über die hohen Grasbüschel, die von Eiskristallen übersät waren und fand die Situation am russischen Lager unverändert vor.

Dann war es soweit. Die Gruppe löste ihre Proviantaschen von ihren Schultern, stellte sie ab, ebenso ihre Rapiere, die sie, so hofften alle, nicht brauchen würden. Dafür wurden die Tüllenbajonette an den vorderen Teil der Musketen befestigt, um im Notfall Gebrauch davon machen zu können. Mäntel, Dreispitze und Munitionstaschen wurden zurückgelassen und so machten sich die sechs Karoliner auf, ihrem Feind entgegenzutreten.

Sie schlichen langsam bis zu der Stelle, an der Nalle zu kriechen angefangen hatte. Sie taten es ihm gleich und außer einem leisen Rascheln der Gräser war nichts zu hören, abgesehen von den kräftigen Stimmen ihrer Gegner. Sven glaubte, sie hätten auch schnurstracks auf sie zugehen können und keiner wäre gehört worden, geschweige denn gesehen. *Wie konnte man nur so unvorsichtig sein*, fragte er sich, aber ihm wurde klar, dass er genauso handeln könnte, unwissend, was sie erwarten würde. Wenger, der an der Spitze der Truppe lag, blickte zu seinen Kameraden auf und gab ihnen per Handzeichen zu verstehen, dass sie sich über das Gelände hinweg verteilen sollten. Sven und Nalle hielten sich links, während Nils und Brenke mit Hortsenk zusammen nach rechts ausscherten. Nachdem jeder seine Position eingenommen hatte, stand Wenger ruckartig auf, zog die Muskete an sich, suchte einen ersten Gegner und zielte sorgsam.

Noch bevor der in Mitleidenschaft zu ziehende Russe auf Wenger und die ihm zugerichtete Waffe aufmerksam werden konnte, krachte der erste Schuss schon durch die Lichtung, eine Rauchwolke loderte zusammen mit Funken aus dem Rohr und beendete das Stillschweigen der friedlichen Natur. Kurz darauf schrie der Russe auf, als ihn die Kugel nahe der Brust traf. Blut quoll aus seiner Wunde hervor und langsam sackte er stöhnend zusammen. Dann war auch schon Brenke im Anschlag und feuerte seinerseits die Muskete ab. Der Feind, der gerade damit beschäftigt war, das erste Ziel ausfindig zu machen, dessen langsam sich lichtende Rauchwolke Wengers Position verriet, verlor nun seinen zweiten Mann, durch einen weiteren Treffer aus den gegnerischen Reihen. Wenger war nach dem Schuss sofort wieder in Deckung gegangen, um kein zu offenes Ziel abzugeben. Brenke tat es ihm gleich. Leider hatte Wenger unrecht mit der Theorie, dass die Russen ihre Musketen nicht einmal geladen hätten, denn gerade, als Brenke wieder in Deckung schoss, knallten die ersten Waffen der Gegner Richtung der letzten Rauchwolke.

Nun sah Sven seine Chance gekommen. Er blickte Nalle noch einmal an, der nicht weit von ihm auf dem Boden kauerte und schoss dann hoch, brachte die Muskete in Anschlag, suchte an dem Waldrand nach einem Ziel und fand einen Russen, der gerade an seinem Abzugshahn herumfuchtelte und nervös in Richtung Nils und Brenke blickte. Er legte die Muskete an und drückte dann entschlossen den Abzug. Der ohrenbetäubende Knall, der heftige Rückstoß der Waffe, dann der Rauchschwall und die blitzenden Funken vernebelten kurz seine Sinne. Er hatte geschossen! Auf einen echten Menschen! Fassungslos starrte er in Richtung seines ersten Opfers und sah, dass er getroffen hatte. Eine böse Verletzung an der Schläfe seines Gegenübers ließ den Russen torkeln und langsam in sich zusammenbrechen. Blut schwoll aus seiner Stirn hervor und lief über das erstarrte Gesicht. Während er noch benommen nach vorne starrte, wurde ein Russe auf ihn aufmerksam. Er visierte Sven an und schoss. Sven hörte das Zischen, als die Kugel haarscharf an seinem Gesicht vorbeiflog und kam aus seiner Starre. Erschrocken ließ er sich ins Gras zurückfallen. Nalle visierte den Russen an, der gerade auf seinen Freund geschossen hatte, verfehlte jedoch sein Ziel. Trotzdem sorgte er dafür, dass der Feind in Deckung ging. Nalle fluchte, weil er seinen Gegner nicht getroffen hatte.

Sven hörte weiteres Krachen, teils aus Richung des Waldrandes, teils aus ihren eigenen Reihen und dann verstummte der Lärm. Es schien, als sei alles Geschehene nur in ihrer Einbildung passiert, doch dann riss der Schrei Wengers Sven aus seinen Gedanken. Schnell stand er auf und blickte vorsichtig über die Gräser. Wenger stürmte mit nach vorne gehaltener Waffe auf den Waldrand zu. Gleich darauf erhoben sich auch die anderen und dann lief auch er mit dem aufgesetzten Bajonett Wenger hinterher, um ihn zu unterstützen. Hortsenk holte seinen Kamerad aus der zwoten Kompanie ein, preschte an ihm vorbei und stieß dann seine Waffe mit einem grausamen Schrei nach vorne, einem Russen entgegen, der gerade seine Waffe zum Anschlag bringen wollte. Das Bajonett stieß in den Leib des Gegners und die Wucht dahinter war so enorm, dass es hinten aus dem Rücken wieder hervorschoss. Stöhnend und schreiend krümmte sich der getroffene Russe instinktiv nach vorne, die perfekte Gelegenheit für Wenger, der inzwischen auf gleicher Höhe mit Hortsenk war, seinen Kolben zu nehmen und mit voller Wucht auf den Kopf des Verletzen zu stoßen. Mit einem dumpfen Geräusch schlug schwere Eiche auf das Gesicht und ließ den beinahe bewusstlosen Russen nach hinten zu Boden stürzen. Er war nicht tot, doch die schwere Bauchwunde würde ihn bald verbluten lassen.

Während Wenger schon weiter stürmte, war Hortsenk noch damit beschäftigt, seine Klinge aus dem Körper des dahinsterbenden Mannes zu ziehen, die sich wohl zwischen den Rippen verhakt haben musste. Unter fürchterlichem Aufschrei des Russen zerrte er an der Waffe und versuchte sie freizuhebeln. Nachdem auch das nicht wirkte, stemmte er einen Fuß auf den Oberkörper unter ihm und zog mit aller Kraft an seiner Muskete.

Tatsächlich gelang es ihm nun, die Waffe unter knirschendem Geräusch wieder frei zu bekommen. Der Russe war mittlerweile tot und der elendige Schrei verstummt. Der letzte Russe lag mit gebrochenen Rippen stöhnend auf dem Boden, nachdem Wenger ihm seine schwere Waffe entgegen gestoßen hatte. Als Sven, Nalle, Brenke und Nils eintrafen, war das Scharmützel schon vorbei. Die meisten lagen mit Schusswunden tot auf der Erde. Und nur noch einer, der mit den gebrochenen Rippen, wälzte sich schmerzgetrieben auf dem Boden, bis Wenger ihm den Gnadenstoß gab und sein Bajonett direkt ins Herz des Gegners stieß. Sven hatte für all das keinen Blick. Er schaute nur unentwegt auf den Gefallenen, den er soeben erschossen hatte. Er erschauerte bei dem Gedanken, dass er selber derjenige hätte sein können. Er versuchte in das blutverschmierte Gesicht zu schauen und machte einen Jungen aus, nicht viel älter als er selber. Doch für Schuldgefühle gab es keine Zeit, denn plötzlich schoss hinter einem Baum ein weiterer Feind hervor. Ein furchteinflößend großer Mann, der mit gezogenem Rapier auf Sven zustürmte. Halb benommen machte dieser einen Schritt zurück und hielt instinktiv seine Muskete schützend vor seinen Körper. Der Aufprall des Rapiers gegen seine Waffe ließ ihn taumeln und über die Leiche hinter ihm zu Boden fallen. Ehe er sich versah, war Hortsenk plötzlich da und stieß mit seinem Bajonett auf den großen Russen ein. Dieser fiel seinerseits zurück, erholte sich aber schnell von dem plötzlichen Angriff und holte zu einem Gegenschlag aus. Er hieb mit dem Rapier auf Hortsenks Oberkörper ein, doch dieser wehrte Schlag um Schlag mit der Oberseite seiner Muskete ab. Durch den spontanen und aggressiven Angriff des Russen angespornt, stieß er nun seinerseits sein Bajonett auf den inzwischen keuchenden Russen ein. Dieser wollte durch ein Seitenmanöver nach rechts ausweichen, doch Hortsenk war schneller und erwischte ihn an seiner Seite. Unbeeindruckt von der Tat holte der große Mann ihm gegenüber zu einem erneuten Schlag aus, doch Hortsenk widerum zog im rechten Moment das Bajonett aus dem Körper wieder hervor und hielt die Waffe abwehrend vor sich. Das Rapier knallte erneut gegen seine Waffe und Holz splitterte durch die Wucht des Aufpralls. Dann sackte der Gegner durch den gelungenen Seitentreffer langsam zusammen, den Blick nicht abwendend weiterhin auf Hortsenk gerichtet. Dieser sah in seinem Gesicht Zorn, Wut und Enttäuschung, dass er besiegt worden war, bis er zusammensackte und seine Augen plötzlich gläsern wurden. Dann lag er still am Boden und rührte sich nicht mehr.

Sven stand langsam auf: „Da...Danke Hortsenk…vielen Dank", brachte er schockierend heraus, als er auf die Leiche starrte, die ihn eben noch töten wollte.

„Das nächste Mal kämpfst du gefälligst selber, verstanden? Ich mache das nicht noch einmal!" Wütend, aber erschöpft starrte ihn Hortsenk an und wischte sich Schweiß von der Stirn.

Sven nickte nur und blickte dann auf Wenger, der gerade dabei war, sich im Zelt umzusehen. Außer Proviant, Munition und einige andere unbedeutende Utensilien, war ihm jedoch nichts zu entnehmen. Auch wies nichts auf den Auftrag der Soldaten hin, was sie soweit südwestlich ihrer Truppen hier verloren hatten.

„Verflucht! Vielleicht hätte ich den Spinner da hinten am Leben lassen sollen, um ihn zu befragen. So ein verdammter Mist", brachte Wenger heraus, als er aus dem Zelt stapfte. „Sven, Nalle, kümmert euch um die Leichen. Sammelt alles Nützliche,

Munition, Proviant und was weiß ich nicht noch alles! Brenke und Nils, ihr seht euch am besten ein wenig um, nicht, dass hier noch mehr von diesen Russen rumlaufen und durch unsere Schüsse aufmerksam gemacht wurden. Ich und Hortsenk versuchen alle Spuren zu verwischen und das Zelt auseinander zu nehmen. Es scheint noch ganz nützlich zu sein, wir werden es also mitnehmen."
Den Aufgaben zugeteilt, machten sich alle daran, ihren Anteil davon zu erfüllen. Sven bückte sich über den großen Leichnam, der ihn eben noch attackiert hatte und durchwühlte seine Taschen. Angewidert versuchte er dem stinkenden Körper so schnell es geht zu entkommen und machte sich dann auf den Weg zum nächsten Toten. Nalle war bereits an der dritten Leiche angelangt als Sven in die leeren Augen und das bleiche Gesicht eines vollbärtigen Mannes schaute. Sein Leib war voller Blut beschmiert und ihm wurde bei näherer Betrachtung klar, dass dies der Mann sein musste, der vorhin von Hortsenk so schrecklich langsam niedergemacht wurde, als sein Bajonett in den Rippen des zu betrauernden Soldaten festklemmte. Er fand in der Patronentasche Munition und im Uniformrock etwas Geld und ein leeres Tagebuch, samt einem Bleistift. Er nahm alles an sich, stand auf und blickte sich zu Nalle um, der hinter ihm vortrat: „Alles erledigt, Sven, das war der Letzte glaube ich. Lass zu den anderen zurückgehen und sehen, wie weit sie inzwischen gekommen sind, alles klar?"
Sven nickte und sodann machten sie sich auf den Weg zu Hortsenk und Wenger, die gerade damit beschäftigt waren, das Zelt auseinander zu bauen.
Wenger schaute auf und gab ihnen zu verstehen, dass es noch eine Weile dauern könnte, bis sie das Zelt zusammengepackt

hätten. Daher sollten beide, Sven und Nalle, Gräber ausheben, damit gleich die Leichen bestattet werden könnten. Wenn Hortsenk und er selber fertig wären, würden sie hinzukommen und ihnen helfen.
Sven blickte zornig auf, sagte jedoch nichts, sondern machte sich sogleich an die Arbeit. Als er und Nalle außer Hörweite der anderen waren, ließ er seiner Wut freien Lauf: „Wieso zum Henker müssen ausgerechnet wir zwei diese ganze Scheiße hier erledigen! Erst dieses bescheuerte Durchsuchen der Leichen und jetzt auch noch Gräber ausheben, das ist nicht gerecht!"
Nalle zuckte nur mit den Schultern: „Wir sind eben die Jüngsten hier, Wenger denkt wahrscheinlich, wir sind sonst zu Nichts zu gebrauchen und würden den anderen nur eine Last sein und im Wege stehen. Daher versucht er uns, so oft es geht, loszuwerden, Sven, so einfach ist das!"
„So einfach ist das", bläffte Sven seinem Freund nach. „Nichts ist so einfach! Habe ich nicht eben erst einen Russen erschossen, verdammt? Zu Nichts zu gebrauchen, dass ich nicht lache!" Wütend stieß er den Spaten in den Boden, den er bei den Russen zusammen mit drei weiteren gefunden hatte.
Während er schwitzte, gingen Nils und Brenke vorsichtig umher und schauten angestrengt die nähere Umgebung ab. Anscheinend waren keine weiteren Feinde zu finden und so kehrten sie zu dem Lager zurück und berichteten Hortsenk, dass sie niemand anderen ausfindig gemacht hatten. Wenger rollte gerade die Zeltplane zusammen und verstaute sie unter seiner Proviantasche.
Dann stand er auf und ging zu Sven und Nalle hinüber, die bereits die dritte Grube ausgehoben hatten. Er schaute sie an, sah in das von Erde und Dreck beschmierte Gesicht von Sven und

verfinsterte seine Miene, als ihn dessen zorniger Blick traf. Gleich darauf wandte er sich Nalle zu, nahm sich eine Schaufel und stieg zu ihm hinab, um zu helfen. Sven ließ diese provokante Aktion kühl und stieß erneut mit der Spatenspitze in den harten von Wurzeln gefüllten und gefrorenen Erdboden.

Nach etwa dreißig Minuten war die Arbeit getan. Brenke, Nils, Hortsenk und Nalle zogen eine Leiche nach der nächsten in die Gräber, während Sven und Wenger die Gruben wieder zuschütteten. Die üblichen Kreuze ließen sie dieses Mal aus, damit niemanden klar gemacht werden konnte, dass hier vor kurzem ein Scharmützel stattgefunden hatte. Zu Letzt sprachen sie alle ein Gebet, gedachten der gefallenen Soldaten und machten sich dann auf dem Weg, weiter landeinwärts Richtung Kolgaküla.

Es dämmerte bereits, als Sven und die anderen einen tiefen Wald betraten, dessen Tageslicht vom dichten Geäst der Bäume verschluckt wurde. Ihr Weg führte sie über Fahnen bedeckte und von Wurzeln gesäumte Böden, an einem breiteren Bach vorbei, an dem sie ihre Wasserflaschen auffüllten und sich die nassgeschwitzten Gesichter auswuschen. Es war zwar immer noch bitter kalt, doch die Lasten, die der Trupp mit sich zu führen hatte, vor allem die Waffen und das unebene Gelände sorgten für die innere Hitze und somit freuten sich alle über jede noch so kleine Erfrischung.

Eine weitere halbe Stunde verging, als sie eine kleine Lichtung im Wald erreichten, deren Boden von einer weiten gefrorenen Moosdecke überzogen war. „Vielleicht sollten wir hier rasten und unser Lager aufschlagen", meinte Brenke, nachdem er zum Himmel schaute, der bereits die ersten Sterne zeigte. Die Sonne war inzwischen verschwunden und der Mond trat an ihrer Stelle hervor und hüllte die Welt in eine weißlich silbern leuchtende Landschaft ein.

Alle waren erschöpft, der Ereignisse des Tages wegen und somit mit dem Vorschlag Brenkes einverstanden und sogleich ließen sie ihre Proviantaschen fallen, stellten die Musketen, wie sie es gelernt hatten, aneinander, den Kolben auf den Boden, die Mündungen mitsamt der aufgepflanzten Bajonette gen Himmel gerichtet, damit kein Dreck in ihre Läufe kommen konnte. Es wurden Decken auf dem annähernd weichen Boden ausgebreitet und in der Mitte des Liegeplatzes eine Feuerstelle vorbereitet. Der Boden wurde etwas ausgehoben und mit Steinen drumherum befestigt, dann ein paar kleinere und größere Äste hineingeworfen und Nils machte sich zugleich daran, ein Feuer zu entfachen. Als dies geschehen war, gesellten sich alle an ihre Liegeplätze und setzten sich zum wärmenden Feuer gewandt hin. Alle, bis auf Nalle, der immer noch bemüht war, seine Verpflegung aus der Proviantasche zu finden. Sven saß bei Nils und kaute gerade an einem harten Stück Brot herum. Er starrte geistesabwesend ins zischende und knisternde Feuer und dachte an seine Heimat, an seine Mutter, seinen Bruder, ja selbst an seinen Vater musste er denken. Egal, wie schlimm dieser auch immer zu ihm gewesen war, so wünschte Sven sich jetzt, bei ihm zu Hause sein zu können, ohne Sorgen und nicht in dieser erstarrenden Kälte, die sich seit dem Verschwinden der Sonne wieder ausgebreitet hatte und nun mit ihren durchsichtigen Armen unter die Haut der sechs Karoliner griff und sie alle zwang, ihre Mäntel noch enger an sich zu ziehen und ihre Dreispitze noch tiefer ins Gesicht zu drücken.

Der Mond stand bereits hoch am Himmel und schenkte dem kleinen Trupp wenigstens etwas Licht durch das dicke Geäst des Waldes und Sven konnte durch ein, zwei Lücken über ihm Sterne ausmachen. Er holte tief Luft und atmete dann, den Blick nach oben gerichtet, kräftig aus, bemerkte sofort seinen Atem, der sich weißlich vor dem dunklen Hintergrund abzeichnete und ihm verriet, wie kalt es mittlerweile geworden war.

Die letzten Wochen und Monate in Ombergsheden, danach in Stockholm waren so zeitintensiv in der Ausbildung und Vorbereitung der Soldaten und Rekruten gewesen, dass Sven die Zeit vergessen hatte und nicht mal merkte, wie schnell sie eigentlich voran gewichen war. Nun fiel ihm auf, dass schon der Winter vor der Tür lag und Weihnachten auch nicht mehr allzu lange entfernt sein konnte.

Plötzlich überkam ihn ein kalter Schauer und er verkroch sich noch mehr unter seinem dicken dunkelgrauen Mantel, der ihm dennoch kaum Schutz gegen diese abscheuliche Kälte schenken konnte. Er versuchte sich am Feuer zu wärmen, indem er seine Hände, die in Handschuhen steckten, nahe der Flammen hinhielt. Er schaute in das rötlich funken schlagende Feuer und malte sich aus, jetzt daheim am Kamin zu sitzen und bei seiner Familie sein zu können, doch je mehr er daran dachte, desto schlimmer wurde sein Empfinden darüber, gerade jetzt an diesem Ort festzuhängen und verdrängte deshalb schnell solche Gedanken aus seinem Kopf, indem er versuchte, an ihre nächsten Tage zu denken und an ihren Auftrag. An Kapten Olsson und an Kolgaküla, dem Ort, an dem sie ihn treffen sollten.

Einige Zeit lang schwieg die kleine Gruppe und alle starrten nur in die Flammen bis sich Brenke plötzlich zu Wort meldete und das Gespräch mit den anderen suchte: „Wisst ihr, vor zwei

Jahren, als ich in die Erste gekommen bin, dachte ich noch, mein Feind wird eines Tages der Däne sein, wie es seit jeher fast immer schon so gewesen ist. Mein Vater kämpfte gegen sie, sein Vater vor ihm und wahrscheinlich auch dessen Vater davor. Nie wäre ich davon ausgegangen, einmal gegen den Russen ins Feld zu ziehen, zumal hier, soweit außerhalb der festen schwedischen Besitzungen! Dachtet ihr, dass so etwas einmal auf uns zukommen würde?"

Hortsenk, der gerade dabei war, einen neuen Ast auf das kleiner werdende Feuer zu werfen, meldete sich zu Wort: „Du hast recht, es ist ein wenig eigentümlich, gegen einen so fernen und befremdlichen Gegner zu kämpfen, Brenke, aber vergiss nicht, nicht wir haben diesen Krieg ausgelöst, sondern die Sachsen und Dänen, die mit Russland verbündet waren! Unser erbittertster Gegner war schon immer der Däne und er wird es wahrscheinlich auch für immer bleiben, da es einfach zu viele Interessenskonflikte im Ostseeraum zwischen unseren beiden Ländern gibt..."

„Ja, aber in Traventhal haben sie aufgegeben, unsere *erbittertsten Gegner*, Hortsenk", Wenger mischte sich nun auch ein. „Wir haben sie besiegt und sie gaben auf! Und wie sie, so werden auch die Russen irgendwann merken, dass es absolut idiotisch war, unserem schwedischen Reich den Krieg zu erklären und Narva ab Oktober zu belagern! Als ob der Iwan jemals eine Chance gegen uns Karoliner haben könnte! -Niemals!"

Wenger musste husten und verstummte danach sofort wieder, während Sven sich die gesagten Dinge durch den Kopf gehen ließ.

Es war richtig, Schweden hatte diesen Krieg nicht begonnen. Es waren die Nationen, die voller Neid auf die Größe und den mächtigen Einfluss des schwedischen Reiches auf dem gesamten Ostseeraum blickten. Länder, wie Dänemark-Norwegen, oder Sachsen-Polen, die alte Provinzen schon lange zurückforderten und in diesem Krieg versuchten, Schweden zu schwächen und ihre angestammten alten Ländereien wiederzugewinnen. Wenger hatte schon recht mit dem Argument, dass es schier unmöglich schien, einen Karoliner in der Schlacht zu besiegen, dennoch, der Russe wird kein leichter Gegner, das wusste Sven. Das Land alleine schon, schier endlos weit, ohne Anfang, ohne Ende. Wie solle da das dagegen so unendlich klein wirkende Schweden eine reelle Chance auf Dauer haben?
Egal, wie sehr sich Sven aber auch die Überwucht des Feindes vor Augen führte, er vertraute auf Karl XII., auf seinen, ihren aller König, der immerhin mit seinen erst achtzehn Jahren bereits die Übermacht von August dem Starken von Sachsen-Polen und Dänemark-Norwegen noch im gleichen Jahr zur Kapitulation zwang und somit nun nur noch dem russischen Zaren, Peter I. gegenüberstand. Seine vergangenen Siege bewiesen immer wieder die Standfestigkeit, sowie den Überzeugungswillen seines Monarchen. Und außerdem, wie oft hatte das Schwedische Reich nicht schon einer Übermacht von Feinden gegenüber gestanden...?
Ein lautes Knistern aus der Glut des Lagerfeuers lies Sven aus seinen Gedanken kommen und in die Realität zurückkehren. Er schaute sich so seine Kameraden an, wie sie, alle eingemurmelt in ihren schweren Uniformmänteln ins Feuer starrten und wortlos blieben. Sein Blick überflog Wenger, der mit einem Stock in der Glut herumstocherte, rechts neben ihm Hortsenk,

dann Nils und Nalle und dann wanderte sein Blick hin zu Brenke, der gerade mit seiner Muskete in den Armen, das Gesicht abgewandt, Richtung der eiskalten stillen Dunkelheit der Nacht starrte und in einiger Entfernung zu ihnen auf Wachposten stand.

Es dauerte noch ein wenig, bis Sven die Müdigkeit überkam und er sich direkt vor das Wärme spendende Feuer auf den harten, kalten Boden legte und eingerollt Schutz vor der Kälte in seinem dicken Armeemantel suchte. Er blickte ins Feuer, machte die Schattenspiele vor ihm aus, wie sie sich auf dem Boden wandten und faszinierende Figuren abzeichneten und lauschte dem leisen, beruhigendem Knistern der glühenden Feuerscheite. Obwohl er völlig erschöpft der vergangenen Ereignisse wegen gewesen war, konnte er nicht einschlafen. Zu sehr musste er an die kommenden Tage denken, welche Gefahren noch mit ihnen kommen würden und was aus ihnen allen hier draußen im Nichts passieren könnte. Würden sie ihre Mission erfolgreich beendigen und vor allem lebendig und an einem Stück in den *Schoß ihrer Armee* zurückkehren können, in den Schutz all jener Männer, denen sie ihr Leben anvertrauten? Sven wusste es nicht und das war es, was ihn beängstigte. Er wollte so gerne vorausschauen, wollte mit fester Überzeugung ein positives Ende ihrer Reise anstreben, doch es ging nicht. So sehr er sich auch bemühte, er wusste weder, was sie morgen, noch in den nächsten anstehenden Tagen erwarten sollte und somit konnte er nur spekulieren und sich seinen Kopf darüber zerbrechen, welch schlimme Szenarien sie alle erwischen könnte. Gefasst vom Feind, eingesperrt in irgendwelchen Gefangenenlagern, gefoltert und verhört vom Russen, oder gar noch schlimmer, verwundet oder erschossen. Wer würde ihrer gedenken? Kaum jemand wusste etwas über diese Mission, geschweige denn von ihrer kleinen Truppe hier. Wer würde sie vermissen? Etwa Kapten Olsson? - Bestimmt nicht! Sie alle waren Soldaten und so konnten sie genauso für ihr Vaterland draufgehen, wie all die anderen auch. Es war nichts besonders im Kampf zu fallen, zu viele Jahre über war Schweden bereits in größere und kleinere Kriege verwickelt gewesen. Zu viele Landsleute haben schon europäischen Boden mit schwedischem Blut getränkt. Da würden sechs weitere Leichen hier im fernen schwedischen Livland auch keinen näher interessieren. Aber was, wenn sie überlebten, wenn sie mit dem Erfolg in der Tasche nach Hause kommen würden? Sie wären Helden, na ja zumindest wären sie nicht mehr irgendwer unter vielen, sondern jene Männer, die des Königs Mission unterstützten und ihm zum Sieg verhalfen. Svens Herz schlug höher bei dem Gedanken, sich nach solch einem kleinen Triumph endlich einen Namen gemacht und sich im Kampf um Schweden bewährt zu haben. Er könnte sich endlich als *dazugehörig* empfinden, als einen Teil der Einheit, der Kompanie, *ihrer* Kompanie!

Bei all den Gedanken war ein Schlafengehen unmöglich und so drehte sich Sven von links nach rechts, suchte nach einer optimalen Position, um auf dem kalten und unbequemen Boden liegen zu können und vernahm das immer lauter werdende Schnarchen jener Männer, die die kommenden Tage mit ihm durch diese befremdliche und unübersichtliche Wildnis marschieren würden, um jenen Weg für die Vorhut des Königs zu finden, der optimal dafür beschaffen wäre, ihre achthundert Mann an den Feind heranzutragen.

Nach einer knappen weiteren halben Stunde des verzweifelten Versuchs, endlich einzuschlafen, gab Sven schließlich auf, stand auf und machte sich zu Nils auf, der inzwischen Brenke abgelöst hatte und seit einiger Zeit mit starrem Blick in die eisige Finsternis der Nacht schaute.

„Nicht erschrecken Nils, ich bin es, Sven", gab er leise von sich, um nicht Gefahr zu laufen, vom Wachhabenden als Feind erkannt und eine sich lohnende Zielscheibe abzugeben, denn die Nacht war dunkel, der Mond verschwand hinter dicht behangenen Wolken und gab somit keinerlei Farben preis, die einen schwedischen Uniformrock von einem russischen unterscheiden würde.

„Alles klar, ich weiß Bescheid, danke. Sag mal, was machst du hier Sven, solltest du nicht lieber bei den anderen liegen und schlafen? Oder ist meine Ablöse schon gekommen", meinte Nils etwas verwirrt vom plötzlichen Auftauchen Svens.

„Nein, eigentlich hast du noch knapp eine Stunde Wache, Nils, aber ich kann einfach nicht schlafen und bevor ich hier meine Zeit sinnlos auf dem blöden, unbequemen Boden damit verbringe, mich von links nach rechts zu rollen, stehe ich doch lieber bei dir, um mich von meinen Gedanken abzulenken und dir deine Wache nicht so trostlos und einsam zu gestalten." „Das ist lieb von dir Sven, an was denkst du denn die ganze Zeit über? Es muss ja was Heftiges sein, wenn du dadurch keinen Schlaf findest..."

„Ach, so über dieses und jenes, was so aus uns die nächsten Tage werden wird und wie lange wir wohl damit beschäftigt sein werden, unsere Mission zu erfüllen und endlich wieder ins Lager zurückkehren zu können..."

„Du kannst es wohl kaum erwarten, endlich wieder bei den anderen zu sein, was? Ich verstehe dich nicht, Sven. Ich finde es herrlich, endlich einmal sein eigener Herr zu sein, ohne

Vorgesetzte, die ein Tag ein, Tag aus über die Schulter gucken und alles kritisieren, was nicht in ihre Weltanschauung unserer Vorgesetzten passt. Endlich einmal ohne Befehle seine eigenen Entscheidungen treffen zu können, was hast du dagegen?"
Sven blickte irritiert auf: „Wer sagt denn, dass ich etwas dagegen hätte? Ich finde es genauso befreiend wie du, endlich einmal das tun und lassen zu können, was man will, na ja, zumindest zu einem kleineren Teil. Es ist allerdings die Unwissenheit, die mir Sorgen bereitet, was uns alles für Gefahren noch begegnen könnten, bis wir diese Mission endlich hinter uns gebracht haben werden. Nils, ich will einfach nur gesund und munter und vor allem, an einem Stück zurückkommen und nicht für den Rest meines Lebens verkrüppelt oder gar gefangen genommen in irgendeinem russischen Gefangenenlager verrotten!" „Sven, wieso sagst du denn so etwas? Daran solltest du nicht einmal im Traum denken! Es wird schon alles gut laufen, ich vertraue da auf Wenger und Hortsenk. Weißt du, die dienen schon solange bei der Armee, die sind sogar schon gegen die Dänen ins Feld gezogen, habe ich mir sagen lassen!" Sven stutzte: „Du meinst Wenger oder Hortsenk haben es dir erzählt und du glaubst ihnen das?"
„Es ist ja auch egal, ob es stimmt oder nicht! Fakt ist, dass beide schon sehr, sehr lange Karoliner und ja auch gute Kämpfer sind, wie du gestern selbst gesehen hast. Ich vertraue ihnen beiden, vertraue auf ihr Handwerk, jedweden Gegner zu schlagen und uns alle hier wieder heile rauszukriegen und das solltest du auch tun, Sven, ganz ehrlich!"
„Ich zweifle ja nicht daran, dass sich Kapten Olsson die beiden bestimmt nicht ohne Grund ausgesucht hat, um mit uns zusammen diesen Auftrag hier zu erfüllen, sondern gute

Kämpfer geschickt hat, ich möchte mein Schicksal nur nicht zwei schwedischen Soldaten überlassen, weißt du?"
Sven starrte an Nils vorbei in die Schwärze der Nacht und verstummte. Ein leichter Luftzug umströmte sein Gesicht und ließ ihm einen eiskalten Schauer über den Rücken laufen.
„Wenn wir doch wenigstens Sommer hätten, dann würden uns zumindest diese unsäglichen kalten Temperaturen hier erspart bleiben und wir könnten das Augenmerk mehr unserer Aufgabe widmen, als ständig zu überlegen, wie wir uns am besten vor diesen Witterungsbedingungen schützen sollten!"
Nils nickte bei diesen Worten und stützte sich auf seine Muskete.
„Es wird die kommenden Wochen garantiert noch schlimmer mit dieser Kälte werden. Ich habe mal gehört, dass der russische Winter einem hier das Leben aushauchen kann und man an Erfrierungen elendig dahinvegetiert, kannst du dir das vorstellen?"
Sven schaute verblüfft zu Nils auf, betrachtete ihn, wie er so, den Blick von ihm abgewandt, mit seinem Körper auf der Waffe gestützt, die nähere Umgebung nach jeglicher Bewegung absuchte, um eventuelle Feinde in ihr auszumachen.
„Obwohl die Winter hier wirklich kalt sein sollen, Nils, glaube ich nicht, dass es uns so schlimm treffen würde." Sven war sich seiner Worte zwar sicher, doch musste er dennoch über das, was er soeben gehört hatte, nachdenken und wieder fing er an, heftig zu grübeln, was er ja eigentlich durch das Gespräch mit Nils verhindern wollte, also schüttelte er den Gedanken von sich und gab sich seinem Schicksal, denn Besseres konnte er ohnehin nicht tun!
Die restliche Zeit über verbrachten beide Karoliner damit, schweigend in die Nacht hinauszuschauen und nachdem Sven Nils abgelöst und ebenfalls seine Wache zwei Stunden lang

gestanden hatte, ohne das etwas Erwähnenswertes passiert ist, brachen die ersten morgenrötlichen Farben am Himmel an, welche die zuvor so schwarze und beklemmende Nacht in eine friedliche vorwinterliche Landschaft einhüllten. Bald würde die Gemeinschaft wieder aufbrechen und ihrer Mission folgend, weiter in feindliches Territorium vordringen müssen und jeden einzelnen Russen auf ihrem Weg entweder ausschalten, der ihnen und ihrem Auftrag entgegenstehen würde, oder bei dem Versuch ihr Leben lassen.

Kapitel III

Kapten Björn Olsson schaute gerade über den Rücken seiner Fuchsstute auf die vor ihm sich auftuende Stadt *Reval*, deren in den Himmel ragende Kirchturmspitzen weit bis zu ihm hin zu sehen waren. Sie kündigten mit ihren Glocken den dämmernden rotfarbenden Morgen an, der die Dunkelheit dahinschwinden ließ und einen weiteren Tag fernab seiner Heimat ankündigte.

Es war nicht zu überhören, dass das schwedische Heer nicht weit von ihm entfernt, Stellung bezogen haben musste. Das gewohnte Klopfen und Dröhnen von Schmieden, die Geräuschkulisse von schier unendlich vielen sich unterhaltenden Soldaten, das Exerzieren einzelner Verbände, deren Befehle weit über die Stadt schwedisch Estlands hinausgetragen wurden, all das deutete auf Anzeichen eines großen militärischen Feldlagers hin. Björn Olsson hatte die vergangenen drei Tage damit zugebracht, landeinwärts immer weiter Richtung Norden vorzudringen, seitdem er am letzten Nachmittag im schwedischen Hauptquartier in *Pernau* Sven und Nalle bei sich im Zelt zuletzt gesprochen hatte, um seinem Auftrage folgend, König Karl XII. wie auch den gesamten Generalstab hier in der befestigten Hauptstadt Estlands *Reval* abzufangen, neue Befehle und Verfügungen von General Otto Vellingk entgegenzunehmen und sich dann schnellstmöglich nach Kolgaküla zu Sven und den anderen aufzumachen.

Kapten Olsson richtete sich gerade im Sattel auf, stellte sich in die Steigbügel und suchte mit seinen Blicken die nähere

Umgebung ab. Sein Hintern schmerzte und war leicht wundgerieben. Die letzten Tage verbrachte er mehr Zeit im Sattel seiner Fuchsstute, als sonst irgendwo und von daher war er froh, in wenigen Stunden sein Ziel erreicht zu haben, um endlich einmal wieder festen Boden unter seinen Füßen zu spüren.

Seine Augen wanderten von der flachen, kahlen Landschaft hin zu den vielen weißen kleinen Pünktchen, die den Horizont vor den Stadtmauern in Anspruch nahmen und schön säuberlich in gleichmäßigen Abständen auftauchten. Olsson war klar, dass das unzählig viele Zelte sein mussten. Zelte schwedischer Verbände, die hier oben im Norden an der Ostseeküste, etwa einen knappen zwei Wochenmarsch von der belagerten Stadt Narva entfernt, Stellung bezogen haben mussten, um auf weitere Anweisungen seitens des Generalstabes und des Oberbefehlshabers, ihres Königs selbst, zu warten. Die sich hinter den weißen Punkten auftuenden Stadtmauern wirkten wie Berghänge, die verglichen zu den mickrigen Zelten rigoros in die Höhe stachen und die Verbände vor sich in tiefe Schatten eintauchten und diese regelrecht verschlangen.

Die Luft war eisig, doch der Morgen des vierzehnten Novembers versprach, den Farben des Himmels nach zu urteilen, gutes, sonniges Wetter und das trieb Kapten Olsson an, sich wieder in seinen Sattel fallen zu lassen und seinen Ritt fortzusetzen, bis er schließlich die ersten befestigten Stellungen schwedischer Infanterie passierte, an mehreren Wachposten vorbei, zwischen vereinzelten Kavallerieregimentern hindurch bis zu einer kleinen Anhöhe gelangte, an deren Ende sich ein großes weißes und von blau gelben Fähnchen umsäumtes Zelt auftat, flankiert von Artillerie unterschiedlichster Größe. Vereinzelte Batterien taten sich, schön säuberlich links und rechts dieser Anhöhe hintereinander fortwährend, in einer sauberen Linie aufgestellt, vor dem Kapten auf, als dieser absaß, die Zügel seiner Stute dem erstbesten Stallburschen übergab und sich dann daran machte, dem General Otto Vellingk in wenigen Augenblicken seine Aufwartung zu machen und sich bei ihm zu melden.

Er schritt aufrecht auf den letzten Wachposten zu, der am Fuße dieser Anhöhe Stellung bezogen hatte und der jeden Passanten, welcher beabsichtigte, den Weg hinauf zu dem großen Zelt einzuschlagen, kontrollierte und nach den Papieren der jeweiligen Person verlangte. Kapten Björn Olsson holte bereits zum fünften Mal sein Schreiben hervor und zeigte es auch dieses Mal einem Wachposten, der sich freundlich, aber bestimmt danach erkundigte, nahm sich die Zeit, die der Soldat benötigte, um die Zeilen zu überfliegen, und sah sich noch einmal genauer um. Zwischen ihnen und den Stadtmauern waren vielleicht noch wenige hundert Meter Luftlinie, was wenig verwunderlich war, nutzte man doch die Geschütze der befestigten Mauern als natürlichen Schutz, die notfalls einen Großteil des aufgeschlagenen Lagers mit Artilleriefeuer abdecken konnten. Ebenfalls waren die Zelte durch den natürlichen Schutz der hohen massiven Mauern von den starken Novemberwinden der Ostsee geschützt, die sich auf der nördlichen Seite der Stadt *Revals* befand und somit die Soldaten nicht zwingen musste, ihre Unterbringungen allzu stark befestigen zu müssen.

Da Olsson bereits einige Höhenmeter bis zu jenem Wachposten, der immer noch damit beschäftigt war, die Zeilen zu überfliegen und das Papier auf seine Richtigkeit hin zu überprüfen, gemacht hatte, sah er nun über eine übersäte Fläche Ackerland, welches mit nichts anderem, als schwedischem Militär bezogen war. So weit sein Blickfeld reichte, bewegten sich blaugelb uniformierte Infanteristen umher, buntgerockte Kavalleristen, feldgraue Artilleristen und unzählig viele Bedienstete, von Stallburschen über Hufschmiede, Näherinnen, Prostituierten, bis hin zu den ständigen Begleitern der schwedischen Armee, den Soldatenfrauen, die mit Kindern in den Armen umhergingen oder bei ihren Liebsten saßen.

Bei dem gewaltigen Anblick dessen, was sich vor dem Kapten auftat, so mussten hier bestimmt um die fünf-, wenn nicht gar sechstausend Mann stationiert sein, vielleicht sogar noch mehr! Er wollte sich gerade noch die Befestigungsanlagen der Stadt näher anschauen, da meldete sich jedoch der Wachposten zurück, drückte ihm die Papiere in die Hand und rief nach einem Mann, der sich sogleich in Bewegung setzte und auf Olsson zu stapfte.

Dieser stellte sich als Överstelöjtnant Rolste vor, dem persönlichen Adjutanten des Generals. Er bat den Kapten, ihm zu folgen und wies mit der rechten Hand auf den Eingang des Zeltes hin, deren Seiten von zwei schwedischen Gardisten flankiert wurden. Ohne etwas zu sagen, folgte Olsson dem Överstelöjtnant den Hang hinauf, bis sie das Zelt betraten. Drinnen angelangt, setzten beide ihren Dreispitz ab und schritten langsam auf den zu ihnen, mit dem Rücken zugewandten General Otto Vellingk zu, der, an einen großen Feldtisch lehnend, gerade damit beschäftigt war, auf einer großen Landkarte holzgeschnitzte Figuren und Pfeile in den unterschiedlichsten Farben und Größen von links nach rechts zu verschieben und auszurichten. Er war sosehr in seine Arbeit vertieft, dass er das Herannahen der beiden Männer gar nicht mitbekam, bis sich der Överstelöjtnant Rolste räuspernd

Aufmerksamkeit verschaffte und den General veranlasste, sich umzudrehen.

„Ah, Kapten Olsson, da sind Sie ja endlich! Ich habe mir schon Sorgen gemacht, ihnen sei etwas passiert..." Der einundfünfzigjährige General sah Olsson fragend an, bis sich dieser abrupt zu Wort meldete: „Es tut mir ausgesprochen leid, dass ich erst jetzt eintreffe, Herr General, die letzten drei Tage musste ich ziemlich unwegsame Geländedurchquerungen wagen, um den kürzesten und schnellsten Weg zu Ihrem Feldquartier zu finden, die mein Pferd leider nicht so energisch bereit war zu nehmen, wie ich...habe mich dadurch leider etwas verspätet. Ich bitte um Verzeihung!"

„Erstatten Sie Bericht, Herr Kapten! Wie war die Reise von Livland hierher," fragte der General in einem barschen Tonfall, ohne näher auf das soeben Genannte einzugehen.

Olsson klärte ihn über die letzten drei Tage auf, über die Schwierigkeiten, die mit dem Verlegen von Pernau bis hierhin nach Reval aufkamen und berichtete über Patrouillen, die ihn immer wieder aufhielten und ständig nach seinen Reisepapieren und den Befehlsschreiben verlangten.

General Otto Vellingk unterbrach den Kapten: „Diese lästigen Patrouillen, von denen Sie da sprechen, handeln in meinem Ermessen! Sie haben den Befehl, alle wichtigen Straßen und Wege abzusichern und die Passanten zu kontrollieren, egal ob sie einem Offizier oder einem einfachen Soldaten oder gar einem Zivilisten begegnen! Nur so können wir eine sichere Route zwischen Pernau nach Reval bishin zu meinem Quartier nach *Wesenberg* gewährleisten!" Otto Vellingk sah den Kapten forsch ins Gesicht. Dieser nickte hastig und fuhr dann mit der Berichterstattung fort.

Olsson war leicht verärgert über die Verständnislosigkeit des Generals, die er sichtlich zum Ausdruck brachte, nachdem er zu Ende gesprochen hatte, ließ sich jedoch nichts anmerken. Dass die letzten drei Tage ein Ritt durch die Hölle gewesen waren, kalte, unbarmherzige Winde seiner Stute und ihm schwer zu schaffen machten und dass er kaum Schlaf gefunden hatte, immer dem Ziel vor Augen, möglichst pünktlich im schwedischen Feldlager einzutreffen, beeindruckte den General anscheinend herzlich wenig. Doch Olsson diente bereits lange beim Militär und hatte über die vielen Dienstjahre hinweg gelernt, mit solchen Konfrontationen umzugehen und sich dadurch nicht etwa gekränkt oder beleidigt zu fühlen. Er beobachtete den General dabei, wie sich jener von dem großen eichernen Feldtisch entfernte, seine Hände hinter den Rücken verschränkte, auf den Zelteingang zumarschierte und schweigend hinausschaute. Dann nahm er seine linke Hand und legte sie über den vergoldeten und verzierten Griff seines Degens, drehte sich wieder den beiden Männern zu und blickte dann erst zu seinem Adjutanten, danach zu Kapten Olsson.
„Ich hörte, Sie haben von Generalmajor Maydell Befehle des Königs selbst erhalten, einen Auftrag für diesen und unser ganzes Reich auszuführen," verlangte der General zu wissen.
„Das ist richtig, Herr General", gab Olsson knapp als Antwort. Otto Vellingks Blick verharrte zwischen den beiden Offizieren, dann wandte er sich seinem Adjutanten zu: „Rolste, wären Sie so freundlich und würden den Kapten und mich für einen Moment bitte alleine lassen? Ich rufe Sie dann zu mir zurück, sofern ich Ihre Aufmerksamkeit wieder erwünsche."
Der Överstelöjtnant nickte knapp, sah noch einmal zu Kapten Olsson herüber, machte dann auf dem Absatz kehrt und entfernte

sich aus dem Zelt. Der General wartete noch eine Weile, bis er sicher sein konnte, dass Rolste weit genug entfernt war, um nichts, was nun zwischen diesen beiden Männern besprochen werden sollte, mitbekommen würde.

„Ich habe vor wenigen Tagen einen Brief aus dem Generalhauptquartier in Pernau erhalten, indem die weiteren Vorgehensweisen dieses Feldzuges gegen die Russen geschildert werden, hauptsächlich haben diese aber mehr mit der Beendigung der Belagerung Narvas zu tun, als alles andere. Ihre Mission wurde mir unterdessen streng geheim in einem beigefügten Zusatzprotokoll mitgeteilt und wie wichtig es ist, diese Informationen an keinen x-beliebigen Angehörigen der Armee weiterzutragen. Warum man sich nun ausgerechnet für Sie entschieden hat, weiß ich nicht. Ich will es aber auch gar nicht wissen, denn so wie es aussieht, kommt der Befehl ja direkt vom Oberbefehlshaber persönlich und meinem König vertraue ich grundlegend! Also hinterfrage ich hier keinerlei Aufgabenverteilung oder Sonstiges! Sie, Herr Kapten, sind mit der Aufgabe betraut, die nächsten Tage in dem kleinen Dorf Kolgaküla mit einem Trupp schwedischer Karoliner zusammenzutreffen und gemeinsam von dort nach Wesenberg zu verlegen, um, wie mir mitgeteilt wurde, eine geeignete Route für unsere Vorhut auszukundschaften und sicherzustellen, dass kein Feind etwas von unseren Truppenbewegungen mitbekommt, habe ich das so richtig aufgenommen?" Fragend blickte der General auf den Kapten herab, der immer noch angewurzelt an der gleichen Stelle stand und sich nicht bewegt hatte, seitdem er das Zelt betrat. Olsson nickte steif und gab ein „jawohl" zurück.

„Gut, dann habe ich zu diesen Befehlen und Ihrem Sonderauftrag keinerlei Fragen mehr! Bleibt mir also nur noch Ihnen das mitzuteilen, warum Sie einen so gewaltigen Umweg hierher nach Reval machen mussten, anstatt von Anfang an direkt mit ihrer kleinen Abordnung zusammen zu marschieren. Der Generalmajor Maydell, wie auch der König selbst, waren beide der Ansicht, dass Sie, Herr Kapten, in die weiteren Planungen des Generalstabes eingebunden werden sollten, um ein möglichst klares und eindeutiges Bild von unseren nächsten Vorgehensweisen zu erhalten, die anscheinend unabdingbar für einen erfolggekrönten Abschluss Ihrer Mission sind. Meiner Auffassung nach sollten Sie als rangniedriger Offizier keinerlei Einblicke in solch wichtige Obliegenheiten bekommen, doch meine Meinung zählt hier nicht und schon gar nicht, wenn die Befehle vom König selbst kommen! Nehmen Sie es nicht persönlich, aber ich wollte nur, dass Sie das wissen, warum ich diese Idee nicht gutheißen kann..."

Kapten Olsson machte sich nichts aus dieser eitlen, fast schon beleidigenden Aussage des Generals. Er kannte Otto Vellingk vom Hörensagen her und wusste, dass dieser eine steile Karriere bei der schwedischen Armee durchlaufen hatte. Bereits sechzehnhundertsechsundsiebzig kämpfte er als Kommandeur einer Kavallerie-Schwadron gegen die Dänen bei Halmstad. Zwei Jahre später wurde er zum Oberst im Hämeenlinna Regiment befördert und keine fünf Jahre später war er vom König selbst zum General der Kavallerie ernannt worden. In den folgenden Jahren wurde er an den unterschiedlichsten Orten als Gouverneur eingesetzt, unter anderem auch sechzehnhundertdreiundneunzig in Schonen sogar als Generalgouverneur. Vor zwei Jahren verlagerte er jedoch seine Arbeit und machte sich auf nach Ingermanland, wo er die freigewordene und ihm

angebotene Stelle als Gouverneur antrat. Jetzt befehligte er zudem die Streitkräfte, welche sich in Wesenberg zurzeit aufhielten und den Auftrag innehatten, den letzten schwedischen Vorposten vor der estländischen Hauptstadt *Reval* zu halten und das Hinterland, mitsamt seinen Dörfern und Städten zu sichern.
Einen so vielschichtigen, talentierten General, der in seinen Jahren solch einen herausragenden Aufstieg einzig seinem Fleiß und seinem Können wegen zuzusprechen war, zollte ihm der Kapten eine Menge Respekt, trotz der brüskierten Ansprache des Gleichen. Olsson fragte sich, wo er in einigen Jahren noch landen werde, welch Zukunft das Schicksal für ihn bereithielte und ob er überhaupt noch ein hohes Alter erreichen, oder stattdessen auf einem Schlachtfeld ums Leben kommen würde, vielleicht ja schon bald... Er wurde aus seinen Gedanken gerissen, als der General mit seiner Ansprache fortfuhr: „Damit Sie alle Beweggründe unseres Oberbefehlshabers und seines Generalstabes nachvollziehen können, möchte ich Ihnen vorab noch einmal die derzeitige Lage vermitteln, ich weiß ja nicht, inwieweit Sie auf dem aktuellen Stand der Dinge sind. Als Kapten hat man bestimmt anderes im Sinn, als sich den ganzen Tag über mit solch weit hergeholten Strategien auseinanderzusetzen." Er blickte den Kapten fordernd an, doch dieser änderte seine Miene nicht, blickte ihn einfach nur erwartungsvoll an, was das denn für Informationen seien, die ihm mitgeteilt werden sollten.
Enttäuscht von dieser Reaktionslosigkeit setzte der General seine Unterredung fort: „Die Russen unter Zar Peter I. belagern weiterhin Narva. Uns ist zu Ohren gekommen, dass sich mittlerweile um die fünfunddreißigtausend Soldaten dort den anfänglichen Truppenverbänden Alexander Imeretinskis

angeschlossen haben. Darunter fallen etwa einhundertachtzig Geschütze, die seit dem dreißigsten Oktober die Verteidigungsanlagen beschießen. Generalmajor Peter Arvid Horn hält die dortigen Stellungen mit knapp dreitausend Infanteristen, zweihundert Kavalleristen und etwa an die vierhundert Freiwilligen der Stadt. Bis jetzt halten die Mauern dem dauerhaften Beschuss der Russen stand, doch wer weiß, wie lange noch. Die Russen sollen derweil nicht untätig gewesen sein und einigen Vorausabteilungen und Beobachtern zufolge einen mehrere kilometerlangen doppelten Wall um die Stadt angelegt haben. Auch wenn die Verteidigungsanlagen halten sollten, werden früher oder später die Vorräte der Stadtkammern knapp werden, ich erinnere Sie gerne noch einmal an den immer näher rückenden Winter! Karl XII. hat also keine andere Wahl, als schnellstmöglich die Stadt aus den Fängen unserer Gegner zu befreien, damit wir dann, wie geplant, unser Winterlager sicher einrichten können, um uns dann gestärkt ab dem nächsten Frühjahr dem Russen endgültig stellen zu können und ihn zur Kapitulation zu zwingen! Meine Abteilungen, die in Wesenberg stationiert sind und den Iwan daran hindern, unsere Gebiete westlich von Narva zu attackieren und zu zerstören, warten auf Karl XII. und seine Armeen, die sich getrennt von Pernau und Reval aus hier vereinigen, dann zusammen nach Wesenberg zu meinen Streitkräften verlegen sollen, um dann am Ende geballt gegen die russischen Belagerer vorzurücken und sie in einer Schlacht vernichtend zu schlagen!

Wir rechnen mit einer gesamten Truppenstärke von etwa zehn-, bis maximal elftausend Mann, was erschreckend wenig im Vergleich zu den Streitkräften Alexander Imeretinskis ist. Unsere einzigen Vorteile sind die Mehrzahl an Artillerie, wir verfügen, sofern alles reibungslos verläuft und sich alle Truppenkontingente wie geplant vereinen können, über etwa dreihundertdreißig Geschütze und unsere besser geschulte und gut trainierte Infanterie, den Karolinern! Neuesten Informationen zu Folge sollen die Russen zwar über eine wesentlich größere Streitmacht verfügen, als wir jemals an einem Stück aufbringen könnten, doch der Großteil, etwa elftausend von ihnen, besteht wohl ausschließlich aus wilden Kosakenherden, die keine Disziplin an den Tag legen und mehr für das Hinterland geschaffen sind, als für ein entscheidendes Gefecht auf einem Schlachtfeld! Der Rest der zaristischen Truppen sind Jünglinge und Alte, schnell aus dem Boden gehobene Rekruten, die noch niemals zuvor eine Waffe in der Hand gehalten, geschweige denn damit geschossen haben! Ein Großteil ihrer Offiziere hat noch nie eine Schlacht miterlebt, ihrer Führung fehlt es also absolut an Erfahrung, die wir ja Gott sei Dank bei uns in den eigenen Reihen in großer Stückzahl dank der vorherigen Kriege gegen Dänemark und Sachsen-Polen haben. Karl XII. ist also optimistisch eingestellt und sieht eine sehr reelle Chance Zar Peter I. zu besiegen und seine Armee zum Rückzug zu zwingen! Sie haben jetzt all die wichtigen Informationen erhalten, die ich Ihnen vom König übermitteln soll. Wenn Sie keine Fragen haben sollten, so würde ich Sie bitten, mich jetzt zu verlassen, da ich müde bin und mich ein wenig vor den anstehenden Strapazen erholen will! Diese Papiere nehmen Sie bitte zu den bereits erhaltenen Stücken mit an sich. Dort steht alles noch einmal schön sauber aufgelistet drin, was ich Ihnen soeben berichtet habe, Truppenzahlen unsererseits und die der Feinde, weitere Planungen zum Vorrücken unserer Streitkräfte, bis hin zu detaillierten

Aufzeichnungen von den Verteidigungsanlagen der Russen um Narva, ihren Stellungen und dem Gelände, auf dem sie Aufstellung genommen haben. Ich soll Ihnen ebenso weiterhin viel Glück vom König und dem Generalmajor Maydell ausrichten! So, dass sollte nun alles gewesen sein. Ich kenne Sie nicht, Kapten Olsson, ich weiß nichts über Sie und das beunruhigt mich, denn es zeigt mir, dass Sie keine herausragenden Leistungen in ihrer Vergangenheit hervorgebracht haben können, sonst hätte ich von Ihnen gehört. Dennoch haben Sie und ihre Männer diesen Auftrag erhalten und das sagt mir, dass Sie anscheinend die richtige Wahl sein müssen! Viel Glück also, Herr Kapten. Machen Sie unser Vaterland stolz und tun Sie ihre Pflicht! Ich denke, wir werden in Zukunft öfter voneinander hören…Wegtreten!"
General Otto Vellingk machte eine Fingerandeutung an seinem Dreispitz und nickte Olsson ein letztes Mal zu, ehe sich dieser umdrehte und das Zelt verließ. Draußen angelangt, holte er einen tiefen Luftzug und verharrte einen Moment, sah sich um und versuchte einen Einblick in das zu kriegen, was ihm soeben mitgeteilt wurde. Es waren wirklich viele Informationen und er würde sich die Zeit nehmen müssen, nochmals die Papiere zu durchblättern und die genannten Zahlen und Fakten nachzuschlagen und verinnerlichen zu können. Aber nicht hier und auch nicht mehr heute. Er war müde. Müde von den letzten drei Tagen in dem Sattel seiner Fuchsstute und den unschönen Wetterverhältnissen, die ihn kaum ein Auge zumachen ließen. Frisch gestärkt würde er sich dann, wenn er all die Schreiben und Aufzeichnungen einmal durchgegangen wäre, die kommenden Tage einen weiteren Pflichtbesuch bei Generalmajor Georg Johann Maydell und womöglich auch dem König selbst gemacht

hätte, seinen Weg zu Sven und Nalle und zu den anderen vier Karolinern fortsetzen, um sie dann am vereinbarten Treffpunkt in Kolgaküla zu finden und sich mit ihnen zusammenzuschließen.

Es war bereits dunkel, als sich Kapten Olsson daran machte, seinen dicken dunkelgrauen Mantel über seine Uniform zu ziehen und sein, ihm zugewiesenes Zelt zu verlassen, um etwas trinken zu gehen. Den Tag über war er noch einmal dem Överstelöjtnant Rolste begegnet und für heute Abend hatten beide beschlossen, sich an einem der großen Seitentore der Stadt zu treffen, um von dort gemeinsam zu einer Gaststätte zu verlegen, die Rolste wohl schon näher kannte und der er nur Gutes zusprach. Da Olsson lange schon nichts mehr wirklich getrunken hatte und seinen Kopf mal auf andere Gedanken bringen wollte, als den ganzen Tag über immer nur seiner Pflicht zu Folgen und treu zu dienen, sich um seine Untergebenen zu kümmern, oder Streitigkeiten aus der Welt zu schaffen, fand er das Angebot des Adjutanten von General Otto Vellingk vortrefflich und stimmte zu. Vorher verbrachte er jedoch ununterbrochen den ganzen Tag über in seinem Zelt und holte das nach, was ihm die letzten drei Tage so vehement verwehrt blieb, Schlaf! Er war so weg gesunken, dass er nichts von der Außenwelt mitbekam und dass, obwohl es nicht gerade leise in so einem Feldlager zu sich ging.
Nach nun beinahe zwölf Stunden Schlaf in seinem Zelt, setzte sich Kapten Olsson gerade von dort aus, nachdem er sich frisch gemacht hatte, in Bewegung, in jene Richtung, die ihm Överstelöjtnant Rolste am Vormittag noch kurz erklärt hatte. Er fühlte sich matt, daran änderte auch nicht der viele Schlaf etwas

und die Müdigkeit war immer noch gnadenlos in ihm präsent und nach wie vor spürbar. Es würde wahrscheinlich noch einige Zeit dauern, bis er wieder in seinen alltäglichen Schlafrhythmus verfallen würde und sich bei vollen Kräften fühlte.

Olsson versuchte auf andere Gedanken zu kommen, blickte zuerst in den kalten, jedoch wunderschönen, von Sternen überzogenen Nachthimmel, dann hinab, entlang der Zelte, die sich den Weg vor ihm aufreihten, auf dem wiederum in gleichmäßigen Abständen kleine Feuer loderten, um den Männern etwas Licht und ein wenig Wärme vor der eisigen Kälte zu spenden. Viele Soldaten saßen eng beieinander um die kleinen Feuerstellen, unterhielten sich oder dösten einfach nur vor sich hin. Einige lachten, andere schwiegen und betrachteten einfach nur die tanzenden Flammen, wie sie emporsprangen und Funken in die unendlich tiefe Nacht hinaus spien. Keiner wandte den Blick zu ihm auf, keiner grüßte ihn als Offizier und Vorgesetzten, als er an ihnen vorbei schritt, doch er hatte Verständnis dafür, zu fordernd waren die letzten Tage, wo sie, wie die Tiere gedrillt wurden, um sich auf den anstehenden Kampf vorzubereiten und zu kalt ihre Nächte, um genügend Schlaf und Erholung zu finden.

Nach etwa fünfzehn Minuten schnellen Marschierens tat sich vor Olsson plötzlich sein Ziel auf. Eines dieser gewaltigen Stadttore, durch die man in das Festungsinnere gelangen konnte, baute sich vor ihm auf und nahm ihm jedwede Sicht auf das, was augenscheinlich dahinter lag. Bei dem Gedanken daran, in wenigen Minuten in einem richtigen Gasthaus einzukehren und vom warmen prasselnden Kaminfeuer und Biergeruch ummantelt zu werden, stieg seine Motivation und er wurde etwas munterer. An die Festungsmauer gelehnt, entdeckte er dann auch schon Rolste, wie er, sich eine Pfeife in den Mund führend, in die Gegend starrte und seine Blicke in der Ferne nach was auch immer Ausschau hielten. Anscheinend hatte der Överstelöjtnant Olsson noch nicht entdeckt, denn er änderte seine Haltung nicht und machte auch sonst keine Anzeichen darauf, sich von seinem Fleck loszureißen und auf den Kapten zuzugehen. Keine fünf Meter entfernt machte sich Olsson von rechts an Rolste heran und berührte sanft seine Schulter. „Guten Abend, Herr Överstelöjtnant," brachte der Kapten ruhig und bedacht heraus, wollte er den Adjutanten doch keineswegs ohne Vorwarnung aus seinen Gedanken reißen und erschrecken. Dennoch schnellte dieser abrupt hoch, um dann aber beruhigt festzustellen, dass es nur der Kapten war, der ihn berührt und angesprochen hatte.

„Olsson, wie wäre es, wenn wir diese Gewohnheitsfloskeln unter uns zweien mal beiseitelassen und du mich bei meinem Vornamen nennst, einverstanden? Also Olsson, nenn mich doch bitte Thorsten und du bist…?"

Olsson war verblüfft, der plötzlichen Annäherung des Överstelöjtnant ihm gegenüber, doch zeigte er sich sichtlich erfreut darüber und antwortete sogleich auf die ihm gestellte Frage: „Björn, Thorsten, ich heiße Björn mit Vornamen."

„Na schön Björn, also, dann lass uns mal das Gasthaus aufsuchen, von dem ich dir heute Vormittag erzählt habe. Ich lade dich auf ein Bier ein und du erzählst mir etwas über dich, über dein zu Hause, deine Familie oder über was auch immer. Nur lass bitte das Thema Militär einmal außen vor, ja? Zu viel sind wir das ganze Jahr über damit beschäftigt, uns rein militärischen Obliegenheiten zu widmen und über nichts anderes mehr zu sprechen. Was hältst du von meinem Angebot, Björn?"

Olsson war mehr als nur froh über die Möglichkeit, sich einmal wie ganz normale Menschen über alltägliche Dinge zu unterhalten und Strategien und Gefechtsspielchen mal außen vor zu lassen. Rolste erkannte den freudigen Ausdruck in den harten und den Dienstjahren geschuldeten Gesichtszügen des Kaptens sofort und musste auf keine Antwort warten, denn die war mehr als offensichtlich.

Also machten sie sich zu zweit daran, durch das Tor in das Innere der Stadt Revals zu gelangen und sich auf dem Weg zu dem besagten Gasthaus zu machen, welches der Överstelöjtnant Olsson so sehr empfohlen hatte.

Ihr Weg führte sie eine Zeit lang auf einer breit ausgebauten gepflasterten Straße entlang, an deren Seiten sich große Häuser in der Dunkelheit abzeichneten. Die meisten unter ihnen waren schöne drei-, bis vierstöckige Fachwerkhäuser, deren Putz an vielen Stellen nachgetragen worden war. Ein, zwei barocke Fassaden lugten zwischen den dominierenden Fachwerkhäusern hervor, die jedoch in der Minderheit und so gut wie gar nicht auszumachen waren. Für den Kapten wirkte Reval mehr wie eine altmittelalterliche Stadt, als wie die junge Hauptstadt von schwedisch Estland.

Rolste führte Olsson von der breiteren Straße in einen Seitenweg, dem sie die nächsten Minuten folgten. Ihr Weg führte sie durch enge dunkle Gassen. Die hohen Gebäude verschluckten das einfallende Licht des Mondes und von daher erreichte es nicht die untersten Ebenen, in denen sich die beiden Männer aufhielten. Da hier in den Seitengassen auch keine Straßenlaternen dem Weg Licht spendeten, musste sich Olsson ganz und gar auf die Orientierung von Rolste verlassen und hoffen, dass dieser seinerseits wusste, wo sie lang sollten.

Immer wieder begegneten sie kleinen Kreuzungen, bogen mal nach links, dann nach rechts ab und bald überkam Olsson das Gefühl, dass Rolste gar nicht wusste, wo er eigentlich war, doch ganz plötzlich vernahm er Stimmen, die von der nächsten Ecke zu kommen schienen und als beide in diese einbogen, tat sich vor ihnen ein etwas abseits gelegenes Gebäude von den anderen auf. Dem alten verschnörkelten Schild nach zu urteilen, war es tatsächlich ein Gasthaus, oder eher eine Art Schenke, aber wie dem auch sei, Olsson war froh, endlich angekommen zu sein. Er schlotterte unter dem dicken Armeemantel und freute sich auf einen warmen Tisch am prasselnden Kaminfeuer und auf das Bier, was Överstelöjtnant Rolste bereit war, ihm zu spendieren. Er trat einen Schritt auf das Gebäude zu und machte sich bereits an seinem Mantelverschluss unterhalb seines Kragens zu schaffen, den er öffnen wollte, da fiel ihm aus dem Augenwinkel eine Gestalt auf, deren Umrisse sich schwach in den dunklen Schatten abzeichneten. Er blieb verdutzt stehen, um auszumachen, was es mit dem Schatten dort drüben zwischen zwei der Häuserwände auf sich hatte. Seine rechte Hand gelangte instinktiv an den Griff seines Degens und mit der linken hielt er seine Scheide fest umklammert. Gerade, als er sich zu Rolste umdrehte, um ihn von seiner gemachten Beobachtung zu unterrichten, sah er nur noch einen Knüppel auf sein Gesicht zukommen und das nächste was er vernahm, war absolute Finsternis. Die Schwärze der Nacht hatte ihn eingeholt und nahm ihm jegliche Sinne.

Kapitel IV

Nalle war der erste gewesen, der Sven am nächsten Morgen ansprach und ihn fragte, wie denn seine Nacht gewesen sei, doch der Reaktion Svens nach zur Folge und seinem Aussehen nach zu urteilen, konnte sich Nalle die Antwort bereits denken. Sven hatte keine einzige Sekunde geschlafen, zu voll war sein Kopf mit Gedanken an sie alle und ihre ungewisse Zukunft gewesen. Jetzt verfluchte er sich dafür, dass er die Nacht damit verschwendet hatte, denn es änderte rein gar nichts an ihrer aktuellen Situation, geschweige denn, an ihrem Ausgang.
Sven beobachtete, wie sich ihre kleine Gemeinschaft abmarschbereit machte, allesamt Decken und Essbestecke zusammensuchten und ihre Waffen aufnahmen und schulterten. Wenger schien jeden einzelnen von ihnen zu beobachten und aufs genaueste zu kontrollieren, damit auch ja niemand irgendetwas zurücklassen würde.
Da Sven als letzter Wächter bereits größtenteils sein Hab und Gut zusammengepackt hatte, konnte er sich eine kleine Auszeit erlauben. Er gähnte, als Hortsenk an seine Seite trat und ihn misstrauisch musterte: „Du siehst ja absolut bescheuert aus, Mann! Hast wohl kein Auge zugemacht, was? Ha, na dann hast du ja heute einen besonders amüsanten Marsch vor dir, mein Junge", spottete Hortsenk, während er ihn überholte und sich zu Wenger und den anderen aufmachte, die bereits im Inbegriff waren, aufzubrechen.

Sven blickte an Hortsenk unbeirrt vorbei und wandte sich dann Nalle zu, nahm seine Ausrüstung auf, schulterte, wie all die anderen es schon vor ihm getan hatten, seine Muskete und gliederte sich in den kleinen Trupp ein, der sich sodann in Bewegung setzte und ihr kleines Nachtquartier aufgeräumt und in einem natürlichen Zustand zurückversetzt hinter sich zurückließ. Wenger und Hortsenk hatten vor Abrücken darauf bestanden, dass die Feuerstelle zugeschüttet wurde und dass das plattgedrückte Terrain mit den Stiefeln und Geäst ein wenig durchwühlt und übersät werden sollte, ehe sie sich daran machten, weiterzuziehen. Nichts, aber auch gar nichts sollte auf ein Lager einer Gruppe von Menschen erkenntlich gemacht werden und jegliche Spuren darauf waren zu vernichten. Sven, wie auch die anderen verstanden den Gedankengang hinter den beiden Karolinern der zwoten Kompanie und da alles plausibel war, spielten sie mit und gehorchten.

Es war ein wirklich schöner Morgen, im Vergleich zu den letzten Tagen, an denen der feuchte Nebel, nasse Luft und eisige Winde die Karoliner bedrängt hatte und das Land in erste unangenehme Novembertage einhüllte. Die Sonne schien und spendete der kleinen Gemeinschaft etwas von ihrer Wärme. Sven blinzelte in den Himmel und schloss dann seine Augen. Er genoss die ungewohnte Atmosphäre und machte sich sogleich daran, seinen dicken schweren Mantel zu öffnen, der ihm die letzten Tage wenigstens ein bisschen Schutz vor dem kalten unnachgiebigen Wetter gegeben hatte. Nalle und die anderen machten sich, nachdem Sven den Anstoßer dazu gegeben hatte, ebenfalls daran und schon wenige Minuten später hatten alle sieben ihre Mäntel ganz abgelegt und zusammengerollt auf ihren Gepäckstücken verstaut.

Es waren zwar nach wie vor kalte Temperaturen und hin und wieder wehte auch einmal ein eisiger Luftzug um die kleine Gemeinschaft herum, doch das schnelle Marschtempo der Gruppe, ihre schwere Ausrüstung, die sie mit sich führten, selbst ihre Uniformen schienen für solche winterlichen Wetterbedingungen zu dick zu sein.

Die Sonne stand mittlerweile in ihrem Zenit, als Wenger die Gruppe zum Anhalten aufrief und sich kurzum mit Hortsenk und Brenke absprach, wie sie weiter vorgehen sollten. Nalle, Sven und Nils schauten derweil auf ihre Karte herab, die ihnen zu Anfang hin mitgegeben wurde. Sie erkannten, in einem zwei Tagesmarsch etwas weiter östlich von ihnen entfernt gelegen, die größere Stadt Wittenstein, der sie sich annähern, doch nicht bis vor die Stadtmauern vorgehen wollten. Hortsenk und Wenger hatten sich vergangene Nacht, lange bevor Sven sich daran gemacht hatte, schlafen zu gehen, mit Nils und Brenke zusammengeschlossen und entschieden, wie sie die weitere Route nach der von Kapten Olsson bereits eingezeichneten roten Linie fortsetzen wollten. Sven und Nalle wurden derweil mal wieder außen vorgelassen. Sie hatten erst in dem kleinen Ort Vändra, kurze Zeit nach dem unerwarteten Zwischenfall mit den Russen am Waldrand, den Anschluss an die rote Wegmarkierung entdeckt, die ihnen zu Anfang hin noch fehlte und dieser waren sie seither gefolgt. Wie es Kapten Olsson in die Karte eingezeichnet hatte, so wollten auch sie die Nähe von Wittenstein meiden, um nicht aufzufallen. Eine kleine Gruppe, wie die ihre, die so bepackt mit Ausrüstungsgegenständen und Waffen war, würde sicherlich dem einen oder anderen auffallen und es könnten Fragen aufkommen. Die galt es zu vermeiden und

von daher wurde der Entschluss gefasst, linker Hand einen etwas größeren Bogen um die Stadt zu machen.
Brenke brachte am Vorabend noch den Vorschlag ein, am besten bei Nacht, im Schutze der Dunkelheit weiter vorzurücken, damit auch ja niemand etwas von ihnen mitbekam. Wenn das Tageslicht dann wieder anbräche, wäre die kleine Gemeinschaft schon lange an Wittenstein und deren Vororte vorbeimarschiert und niemand wäre auf sie aufmerksam geworden.
Alle fanden die Idee ausgezeichnet und so entschieden sie sich, wie auch schon Olsson vor ihnen, an der Stadt vorbei des nachts durch einen, so auf der Karte eingezeichneten dichten Wald vorzurücken und Wittenstein hinter sich zu lassen. Sven quälte die Vorstellung, die Chance auf ein warmes, sicheres Plätzchen in irgendeiner Herberge zu verwirken, doch ihm war auch klar, dass sich alle nur unnötigen Gefahren aussetzen würden und dann ein für alle Mal Schluss mit dieser Heimlichtuerei sei, denn sie wären allesamt Gesprächsthema Nummer eins für die nächsten Tage oder gar Wochen. Ein, bis an die Zähne bewaffneter schwedischer Infanterietrupp, der mitten durch das friedliche Wittenstein marschiert, das konnten sie sich nicht erlauben! Also außen herummarschieren, anstatt mitten durch sie hindurch!
Nalle und Sven standen mit Nils gerade etwas abseits von den anderen und blickten abwechselnd auf ein altes kleines Gutshaus aus roten Ziegelsteinen, welches nicht weit von ihnen entfernt zwischen zwei flachen Hügeln stand und die Sicht auf ein weites aus Acker- und Waldflächen bestücktes Terrain freigab. „Es scheint leer zu stehen", gab Nalle plötzlich von sich. „Vielleicht sollten wir einmal 'rübergehen und nachsehen, ob es dort etwas

Brauchbares für uns gibt, was wir mitnehmen könnten. Eier zum Beispiel!"
Nils musste lachen: „Haha, Eier Nalle, ist klar, dass glaubst du doch wohl selbst nicht, was du da sagst. Wieso sollten ausgerechnet Eier auf einem leeren Hof liegen?" Er blickte neugierig und mit einem leichten Grinsen aufgelegt zu Nalle herüber, der ganz unschuldig tat, nur mit den Schultern zuckte und sagte: „kann doch sein!"
Sven brachte sich ein und meinte, wenn Hortsenk und Wenger zurückkommen würden, könnte Nalle sie ja mal fragen, ob sie einen kleinen Abstecher dorthin machen könnten.
„Das es dort Eier geben wird, glaube ich nicht, aber eventuell ja etwas anderes Brauchbares, wie Nalle meinte. Nachschauen würde ja nicht schaden, oder was meinst du dazu, Nils?" Sven blickte seinen Kameraden erwartungsvoll an und hoffte auf eine Antwort, kassierte jedoch nichts weiter, als ein Kopfnicken, bis sich Nils Wenger zuwandte, der gerade auf sie drei zukam, während Hortsenk wie auch Brenke an ihrem Ausgangsort Ort verharrten.
„Wir haben uns dafür entschieden, noch knappe zwei Stunden weiterzumarschieren, damit wir unser Ziel zeitnah erreichen können. Da wir auch nicht wissen, wie viele Stunden uns die Umgehung Wittensteins kosten wird, sollten wir bis dorthin möglichst schnell vorankommen, um dann flexibel, die bestmögliche Tageszeit abzuwarten, um uns unbemerkt an der Stadt und seinen Vororten vorbei zu schleichen." Wenger wartete keine Antwort ab, so, als ob schon alles entschieden sei, doch Sven meldete sich zu Wort, ehe Wenger auf dem Absatz kehrt machen konnte und zu Hortsenk und Brenke zurückgehen würde, um ihnen beiden seine finale Antwort mitzuteilen.

„Nalle, Nils und ich haben uns gedacht, dass wir doch schnell noch einmal zu dem kleinen verlassenen Haus dort drüben eilen könnten, um vielleicht noch etwas Brauchbares für uns zu entdecken…"

Wenger blickte Sven finster an. Er war verärgert, dass dieser Bengel schon wieder ausgerechnet ihm einen Vorschlag unterbreiten wollte, konnte aber anhand der Gesichtsausdrücke Nils und Nalles die Entschlossenheit und Zustimmung derer ablesen. Nalles Meinung wäre ihm total egal gewesen, nicht aber die von Nils. Mit dem wollte er es sich nicht verspaßen, denn mit seinem Kameraden aus der ersten Kompanie, Brenke Utsson, verstand er sich sehr gut und immerhin war dieser ja auch sein Stellvertreter dieser kleinen Gemeinschaft. Also seufzte er nur genervt und erlaubte den Dreien für eine Viertelstunde das Anwesen, nach welchen Gegenständen auch immer, abzusuchen und sich dann bei Hortsenk, Brenke und ihm zurückzumelden. Diese würden unterdessen eine Kleinigkeit essen und sich linke Hand des Hofes aufhalten und die nähere Umgebung bewachen.

Svens Überraschung war nicht zu übersehen. Er hätte mit allen möglichen Antworten Wengers gerechnet, hatte sich schon auf eine erneute Anschnauzerei eingestellt, auf weitere Beleidigungen, wie kindlich er doch sei und wie dumm und wie unerfahren, doch es kam ganz anders, als zuerst gedacht, und nachdem ihm und den anderen erlaubt wurde, sich zu entfernen und umzusehen, setzten sie sich sogleich in Bewegung, um keine Zeit zu verlieren.

„Verstehst du das, Sven", fragte Nalle verdutzt.

Sven blickte seinen Freund fragend an: „Was? Was soll ich verstehen, Nalle? Meinst du, warum Wenger auf einmal so

kooperativ ist? Warum er sich nicht geweigert und quer gestellt hat?"
„Ja, ja genau das meine ich! Gestern hat er dich noch so 'runtergezogen, vor uns allen brüskiert und beleidigt, und heute geht er ohne Wenn und Aber gleich auf dich ein und lässt dir quasi freie Hand in deiner Entscheidung. So wirklich verstehe ich das nicht, Sven!"
Dieser überlegte kurz, was er seinem Freund antworten sollte, blickte dann zu Nils, der keinen Meter entfernt, rechts von ihm schritt und den Blick schon auf das nicht mehr weit entfernte Anwesen richtete. Sven wusste natürlich genau, warum Wenger ihn hatte gehen lassen und auch, was seine Beweggründe dahinter waren. Wäre Nils nicht bei ihnen, sondern bei Hortsenk und Brenke gewesen, hätte sich das gleiche Thema abgespielt, wie schon den vergangenen Tag zuvor, doch Nils hatte nun einmal bei Nalle und ihm gestanden und war genauso überzeugt davon gewesen, vielleicht etwas Brauchbares in dem Haus zu finden, wie Nalle und er selber auch. Von daher konnte Wenger ihm diese Idee nicht abschlagen, es sei denn, er hätte zukünftig seine Führungsposition ihrer kleinen Gruppe gegenüber Brenke, seinem Stellvertreter, riskieren und in Frage stellen wollen. Da aber Nils zu nahe an ihm und Nalle marschierte und seine ehrliche Antwort mitbekommen würde, entschied sich Sven dazu, nichts zu sagen, um das Feuer zwischen ihm und Wenger nicht noch unnötig zu schüren, zuckte also nur mit den Schultern und meinte zu Nalle, das er keine Ahnung davon hätte, warum Wenger denn auf einmal so verständnisvoll war und ihn machen ließ.
Etwa zwei Minuten später erreichten sie das kleine Anwesen. Nalle war der Erste, der sich an der Eingangstür zu schaffen

machte, die sich aber ohne weiteres aufstoßen ließ. Nils schlug vor, sich in dem großen Schuppen hinter dem Haus umzusehen und Nalle entschied für sich, das Grundstück näher unter die Lupe zu nehmen, während Sven daran dachte, das Haus zu untersuchen. Nalle wollte ihm in wenigen Minuten folgen, wenn er draußen mit dem Absuchen des Hofes fertig war.

Also teilten sich die drei wie besprochen auf und jeder machte sich daran, seinen Bereich näher unter Augenschein zu nehmen. Während Nalle und Nils sich draußen voneinander trennten, durchschritt Sven vorsichtig die Eingangstür und fand sich sofort in einem großen Flur wieder, der sich dunkel und staubig vor ihm auftat. Ihm fiel sofort auf, dass all die Möbel, die an der Wand einmal gestanden haben mussten, umgeworfen und zersplittert auf dem Boden lagen. Regale waren ausgeräumt, und die Wände zeichneten helle Flecken an der Tapete ab, wo einmal Bilder gehangen haben mussten. Von der Decke hing eine Art Kerzenleuchter, der wohl einmal den Eingangsbereich mit Licht gefüllt hatte. Die Kerzen waren niedergebrannt und Spinnweben zeichneten sich über seine Armausläufer ab, ein Zeichen dafür, dass dort oben wohl schon lange keine Kerzen mehr gebrannt haben konnten.

Sven ging vorsichtig auf eine der Türen zu, die sich links und rechts von dem Flur auftaten, während geradeaus eine Holztreppe in das Obergeschoss führte. Er öffnete sie vorsichtig und mit einem knatternden Ton ließ sie sich etwas schwerer aufschieben. Er befand sich anscheinend im Wohnzimmer, eine zerlöcherte alte und von Schimmel befallene Couch und ein halb verkohlter Sessel vor einem Kamin wiesen darauf hin. Auch hier waren sämtliche Möbel wahllos umgeworfen worden. Er trat gerade mit seinen Stiefeln auf Glasscherben, die von einer ehemaligen großen dunklen Standuhr kommen mussten, deren Ziffernblatt und die Zeiger sich zerbrochen hinter dem restlichen Glasvorsprung abzeichneten. Überall lagen alte Bücher teils auseinandergerissen im Raum verteilt auf dem Boden, so sehr von Staub bedeckt, dass sie allesamt weißlich aussahen und schon eine Weile in ihrer jetzigen Position liegen mussten. Sven hob eines dieser Bücher auf, pustete und wischte mit seiner Handfläche den Staub von der Vorderseite des Buches und stellte mit Erstaunen fest, dass der Titel von diesem weder auf Schwedisch noch auf Russisch geschrieben stand. Es war eine andere Sprache, die Sven aber nicht kannte. Er blätterte ein wenig hindurch und legte dann das Buch wieder vorsichtig auf den Boden, als ob es noch einen gewissen Wert für irgendjemanden haben könnte.

Da es so schien, als ob in diesem Raum nichts Brauchbares zu finden sei, verließ er auf gleichem Wege wieder das Wohnzimmer, kehrte in den Flur zurück und machte sich auf, die gegenüberliegende Tür anzusteuern. Diese stand offen und gab den Blick frei in die Küche. Auch hier zeichnete sich ein ähnliches Bild ab, wie in den beiden anderen Räumen zuvor. Bestecke, Messer, Gabeln und Löffel lagen wild verteilt auf dem Boden. Keramik und Glas waren zersprungen und deren Splitter verteilten sich auf der gesamten Fläche der Küche. Tisch- und Stuhlbeine waren zerborsten und lagen umgeworfen umher. Sven machte eine weitere Tür am Ende der Küche rechts von einem wohl ehemaligen Ofen aus, schritt auf diese zu und öffnete sie, um zu sehen, was sich dahinter befand. Er erschrak kurz, als er feststellen musste, dass die Tür aus den oberen Angeln gerissen war und nun durch sein Aufschieben beinahe ganz aus dem Rahmen fallen wollte.

Er luge vorsichtig an der Türkante vorbei in ein anscheinend ehemaliges Arbeitszimmer. Ein alter hölzerner Sekretär lag umgestoßen auf dem Boden und vergilbte Blätter lagen verstreut umher. Auch hier waren wieder einige Bücher auszumachen. Einige standen sogar noch in einem intakten Wandschrank, der die komplette Rückseite des Arbeitszimmers füllte.

Sven ging ein Stückchen in den Raum hinein und blieb dann vor dem umgeworfenen Sekretär stehen, beugte sich vor und tastete vorsichtig die Unterseite des ehemaligen Arbeitstisches ab. Erst schien er nichts Besonderes unter diesem auszumachen, doch dann fühlten seine Finger etwas kühles Glattes zwischen sich und er griff instinktiv danach und schob es hervor. „Aha, wusste ich es doch", gab Sven zufrieden von sich. Er erhob sich und hielt das Stückchen dunklen Glases in seiner Hand, an dessen Oberseite sich ein kleiner hölzerner Deckel abzeichnete. Er drehte diesen auf und sah im Inneren eine schwarze Substanz, die ganz klar Tinte sein musste.

Ein Tintenfläschchen, dass konnte Sven gut gebrauchen, sollte sein eigener Vorrat eines Tages auf dem Weg aus-, oder verlorengehen. Außerdem hatte er bisher noch kein eigenes haben können, denn diejenigen, die er zum Aufsetzen von Briefen oder Befehlsschreiben immer dabeihatte und nutzte, waren dienstlich geliefert und mussten nach Beendigung der Arbeit wieder abgegeben werden. Nun hatte er sein eigenes Tintenfläschchen und konnte fortan auch ohne Zugang zu Schreibmaterialien von der Armee aus arbeiten. Er steckte es, zufrieden auf sich selbst, dieses Fläschchen in solch einem Chaos hier trotzdem gefunden zu haben, behutsam ein und suchte dann noch nach weiteren Utensilien, die für ihn von eventuellem Wert sein könnten, doch außer einigen wenigen zerbrochenen oder nicht mehr zum Schreiben zu nutzenden Schreibfedern fand er nichts Weiteres.

Als er zurück zum Flur gekommen war, um sich nun noch das Obergeschoss anzusehen, begegnete er Nalle, der von draußen mittlerweile hereingekommen war und nach seinem Freund Ausschau hielt.

„Nalle, etwa schon fertig draußen", wollte Sven wissen.

„Na ja, um ehrlich zu sein, habe ich aufgegeben. Ich habe eine Zeit lang zwischen dem Haus und dem Schuppen herumgestöbert, den Blick immer auf den Boden zugewandt, doch ich fand rein gar nichts!"

„Nicht einmal Eier?" Sven musste bei dieser Frage grinsen.

„Ha ha, ja, nicht einmal bescheuerte Eier, Sven! Nichts, aber auch überhaupt nichts! Jetzt habe ich die Schnauze voll und dachte mir, ich komme mal lieber zu dir, um dich bei deiner Suche zu unterstützen. Also, wo warst du schon überall?"

Sven nickte kurz verständnisvoll und gab dann seinem Freund die Antwort, die er hören wollte und zusammen machten sie sich auf in das Obergeschoss. Zweimal auf dem Weg nach oben wäre beiden Karolinern beinahe ein Unglück passiert, da einige Treppenstufen so morsch gewesen waren, dass sie unter dem Gewicht beider Soldaten zerbrachen und ein Loch in die Tiefe preisgaben. Gott sei Dank hielt aber das Geländer, an dem sich beide krampfhaft festhielten, den Blick entsetzt abwechselnd nach unten, dann zu dem jeweils anderen gerichtet.

Oben endlich angelangt, atmeten beide erst einmal erleichtert auf, ehe sie sich nun daran machten, die Räume einzeln abzulaufen.

„Sven, fang du am besten auf der rechten Seite der Räume an, ich nehme die Linken dort und wir treffen uns dann am Ende wieder hier in der Mitte, einverstanden?"
Dieser nickte entschlossen und daraufhin trennten sich erneut ihre Wege und der Eine schritt wohlbedacht, den Blick nicht von den quietschenden Bodendielen abgewandt, auf die linke Seite und der Andere auf die Rechte zu.
Sven wollte sich gerade in den hintersten Raum begeben, doch die Tür ließ sich einfach nicht öffnen. Sie war nicht verschlossen, aber sie schien durch irgendetwas auf der Innenseite des Raumes blockiert zu werden. Obwohl er mit ein wenig Kraftaufwand die Tür bestimmt hätte aufstemmen können, entschied er sich dagegen, zu alt und zu morsch war all das hier und er wollte sich nicht unnötig in Gefahr begeben, oder durch die nächstbeste Bodendiele fallen und sich irgendetwas brechen. Also ließ er den Ort und die Tür zurück und schritt bedacht zum nächsten Raum. Diese Tür, welche den dahinter liegenden Teil von dem oberen Flur einst getrennt hatte, fehlte gar völlig, er entdeckte sie auf dem Boden liegend auf der Innenseite des Zimmers, welches ein ehemaliges Schlafgemach gewesen sein musste. Ein großes Ehebett stand in der Mitte des Raumes, wurde flankiert von zwei kleinen Schränkchen und einer alten, sehr zerbrechlich wirkenden Kommode an der Vorderseite des Bettes. Rechts davon tat sich eine weitere Kaminöffnung auf und ein zersplitterter Spiegel lag weit versprengt auf dem Boden und bedeckte diesen mit unzählig vielen Scherben. Gott sei Dank hatte Sven durch seine guten Armeestiefel keinerlei Sorgen, sich an eine dieser schneiden zu können und konnte deshalb beruhigt auf die knachsenden und knirschenden Glassplitter herum-

schreiten, die sich, sobald er auf eine dieser trat, zu noch mehr Scherben zerbarsten.
Er schaute sich erneut genauer um, bückte sich unter das noch intakte Doppelbett, um zu sehen, ob irgendetwas zurückgelassen wurde, fand aber nichts. Sven schlenderte dann die Seiten entlang und blickte abwechselnd auf die Wände, dann auf den Boden, doch wo er auch suchte, es schien nichts Interessantes dabei zu sein, dass er hätte mitnehmen können. Also machte er kehrt und verließ das Zimmer mit ein wenig Enttäuschung. Draußen auf dem Flur angelangt kam ihm gerade Nalle aufgeregt entgegen, der seinerseits mit dem Durchsuchen seiner Hälfte fertig geworden war.
„Sven, schau mal, was ich in dem letzten Zimmer dort hinten gefunden habe!"
Stolz präsentierte Nalle seinem Freund den Fund, eine ältere Steinschlosspistole, dem Aussehen nach einem Relikt aus vergangenen Tagen, schien sie dem Verschluss nach nicht ganz den modernen Anforderungen gerecht zu werden.
„Die lag zwischen mehreren Brettern eines zerbrochenen Schranks", sagte er freudestrahlend.
Sven blickte ihn verständnislos an: „Nalle, was willst du denn damit? Dem Anschein nach ist sie viel zu alt, unbrauchbar für unsere Munition und unser Schwarzpulver. Die kannst du doch höchstens als Dekoration mit nach Hause nehmen und stolz deinen Eltern zeigen, mehr nicht!"
Nalle bemerkte die Zerschlagenheit seines Freundes, sagte aber nichts dazu, packte stattdessen entschlossen sein neues Spielzeug in die Provianttasche, verschloss diese und setzte sie sich wieder auf. Mit einem Schulterzucken machte er sich an den Abstieg der zerbrechlichen Treppe und ließ seinen Freund

einfach oben stehen. Eine Weile noch verharrte Sven selbst, bis er es Nalle gleichtat und wieder nach unten ging, das Haus verließ und ihm nicht weit entfernt von dem Anwesen bei Wenger, Hortsenk und Brenke sah, gefolgt von Nils, der sich gerade zu ihnen gesellte. Als auch er, enttäuscht, nicht mehr, als die wenigen Gegenstände in dem alten Haus gefunden zu haben, bei dem Rest der Truppe angelangt war, blickte ihm Wenger finster ins Gesicht.

„Es war eine verdammte Viertelstunde ausgemacht, Sven! Eine verdammte Viertelstunde, nicht weniger und vor allem nicht mehr!"

Stur ignorierte Sven seinen Widersacher und anstatt darauf zu reagieren, blickte er nur ausdruckslos in die Ferne, sah in den fast wolkenlosen Himmel und versuchte die warmen Sonnenstrahlen einzufangen.

Obwohl Wenger diese Art von Provokation bemerkte, ging er nicht weiter darauf ein, sondern setzte sich sodann in Bewegung, während die anderen ihm nach und nach folgten. Es ging einer hügeligen Landschaft voran immer weiter vorwärts, der Stadt Wittenstein entgegen, während die mittägliche Sonne ihren Zenit bereits erreicht hatte. Nach einer kurzen Rast auf einem der unzählig vielen grasigen und baumkargen Hügelkämmen, an der sich die sechs Karoliner mit ein wenig Essen und ein paar Schlucken kalten Wassers aus ihren Feldflaschen begnügten, ging es direkt weiter, um rechtzeitig die nähere Umgebung der Wittensteiner Vorlandschaft zu erreichen.

Während sie so marschierten, beobachteten alle schweigend das Terrain, auf dem sie sich aufhielten, weniger der Landschaft wegen, als vielmehr auf der Suche nach Anzeichen irgendeiner feindlichen Patrouille oder Ähnlichem. Dabei bemerkte Sven, wie sich die Natur vor ihnen langsam aber beständig veränderte. Das hügelreiche, von Graslandschaft geprägte Gelände wurde immer weniger und wich einem dichter werdenden Wald, deren kahle knorrige und von Moos behangenen Bäume die nachmittägliche Sonne mehr und mehr verschlang, bis sie ganz verdeckt wurde und nur noch Kälte und Dunkelheit die Region, die vor den Karolinern lag, bedeckten.

Mittlerweile dämmerte es bereits, als Brenke als Erster die weit entfernten Lichter der Stadt Wittensteins ausmachte und die restlichen seiner Gefährten darauf hinwies. Sie hatten ihr vorrangiges Ziel erreicht und Wenger brüstete sich damit, dass sie nach *seinem* Plan rechtzeitig angekommen waren. Doch zu welchem Preis dachte sich Sven im Stillen. Seit den frühen Morgenstunden waren sie fast ohne eine Pause durchmarschiert. Ihre Mägen knurrten und die Füße schmerzten geradezu. Obendrein war die Stimmung nicht gerade angenehm und jeder schwieg die meiste Zeit über und machte nur ein grimmiges Gesicht, während sie so in ihrem Tempo immer weiter in unbekannte Gefilde vorstießen.

Endlich war Wenger an seinem Ziel angelangt und erlaubte somit der kleinen Gemeinschaft vorerst zu rasten, sich auszuruhen und ein wenig zu schlafen. Geschützt von den Bäumen und weit genug entfernt von sämtlichen Wegen oder irgendeiner Zufahrtsstraße Richtung der Stadt überzeugte ihn, unentdeckt zu bleiben und nichts und niemanden auf sich aufmerksam zu machen. Des Nachts sollten sie dann ihren Weg, geschützt durch die Dunkelheit an Wittenstein vorbei weiter Richtung Nordosten fortsetzen und Kolgaküla sowie ihren Kapten Olsson am vereinbarten Treffpunkt erreichen. Bis dahin blieb jedoch ein wenig Zeit, um sich von den Strapazen des

Tages zu erholen und wieder Kräfte zu sammeln. Sie würden sie bald genug brauchen…

Kapitel V

*E*s war eine unüberschaubare dunkle Masse an Soldaten, die sich in ihren dunkelblauen Uniformröcken von Abteilung zu Abteilung fortbewegte. Eine Kolonne hatte gelbe, die zweite rote, die dritte weiße Aufschläge und zeugte von ihrer Herkunft und Einheit, ihrer Spezialisierung im Kampfgeschehen und ihrer Zugehörigkeit in den schwedischen Streitkräften.
Karl XII. saß auf seinem Schimmel etwas abseits seiner Kontingente auf einer kleinen Anhöhe und konnte zusammen mit einigen anderen seines Generalstabes den Marsch der Truppen beobachten.
Der Morgen war grau und behangen und Dunst drückte auf das Tal vor ihnen, auf das sich die Soldaten zubewegten. Wäre es die letzten Tage nicht so verdammt feucht gewesen, würde man eine riesige, bis in den Himmel steigende Rauchwolke noch in schier unendlich vielen Kilometern ausmachen, doch das Glück stand auf Karls Seite, der bemüht war, die fünftausend Mann starke Kolonne erfolgreich und unbemerkt nach Wesenberg zu führen, ohne in irgendwelche Konflikte mit dem Feind zu geraten.
Erst vor wenigen Tagen hatte er von seinen Kurieren erfahren, dass es zu mehreren Zusammenstößen zwischen den schwedischen Abteilungen seines Generals Otto Vellingk und den Russen unter Generalfeldmarschall Boris Petrowitsch Scheremetew kam und da sich die Vorfälle anhäuften und Karl

XII. befürchtete, der Feind plane einen baldigen Aufmarsch gegen Wesenberg, entschloss er sich, die Grenzbastionen um die Stadt zu verstärken. Während die Hauptstreitmacht weiterhin in *Reval* verblieb, wurde nunmehr dieses fünftausend Mann starke Kontingent ausgesandt, um dem General Otto Vellingk aushelfen zu können und die Front zu stabilisieren. Ebenso erhoffte sich Karl XII. mit diesem Akt, den Russen durch seine massiven Truppenverstärkungen einzuschüchtern und ein Vorgehen gegen ihn und Wesenberg zu vereiteln.

An dem schwedischen Feldherren zogen gerade eine Abteilung Artilleristen vorbei, die mit ihren Pferdegespannen eine Anzahl unterschiedlich schwerer Kanonen hinter sich herzogen und für ihren König zum Salut stramm auf ihren Rössern saßen, den Blick aufrecht zu ihm gewandt richteten und ihre Dreispitze vor die Brust nahmen. Kaum waren sie an ihm vorbeigeritten und kaum hatten die knarrenden Kanonen die Linie ihres Herrschers gequert, nahmen die Artilleristen ihre Blicke wieder nach vorne, entspannten sich in ihren Sätteln und setzten ihre Kopfbedeckungen wieder auf.

„Meine Herren," wendete sich Karl XII. seinen unterstellten Befehlshabern zu. „Wenn wir das Tempo so beibehalten, werden wir es rechtzeitig zu Vellingk und seinen Männern schaffen. Wir sind dann in Wesenberg, ehe der Feind etwas davon mitbekommt und dann wird es für ihn zu spät sein, etwas gegen unseren Vormarsch zu unternehmen! Ich zähle darauf, dass wir so wenig Pausen wie nur irgend möglich auf uns nehmen, denn Zeit ist unser Schlüssel zum Erfolg, hört ihr?"

Um sich zu vergewissern, dass auch jeder der hier Anwesenden seine Worte mitbekommen hatte, drehte er sich in seinem Sattel um und schaute in die angespannten Gesichter seiner Generale und Offiziere, die sofort seinen Blick aufnahmen und entschieden nickten. Zufrieden ihrer Zustimmung seines Vorhabens gegenüber schaute er wieder nach vorne zu den Massen von Soldaten, die unentwegt an ihm vorbeiströmten und ihrem Ziel Wesenberg immer näherkamen. Während er so die vorbeiziehenden Infanteristen, Kavalleristen und Artilleristen beobachtete, wurde seine Miene immer finsterer und sein Kiefer spannte sich an. Ihn beunruhigten die erst kürzlich geschehenen Ereignisse, die sich im Raume Wesenbergs zusammenzogen, war er sich doch unschlüssig darüber, wann und wo die Hauptstreitmacht des Feindes zuschlagen werde und da sich die Geschehnisse der vergangenen Tage häuften, begann er langsam daran zu glauben, dass er schon in wenigen Tagen eine Schlacht erwarten könnte. Ihm graute es davor, denn weder waren seine Streitkräfte zu einer ordentlichen Armee zusammengezogen, noch stand die Versorgung zu den hinteren Linien und was noch viel schlimmer war, sein Plan, den Russen bei Narva zu überraschen und dort vernichtend zu schlagen, sank von Tag zu Tag mehr und die Angst, sein ärgster Gegner Zar Peter I. könnte derjenige sein, der den Tag und den Ort der Schlacht bestimmt, ließ Karl XII. einen kalten Schauer über den Rücken laufen. Seine einzige Chance bestand darin, seine Vormachtstellung an den Grenzregionen seines Reiches zu sichern, indem er mit allen zur Verfügung stehenden Mitteln seine Bastionen und General Vellingk unter die Arme greifen und den Russen abschrecken konnte, vorschnell zu handeln und ihm somit alle Alternativen zu nehmen.

Zwar hatte Vellingk die vergangenen Tage seit den ersten Novemberstunden mit nur sehr wenigen seiner Männer die russische Vorhut unter Scheremetew erfolgreich attackieren und in ihren Handlungen beträchtlich stören können, doch nachdem er mehrere kleinere Siege davongetragen hatte und Scheremetew seinerseits darauf reagierte und mit knapp einundzwanzig Kavallerieschwadronen dem Treiben Vellingks Einhalt gebot, standen nun fast dreitausendzweihundert russische Reiter an der Grenze zu Wesenberg und seinen Soldaten. Eine beunruhigende Zahl, wenn man bedenkt, dass Vellingk mit gerade einmal achthundert Reitern der Schweden entgegenwirken konnte. Das Einzige, was positiv aus der Lage der vergangenen Tage zu ziehen war, nachdem Karl XII. von den Scharmützeln erfuhr, war, dass mit jeglichen Angriffen der Feind stets planlos, unorganisiert und vor allem ohne jegliche Vorsicht überrascht und bekämpft werden konnte, was die Berichte bestätigten, die behaupteten, die russischen Streitkräfte seien größtenteils durch frische und unerfahrene Rekruten bestückt und von schlechten Offizieren geführt. Der einzige Hoffnungsschimmer am Horizont, wenn man bedenkt, dass die Schweden eins zu vier unterlegen waren und nur ihre Erfahrungsträger, die alteingesessenen Hasen in der Armee die schier endlose Übermacht der Russen wettmachen konnten.

Ein plötzlicher Sonnenstrahl durchbrach nicht nur die dichte Wolkendecke, sondern auch die Gedanken des schwedischen Königs und er kehrte zur Realität zurück.

Karl XII. musste bei dem Gedanken an diese Realität, die sich vor ihm auftat, schmunzeln. Vor drei Jahren erst, nachdem plötzlichen Tod seines Vaters, setzte er sich die Schwedenkrone auf, als er einen Regentschaftsrat ablehnte und mit bereits fünfzehn Jahren von dem schwedischen Reichstag als volljährig erklärt und zum Staatsoberhaupt ausgerufen wurde. Vor drei

Jahren war das erst gewesen, und jetzt, mit achtzehn, war er bereits Feldheer und marschierte nun mit seinen fünftausend Mann Zar Peter I. entgegen! Er wollte den Krieg zwar nicht, den ihm die Dänen, Sachsen und Polen aufgedrängt hatten, doch er zog positive Schlüsse daraus, konnte beweisen, aus welchem Holz er geschnitzt war und dass man nicht alt sein musste, um etwas Großartiges bewirken zu können. Bereits in den vorangegangenen Feldzügen gegen die verbündeten Truppen der Dänen und Polen konnte er sich bewähren und die Welt war erstaunt, von dem militärischen Talent, welches der junge Monarch besaß, von seiner Spontanität, der Geschicklichkeit und der Fähigkeit aus einem gravierenden Nachteil einen besonderen Vorteil zu machen und selbst durch eine entschiedene Unterzahl seiner Streitkräfte dem Feind gegenüber einen klaren Kopf zu bewahren und durch Strategie und Erfindungsgeist solche Missstände wettzumachen. Dänemark, Sachsen und Polen konnte er durch erfolgreiche und behutsame Friedensverhandlungen aus dem Krieg ziehen und nur noch Russland stand ihm gegenüber und drohte die schwedischen Besitzungen in Übersee zu erobern.

Karl XII. verkniff die Augen, als die Sonnenstrahlen, die sich ihren Weg durch den dicht behangenen grauen Himmel kämpften, auf die Soldaten schienen und ihre Waffen, die Rapiere, Gurte, Degen und Säbel, Helme, Bajonette und Hellebarden das Licht reflektieren ließen. Was eben noch wie eine grau marschierende Raupe wirkte, wurde plötzlich zu einem kräftigen, strahlend blauen Komplex aus marschierenden Kolonnen und plötzlicher Stolz überkam den Schwedenkönig und überdeckte Skepsis und Zweifel, die er der letzten Geschehnisse wegen gehabt hatte. Dies waren sie, seine Männer!

Die schwedischen Karoliner, seine Elite, die besten Kämpfer der Welt! Und ihm folgten sie, ihm, dem achtzehn jährigen Sprössling! Ihm schenkten sie Vertrauen, glaubten an ihn und vertrauten auf sein Können und ihre Sache und dafür, dass wusste Karl XII., dankte er ihnen. Er dankte ihnen, in dem er bei ihnen war, mit ihnen zusammen marschierte, ebenso in Feldbetten schlief, wie sie und auf jeglichen Luxus, der ihm gebührte, verzichtete. Er wollte einer von ihnen sein, sie das sehen lassen und somit Krone und Armee zusammen schmiegen, um selbst gegen eine Welt von Feinden bestehen zu können und es funktionierte! Die Armee stand zu ihrem Herrscher, wie er zu ihnen und gemeinsam rückten sie vor, marschierten ihrer Zukunft entgegen und trotzten allen Gefahren, die sich ihnen bereits in den Weg gestellt hatten! Von den fürchterlichen Herbststürmen bei der Überfahrt von Stockholm nach Pernau und den vielen dadurch entstandenen Krankheitsausfällen in der Armee, bis hin zu den langen kaltfeuchten Tagen in den Feldlagern und der Unbequemlichkeit der Einquartierung seiner Soldaten. Jeder stand die Leiden durch, keiner versagte, keiner meuterte, beging Fahnenflucht und das lag nicht minder daran, dass er selbst als König und oberster Feldherr alles genauso durchstand, wie ein einfacher Karoliner! Die Männer ehrten ihn dafür, indem sie zu ihm hielten und gemeinsam aufrecht ihrer Zukunft entgegensahen.

Die finstere Miene Karls XII. hatte sich aufgelöst und er senkte gerade den Kopf einer der Standarten entgegen, die sich vor ihm herabsenkte und einer Ehrenbezeugung gleichkam, die ihm die Männer des *Älvsborgregiments* entgegenbrachten, als sich von rechts ein Kurier auf einem Pferd annährte und vor seinem Feldherren zum Stehen kam.

„Mein König, ich überbringe dringende Neuigkeiten des Generals Otto Vellingk an Sie." Der Träger hielt ihm ein Schreiben hin, dessen Siegel im Licht der Sonne auf den Absender hinwies und Karl XII. erkannte sofort das Wappen seines Generals, nahm das Schreiben entgegen und zerbrach das Wachs, mit dem das gerollte Papier zusammengehalten wurde. Während der Bote neben ihm ausharrte und auf weitere Befehle wartete, las der König das Schreiben sorgfältig, ließ aber keinerlei Gesichtsausdruck zu, der verraten würde, ob die Nachrichten gute oder schlechte Neuigkeiten mit sich brachten. Nachdem er geendet hatte, entließ er den Botschafter ohne ihm weitere Befehle mit auf dem Weg zu geben und wandte sich seinen Generalen zu.

„Rehnskiöld, Schlippenbach, kommt mal her." Karl XII. wies mit dem behandschuhten Finger auf die beiden Männer und zitierte sie zu sich.

Seit Reval begleiteten der Fältmarskalk und der Oberst ihren König und wichen ihm nicht von seiner Seite. Sie waren Karls Elite, die Sorte Generale und Offiziere, nach deren Meinung er stets fragte und sich dafür nicht genierte, wenn er etwas einmal nicht wusste. Er beriet sich gerne auf den Rat ihrer und gewann dadurch ein enormes Wissen, das er im Felde zu nutzen verstand. Er schaute beide Männer auf ihren Rössern an und gab seinem Schimmel dann die Sporen. „Folgt mir!"

Sie taten, wie ihnen befohlen und gemeinsam entfernten sie sich von der kleinen Anhöhe, an der immer noch Soldaten um Soldaten vorbeimarschierten und den Platz mit Lärm füllten. Nach etwa einer Minute entschied sich Karl XII. für eine Stelle an einem einzeln stehenden Baum und saß ab. Die anderen taten es ihm gleich und alle drei hielten gespannt die Zügel der Pferde und blickten ihren Feldherren an.

Dieser seufzte und richtete dann sein Wort an die beiden Männer: „So, hier haben wir ein wenig mehr Ruhe vor dem Krach, den unsere Männer durch ihr Marschieren verursachen... Also, wir haben anscheinend ein Problem, ein Großes noch dazu! Ihr erinnert euch doch noch gewiss an den Kapten Olsson, oder?" Er blickte auf die beiden großgewachsenen Männer in ihren prächtigen Uniformen und als beide nickten, fuhr er fort: „Nun, anscheinend ist er verschwunden!"

Karl XII. wartete die Reaktion der beiden Zuhörer ab, fand jedoch keine, also wandte er sich ihnen wieder direkt zu: „General Vellingk schreibt, Olsson sei, wie vereinbart in Reval erschienen, habe sich bei ihm gemeldet und alles Wichtige besprochen, so, wie es vorgesehen war. Er sollte sich die kommenden Tage noch bei dem Generalmajor Georg Johann Maydell melden, tauchte aber dort nie auf. Zwei Tage später teilte ihm der Generalmajor das Nichterscheinen des Kaptens via Schreiben mit, sodass Vellingk einen Suchtrupp losschickte, um zu erfahren, wohin der Kapten so plötzlich verschwunden ist. Vor drei Tagen ist wohl der Suchtrupp erfolglos zu ihm zurückgekehrt und habe die Nachricht von dem spurlosen Verschwinden des Kaptens gemeldet, sodass er sich dann direkt an mich wandte und mir dieses Schreiben soeben zukommen ließ. Da sich Vellingk die letzten Tage mit der Auseinandersetzung des Feindes abmühte, konnte er der Sache nicht weiter auf den Grund gehen und ersuchte mich nun daher um Hilfe. Wir werden uns also dieses Problems selbst annehmen müssen!"

Die Sorgfalt beider Männer stand ihnen ins Gesicht geschrieben und beide blickten sich fragend an, schienen nicht so recht zu wissen, was sie tun sollten, doch dann meldete sich Fältmarskalk Carl Rehnskiölt zu Wort: „Wie es scheint, haben wir zwei Möglichkeiten. Entweder, Kapten Olsson ist aufgebrochen, um seine Mission fortzusetzen, vergaß derweil aber den Pflichtbesuch bei Generalmajor Georg Johann Maydell, oder ihm ist etwas zugestoßen, ein Gedanke, der zwar beunruhigend, aber leider sehr naheliegend ist, wenn man doch die Wichtigkeit seines Auftrages bedenkt!"

Karl XII. musterte ihn eine Weile bis er bestätigend nickte, dabei den Blick aber abgewandt auf den Boden richtete. „Wir müssen handeln, egal was auch passiert sein mag, es darf zu keinem Informationsaustausch kommen! Wenn wir einmal davon ausgehen, dass Kapten Olsson wirklich entführt wurde, dann wohl ausschließlich aus dem Grund, weil irgendjemand von unserer Mission Wind bekommen haben muss und nun versucht, an die Informationen zu kommen, die er oder sie benötigt."

Rehnskiölt blickte bei den Worten seines Königs überrascht auf: „Eine *sie*, eure Majestät, meint ihr wirklich?"

„Glaubt mal gar nicht, dass das so abwegig erscheint, wie es klingt. Die Russen spielen ein dreckiges Spiel mit uns. Überall haben sie ihre Spitzel und Spione und einige konnten wir mittels unserer Agenten bereits ausfindig machen und festnehmen. Was glaubt ihr denn, mein lieber Fältmarskalk, wie viele Frauen unter den Verdächtigen bereits aufkamen? Diese Weiber sind genauso wirkungsvoll, wie ein jeder anderer Russe und da man ihnen kaum Beachtung in diesem Konflikt schenkt, sind sie für Zar Peter eine willkommene Möglichkeit, wichtige Informationen über unsere Streitkräfte zu erhalten und ihm über jeden unserer Schritte zu informieren."

Karl XII. setzte zu einer Pause an, sein Blick wanderte die von leichtem Frost bedeckte Hügellandschaft ab bis zu dem Horizont, der sich schwach und unscharf weit entfernt von ihm und seinen Männern auftat. Der Lärm, verursacht von seinen fünftausend Soldaten verstummte langsam, ein Anzeichen dafür, dass ein Großteil der Kompanien bereits vorbeimarschiert sein musste und sich nun langsam das Ende der Marschkolonne zeigte. Schlippenbach trat einen Schritt vor und machte den Vorschlag, sich selbst um diese Angelegenheit zu kümmern, jemanden seiner Abteilung mit dem Auftrag zu beordern, sich der Sache anzunehmen und den Kapten zu suchen und ausfindig zu machen.

„Nein, mein lieber Herr Oberst. Ich benötige jeden einzelnen Ihrer Männer bei mir. Ich kann es mir nicht leisten auch nur einen von unseren ohnehin wenigen Soldaten für irgendwelche Extramissionen abzubeordern, kämpfen wir ohnehin schon gegen eine erdrückende Übermacht der Feinde. Nein, aber Sie können etwas anderes tun…"

Schlippenbach blickte überrascht auf und Neugierde überkam ihn.

„Alles, was eure Majestät wünschen…"

„Ihr werdet einen Reiter damit beauftragen, die sechs Karoliner ausfindig zu machen, die den Auftrag des Kaptens innehaben und die ihn in Kolgaküla ohnehin treffen sollten. Da der Kapten anscheinend verschwunden ist und wir davon auszugehen haben, dass ihm etwas zugestoßen ist, ist der Auftrag der sechs Karoliner sowieso hinfällig. Erzählt eurem Kurier nichts über die Mission, anscheinend wissen bereits mehr Leute über unsere geheime Unternehmung, als mir lieb ist. Gebt ihm ausschließlich die Informationen mit auf den Weg, die er benötigt, um die Karoliner ausfindig zu machen und ihnen ihren neuen Auftrag zu verstehen zu geben. Meines Erachtens nach müssten sie bereits an Wittenstein vorbeigezogen sein, insofern sie ihre Zeit einhielten. Da mir der Kapten die Zuverlässigkeit seiner Soldaten gegenüber versicherte, bin ich überzeugt davon, dass sie es bereits sind! Dort, nahe Wittenstein sollte ihr Kurier mit der Suche beginnen und so gnade uns Gott, sie sobald wie möglich finden, denn jeder Tag, der uns mit der Suche nach dem Kapten verloren geht, ist ein Tag näher an einer entscheidenden Niederlage unserer Nation und die Wahrscheinlichkeit steigt von Minute zu Minute, dass der Feind an die ihm so notwendigen Informationen herankommt, die er so dringend benötigt, um uns einen Strick zu ziehen und mit einem entscheidenden Schlag uns alle von einem Baum irgendwo in Russland baumeln zu lassen. Findet Olsson, Schlippenbach! Sagt dem Kurier, diese sechs Soldaten sollen ihr Möglichstes geben, um den Kapten zurückzubringen, egal wie, Hauptsache schnell und erfolgreich! Schickt ihn zu mir, damit er Bericht erstatten kann und wir uns notfalls einen anderen Plan ausdenken müssen. Meint Ihr, Ihr bekommt das hin?"

Schlippenbach, von den prüfenden Blicken beider Männer vor ihm ein wenig unwohl zu Mute, nickte und sicherte dann entschieden seine Unterstützung zu. Er würde gehen, jemanden Verlässlichen mit dem Auftrag betreuen, die sechs Karoliner nahe Wittenstein zu suchen und ihnen den Befehl des Königs zukommen zu lassen, Kapten Olsson zu suchen und ihm, was auch immer vorgefallen sein mag, zu helfen und zurückzubringen...

Kapitel VI

Es war stockdunkel, das war das Erste, was Kapten Olsson wahrnahm. Das Nächste war ein entsetzlich stechendes Pochen seines Kopfes und er tastete vorsichtig mit den Fingern seine Schläfe ab, von der aus dieser Schmerz zu kommen schien. Obwohl er nichts sah, fühlte er, wie sich Blut klebrig über seine Stirn und sein Gesicht verteilt hatte. Er stöhnte, als er versuchte, auf die Beine zu kommen. Kaum war er in der Senkrechten, wurde ihm schlagartig schwindelig und Übelkeit überkam ihn. Er fiel zurück und musste sich beinahe Übergeben.
Was war geschehen? Gedanken rasten durch seinen Kopf, Bilder, wie Straßen im Mondschein, Gassen, verwinkelte Ecken, Reval, die Stadt, wo er sich mit dem Fältmarskalk Carl Rehnskiöld getroffen hatte. Dann kam ihm ein Name in den Sinn und ein kalter Schauer lief seinen Rücken herunter: Överstelöjtnant Rolste. Ein plötzlicher Schmerz durchfuhr seinen Körper und er musste die Zähne zusammenbeißen, um nicht aufzuschreien. Während die Bilder wie ein Wasserfall durch seinen Kopf sprudelten, versuchte er, einen klaren Gedanken zu fassen, um Licht in die Dunkelheit zu bringen, doch sein Zustand ließ kein rationales Denken zu und nachdem ihm klar wurde, dass er derzeit kein Ergebnis auf die Frage, was passiert ist, finden konnte, wechselte er das Thema und versuchte sich mit seiner Umgebung vertraut zu machen.

Obwohl es stockdunkel war, spürte er Feuchtigkeit und einen kleinen Luftzug. Er versuchte auszumachen, woher dieser kam, wurde aber schnell enttäuscht, da der frische Wind aus allen verdammten Richtungen zu kommen schien. Da weitere Indizien ausblieben, die ihm klarmachen würden, wo er sich befand, entschied er sich, aufzustehen und nach einem möglichen Ausgang zu suchen.

Ein weiteres Mal stützte sich Olsson mit seinen Händen auf dem eiskalten steinigen Boden ab und drückte sich langsam in eine aufrechte Position. Er unterdrückte dabei die wieder aufkommende Übelkeit und zwang sich, sein Gleichgewicht zu finden, um aufstehen zu können. Nachdem er einige Zeit in der halb waagerechten Haltung verblieben war und einige tiefe Atemzüge nahm, um der immer schlimmer werdenden Übelkeit entgegenzuwirken, raffte er sich schließlich auf und kam nach mehreren Anläufen zum Stehen. Seine Beine zitterten und er hatte größte Schwierigkeiten, Koordination in seinen Stand zu bringen, um nicht gleich wieder hinzufallen. Zwar stand er nun endlich, doch die fürchterliche Anstrengung sorgte dafür, dass er seine Übelkeit nicht mehr zurückhalten konnte und erbrach sich umgehend gleich mehrmals hintereinander, stützte sich dabei mit den Händen an einer Wand ab, die er vor sich im Dunklen zuvor ertastet hatte und die ihm half, auf die Beine zu kommen. Nachdem endlich der Brechreiz nachließ und er gefühlt jede Innerei seines Körpers ausgestoßen hatte, besserte sich die Situation ein wenig und er versuchte, vorwärts zu kommen. Schritt für Schritt tastete er sich voran, dem ungewissen Ziel entgegen. Wieder und wieder sah er sich einer Wand gegenüber, insofern das überhaupt bei dieser Finsternis möglich war.

Endlich fand er einen Weg, der anscheinend nicht von einem Ende begrenzt wurde und kam tatsächlich ein wenig voran, doch dann zerrte plötzlich etwas an seinem Fußgelenk und nachdem er sich vorsichtig nach unten gebeugt hatte und mit seinen Fingern die Beine abtastete, stellte er mit Entsetzten fest, dass beide mit einem Strick gefesselt waren. Zwar versuchte er mit den Händen die Stricke zu lösen, doch sie saßen einfach zu fest und seine Kräfte waren noch längst nicht vollständig zurückgekehrt, um es mit grober Gewalt zu versuchen und deswegen schien eine selbstständige Befreiung in diesem Augenblick hoffnungslos.

Während er sich auf dem Boden sitzend, weiter mit seinen Fesseln beschäftigte, merkte er nicht, wie sich plötzlich ein Licht in der Dunkelheit vor ihm auftat und immer näherkam. Dann jedoch bemerkte er Schritte, die nicht zu überhören waren, gefolgt von dem Lichtschein, der immer größer wurde. Er hielt inne, lauschte und erkannte das knirschende und klopfende Geräusch der Schritte sofort, die auf dem Boden ihre Laute wiedergaben und durch die Dunkelheit hallten. Es waren Armeestiefel, ganz sicher, deren Nagelbeschläge ihre Wirkung auf dem steinigen Boden deutlich vernehmbar machten.

Kapten Olsson verkniff die Augen, als das Licht unmittelbar vor ihm zum Stehen kam und ihm die Sicht nahm, hatten sich doch seine Augen die letzten Minuten sosehr an die Dunkelheit gewöhnt und sich ihrer angepasst.

Jemand kniete sich zu ihm hinunter und hielt die Kerze direkt in Olssons Gesicht, sodass dieser nichts als verschwommene Umrisse wahrnahm. Er stöhnte und sein Gegenüber wich ein wenig zurück, nachdem er den unsäglichen Geruch aus dem

Mund des Kaptens bemerkte, der nach Säure und Erbrochenem stank.

Ohne ein Wort zu sagen, durchschnitt der Unbekannte die Fußfesseln, zerrte dann den Kapten auf die Beine und schubste ihn vorwärts in die Dunkelheit, der Ungewissheit entgegen. Nach etwa zehn Minuten des Durchquerens vieler einzelner enger Gänge, die nur durch Fackeln ein wenig Licht spendeten, erreichten der Unbekannte und Olsson ihr Ziel. Eine große, schwere, eicherne Holztür tat sich vor ihnen auf und ohne ein Wort zu sagen, zwenkte sich der Mann an dem Kapten vorbei und klopfte mehrmals an das dicke massive Holz. Jeder Laut stach durch Olssons Kopf und ließ ihn immer wieder fürchterliche Schmerzen in seinem Schädel aufflammen, die ihm beinahe das Bewusstsein nahmen.

Nachdem sein Vordermann endlich aufgehört hatte zu klopfen, besserte sich Olssons Zustand wieder ein wenig und er starrte auf die Tür, ungewiss, was ihn in wenigen Augenblicken erwarten würde.

Das schwere Holz wurde nach innen gedrückt und der Blick in den Raum dahinter war frei. Der Kapten wurde mit einem Schubser hineingestoßen und er keuchte vorwärts, bemüht, nicht sein Gleichgewicht zu verlieren und hinzufallen. Er schaute sich in dem, im Gegensatz zu den bisherigen Gängen doch sehr hell erleuchteten Raum um. Sein Blick schweifte von den schlichten Wänden hinüber zu einer ihnen gegenüberstehenden Person, die mit verschränkten Armen ihm den Rücken zugewandt hatte. Der graue Armeemantel war das Erste, was Olsson an ihm bemerkte und dann sah er nicht weit von sich entfernt auf einem alten Schreibtisch einen Dreispitz liegen, einen schwedischen noch dazu und schlagartig zuckte er bei dem Gedanken zusammen, dass es sich vor ihm um einen seiner eigenen Soldaten handeln musste.

Er fasste Hoffnung, dachte daran, dass ihm jemand nach dem Vorfall in Reval beobachtet hatte und daraufhin Hilfe geholt haben musste. Hilfe, die nun vor ihm stand und seine Befreiung aushandeln würde. Olsson wollte gerade einen Schritt nach vorne machen, um sich dem Fremden an die Arme zu werfen, da der Schwede ihn aus dieser misslichen Lage bringen konnte, doch er wurde von dem Fremden hinter sich an den Schultern gepackt und zurückgehalten.

Plötzlich drehte sich der Mann vor ihm um und alle Hoffnungen und die Vorfreude auf eine baldige Erlösung aus dieser Hölle verschwanden aus Olssons Gesichtszügen. Wie ein Messerstich durchfuhr die Enttäuschung und blanker Hass seinen Körper und er verzog seine Miene beim Anblick dessen, was sich vor ihm auftat.

Der Fremde Mann strich über seine Bartstoppeln und stieß beim Anblick des Kapten Olsson vor ihm ein kleines Lächeln hervor. „Schön, dass Sie sich die Zeit genommen haben, um mich schon so baldigst wiederzusehen!" Der Soldat, den Olsson sofort anhand seiner unter dem schweren grauen Mantel auftauchenden Uniform erkannte, setzte in großen Zügen ein verstelltes Lächeln auf und verbeugte sich tief vor dem Gefangenen. Es war nichts weiter als eine große Show, die hier abgespielt wurde, dass wusste Olsson und er reagierte nicht auf die gewollte Provokation. Ihm war einfach nur schlecht bei dem, was er vor sich sah. Er glaubte seinen Augen nicht und Angst überkam ihn plötzlich, als ihm klar wurde, wie viel schlimmer die ganze Situation gewesen ist und das alle Hoffnung auf baldige Rettung wohl ausbleiben würde. Angewidert spuckte der Kapten zu

Boden und schaute dann voll Verachtung seinem Gegenüber finster ins Gesicht.

Överstelöjtnant Rolste erhob sich schlagartig aus seiner vorgebeugten Haltung und blickte überrascht auf. „Na na na, Herr Kapten, Sie können doch einem schwedischen Offizier nicht so viel Verachtung entgegenbringen, immerhin stehen wir doch auf derselben Seite!"

Olsson blickte auf: „Ach ja, tun wir das also? Wie kann es dann sein, dass Sie mich in jener Nacht in Reval so hinters Licht geführt und all meine Ehre in den dunkelsten Gassen dieser Stadt in den Dreck gezogen haben?" Der Kapten wartete keine Antwort ab, sondern fuhr wutentbrannt fort: „Und wieso haben Sie mich überwältigt und in dieses Loch hier gesteckt? Sie sind vielleicht vieles, Herr Överstelöjtnant, aber niemals sind Sie auf meiner Seite, oder auf die der Schweden! Sie sind ein Verräter, ein dreckiger Bastard, der jeglichen Anstand, jegliche Sitte eines schwedischen Offiziers verloren hat! Sie..."

„Genug! Sie halten sich wohl für einen ganz Schlauen, was? Sie, der vom König selbst auserkoren wurde, um für ihn und sein Land eine Mission auszuführen, die ihren Gegner das Handwerk legen soll!"

„*Sein* Land?" Olsson blickte zornig auf. „Da haben wir es also, *sein* Land, verdammt, ist es denn nicht auch *Ihr* Land, von dem wir hier sprechen? Unser Land?"

„Schweden ist nicht mehr das, was es einmal war, mein lieber Herr Kapten! Seit dieser junge Sprössling von Karl XII., wie er sich ja schimpft, den Thron seines ehrenwerten Vaters bestiegen hat, ist unsere Nation keinen Riksdaler mehr wert! Wie denn auch? Wie soll ein so ehemals ruhmreiches Land denn aufrechterhalten werden, wenn es von einem minderjährigen

Jungen regiert wird? Sagen Sie mir das, Olsson? Wie sollen wir solchen Stürmen entgegentreten, wenn wir niemanden haben, der durch reichhaltige Erfahrung jegliche Probleme zugunsten unseres Reiches klären kann?"
Olsson blickte verwirrt drein und stieß einen verachtenden Laut aus: „Das sind doch alles Hirngespinste, Mann! Sie als Överstelöjtnant sollten es besser wissen! Wer hat denn in den vergangenen Kriegen klaren Kopf bewahrt und uns alle durch eine erdrückende Überzahl von Feinden den Sieg eingebracht und Schweden vor dem völligen Ruin gerettet? Karl XII., Ihr König und unser aller Lehnsherr!"
Rolste trat einen Schritt näher an seinen Gefangenen heran, der ihn entrüstet anstarrte. „Er ist nicht mein König, verstehst du? Du bist genauso verblendet von einigen wenigen Siegen, wie all die anderen! Das hatte nichts mit Können zu tun, was da im vergangenen Jahr geschehen ist, sondern es war einfach nur pures Glück! Dumme Zufälle, die ihm einen Sieg nach dem Nächsten einbrachten und seine Feinde zum Rückzug zwangen!"
Jegliche Formalität schien vergessen zu sein, das wusste Olsson und da der Överstelöjtnant fortan auf keine der Sittlichkeiten mehr beharrte, entschied er sich vehement dagegen, diesen Verräter weiterhin mit dem ihm eigentlich gebührenden Respekt zu behandeln und hielt sich nun nicht mehr zurück, sondern posaunte all die aufgestaute Wut und blanke Enttäuschung heraus, da er feststellen musste, dass es doch tatsächlich Schweden gab, die nicht auf die Sache ihres Reiches, auf die ihres Königs vertrauten. Eigene Landsmänner, die nichts anderes als Betrug und Verrat beginnen, um die Welt zu verändern. Das diese Welt durch Leute, wie den Överstelöjtnant nicht zu einem besseren Ort gemacht werden würde, war ihm in dem Moment

bewusst geworden, indem Rolste so verachtungsvoll von seinem König gesprochen hatte. Er war eine große Gefahr und das nicht nur für ihn selber, sondern auch für das gesamte Reich und für all die gutherzigen Menschen, die in ihm lebten.

„Ihr Verräter seid doch alle gleich! Geblendet von irgendwelchen Wahnvorstellungen, Blasphemien, Hirngespinsten, die euch wahnsinnig werden lassen und so etwas, solch Abschaum, wie Ihr es seid, *Herr Överstelöjtnant*, kann sich Schweden nicht leisten! Zum Teufel mit euch und euresgleichen, habt Ihr gehört?"

Rolste musste anfangen zu lachen, als dem Kapten ganz aufgebracht diese Worte aus dem Mund sprudelten. Er genoss die kleine Show, doch als der Kapten mit seinen Beleidigungen und Brüskierungen fortsetzen wollte, reichte es dem Överstelöjtnant und es folgte ein Faustschlag in das Gesicht des zornigen Olsson, dessen Worte durch einen schmerzerfüllten Schrei ersetzt wurden.

Olsson blickte benommen abwärts, atmete tief durch und versuchte sich den Schmerz, der ihm soeben von diesem Verräter versetzt wurde, nicht anmerken zu lassen, doch Schwindelkeit kehrte in ihm zurück und ließ ihn sich fast erneut übergeben. Er schmeckte Blut in seinem Mund und spuckte eine dunkelrote Speichelmasse aus.

„Ich habe jetzt genug von dir gehört, du elendiger Bastard! Mit Königstreuen wird nur auf eine Art verfahren und das ist diese hier…"

Erneut holte der Överstelöjtnant aus, dieses Mal mit der anderen Hand und schlug ihm mit ganzer Kraft gegen die Magengrube des ohnehin schon benommenen Kaptens. Dieser stöhnte auf und das Nächste, was Olsson wahrnahm, war, wie er sich übergeben musste und eine Mischung aus Blut und inneren Flüssigkeiten erbrach. Er verlor sein Gleichgewicht und wenn ihn der andere Mann hinter ihm nicht festgehalten hätte, wäre Olsson zu Boden gefallen, doch der feste Griff des Fremden hielt ihn oben und so ging das Spielchen weiter. Zwei weitere Schläge erfolgten in den Bauch des Kaptens und jedes Mal stöhnte oder schrie er vor Schmerzen, bis der Överstelöjtnant plötzlich innehielt und das Gesicht des Kapten an den Haaren nach oben zog, um ihn direkt in die Augen sehen zu können.

„Du wirst mir jetzt sagen, was genau deine Mission ist! Was hat dieses Drecksschwein von König Karl XII. vor? Wie will er die Russen besiegen?"

Rolste blickte mit funkelnden Augen auf die fast verschlossenen Augenlider des stöhnenden Kaptens, bevor er fortfuhr: „Du wirst mir genau sagen, wer an dem Unterfangen beteiligt ist und mir alle übrigen Informationen geben, die ich haben will, habe ich mich klar ausgedrückt?"

Der Överstelöjtnant wartete ab, und lehnte sich vor, damit er die Antwort des Kaptens verstehen konnte, bekam jedoch nur ein dreckiges und verachtendes Grinsen entgegengebracht und keine Sekunde später spuckte Olsson Speichel und Blut auf das Gesicht seines Gegenüber und stummelte: „...Du wirst nichts erfahren, Drecksschwein… Leute wie du haben keinen Platz unter den Ehrlichen dieser Welt verdient und schmoren auf ewig in der Hölle!"

Olsson hustete und keuchte und hatte Schwierigkeiten, Luft zu bekommen. Rolste blickte überrascht auf, der Hartnäckigkeit seines Gefangenen gegenüber und kurze Zeit sah der Kapten Verunsicherung in dem Gesichtsausdruck des Överstelöjtnant, doch dann kam seine Beherrschung zurück und er lehnte sich,

nachdem er mit einem seidenen Tuch die Spucke aus seinem Gesicht entfernt hatte, zu Olsson vor und erwiderte mit ruhiger und gelassener Stimme: „Ich werde die Wahrheit schon aus dir heraus prügeln und wenn es das Letzte ist, was ich tue! Du wirst mir all die Informationen geben, die ich von dir hören will, verstanden? Alles! Niemand weiß, wo wir sind, niemand sucht nach dir. Du bist ganz auf dich allein gestellt und der Einzige, der dir noch helfen kann, bin ich, nur ich! Also gebe mir die Informationen, die ich haben will und ich lasse dich gehen..."
Olsson wusste, dass Rolste das niemals im Leben riskieren würde, ihn gehen zu lassen, denn dann würde er Gefahr laufen, verraten und gesucht zu werden und als Verräter am Strick zu baumeln.

Olsson würde sterben, wenn nicht durch göttliche Hilfe jemand kommen und ihn aus den Fängen dieses Verräters befreien würde. Er musste einen Moment an Sven, an Nalle und die anderen Karoliner denken, die von all dem nichts wussten und immer noch auf dem Weg nach Kolgaküla waren. Er dachte daran, was passieren könnte, wenn er dem Överstelöjtnant alles beichten würde und sein Wissen an ihn abtreten sollte. Sie würden sterben, wenn nicht durch den Feind, dann durch die Hand dieses Verräters! Nicht nur das, Schweden würde sterben, denn er wusste, dass Rolste nicht eigenständig handelte, sondern im Auftrage eines anderen, wahrscheinlich für den Feind selbst, denn wer sonst sollte ein so lebhaftes Interesse an den Machenschaften des schwedischen Monarchen und seiner Armee haben, wie Zar Peter I.? Schweden würde untergehen, wenn es Karl XII. nicht gelänge, durch Sven und die anderen eine sichere Passage für seine Streitkräfte zu finden, um schnellstens den russischen Belagerern vor Narva das Handwerk zu legen und sie in einer plötzlichen Entscheidungsschlacht zu vernichten. Würde Olsson Rolste die Informationen geben, die er verlangte, so würde er das Schicksal Schwedens besiegeln und er wäre derjenige, der für dessen Untergang verantwortlich wäre und dass, so wusste Olsson, wäre keine tausend Tode wert! Er wurde aus seinen Gedanken gerissen, als Rolste das Wort wieder an ihn richtete: „Gib mir die Informationen, die ich hören will und du bist frei und kannst deiner Wege ziehen, einverstanden? Also, fangen wir noch einmal von vorne an. Was ist dein Auftrag, Kapten? Wer ist an der Unternehmung beteiligt und was wollt ihr erreichen?" Olsson blickte langsam auf und ein Lächeln zog sich über seine angeschwollenen Lippen. Er starrte den Överstelöjtnant direkt an, so intensiv, als wolle er sich jeden einzelnen seiner Gesichtszüge merken und einprägen, um ihn für den Rest seines Lebens nicht wieder zu vergessen. „...Ihr werdet euch schon ein wenig mehr anstrengen müssen, um einen Mann des Königs und einen schwedischen Offizier zum Verrat zu bringen..." Olsson grinste verhohlen und kassierte sofort eine zornige und genervte Miene des Överstelöjtnant.

„Wir werden sehen...Britt, haltet den Kapten gut fest, ich will nicht, dass der Arme fällt und sich dabei noch wehtut!"

Das Nächste was folgte, war eine Vielzahl von geballten Faustschlägen ins Gesicht. Kapten Olsson wurde windelweich geprügelt manchmal unterbrochen von den immer wieder gleichen Fragen des Överstelöjtnant, wer hatte welchen Auftrag inne und wozu. Wenn wieder keine Antwort kam, wurde weiter eingedroschen und das Gesicht Olssons schwoll immer mehr an und bald spürte er keinen Schmerz mehr, sondern blickte nur noch durch kleine Augenschlitze, da auch sie angeschwollen waren, auf den Boden, der von Blut überströmt war und dachte an sein zu Hause, dachte an Vaxholm, an die Landschaft und den kleinen Ort, an dem er groß geworden und aufgewachsen war. Dann wurde ihm schwarz vor Augen und er verlor das Bewusstsein…

Kapitel VII

*D*rei Tage waren vergangen, seitdem Sven und seine Gemeinschaft die Grenzen der Stadt Wittenstein gequert und den Ort und seine Umgebung hinter sich gelassen hatten. Sie waren so weit nach Norden vorgedrungen, dass sie alle zuletzt ein Dorf vor gut zwei Tagen gesehen und auf menschliche Zivilisation gestoßen waren. Seitdem schien nichts mehr darauf hinzudeuten, in einem von Menschen bewohnten Land zu sein. Es gab keine Wege, nicht einmal Pfade, einfach nichts außer Natur soweit das Auge reichte.

Während Sven immer wieder in der ihnen mitgegebenen Karte von Kapten Olsson nachschaute, wo in etwa sie bereits waren und säuberlich mit Feder jeden ihrer Wege markierte, von denen alle sechs Karoliner ausgingen, dass sie eine passende Route darstellten, um die Truppenkontingente der Schweden schnell und unbemerkt zu dem Feind zu tragen, führte Brenke den Trupp weiter vorwärts in Richtung Kolgaküla, vorbei an kahlen Wäldern und weiß bedeckten Wildwiesen. Der Schneefall hatte vor einem Tag eingesetzt und den ohnehin schon gefrorenen Boden nunmehr eine erste weiße Decke verabreicht.

Wenger hatte sich nach dem Queren Wittensteins zurückgehalten und die Führung Brenke anvertraut, da er den anderen die Chance lassen wollte, sich ebenfalls zu bewähren und ihr Können unter Beweis zu stellen. Diese selten gütige Herangehensweise Wengers den anderen gegenüber hatte Sven von Anfang an durchschaut. Ihm war von dem Moment an klar gewesen, an dem der Karoliner seine Führungsposition einem anderen überreichte, dass Wenger es nur darauf abgesehen hatte, zu beweisen, dass er der Einzige war, der wusste, wie man einen Trupp schwedischer Soldaten durch das Hinterland zu führen hatte und die anderen nur durch seine Orientierungsfähigkeit schnell und sicher an ihr Ziel kommen würden. Sofern sich die Gemeinschaft hoffnungslos verlaufen würde, hätte Wenger sofort die Zügel wieder in die Hand genommen und sich fortan damit gebrüstet, dass nur er die Fähigkeiten besaß, die von der Truppe abverlangt wurden.

Dummerweise hatte er sich aber in dem vermeintlich schlechtesten Kandidaten der Gemeinschaft, die ihn eine schnelle Rückkehr zu Führung zugesichert hätte, geirrt, denn Brenke erwies sich als passabler Kartenleser und seine Orientierung baute auf die von Wenger auf, ebenso, wie auch sein Gespür dafür, wann die kleine Gruppe eine Pause einlegen musste und wann er ihnen mehr abverlangen konnte.

Wenger war auf solch eine Situation nicht gefasst gewesen und musste nun die kleine Niederlage einstecken, doch Sven wusste, bei dem kleinsten Fehler Brenkes würde er hervor preschen und sein wahres Gesicht offenbaren und dann aus reiner Eitelkeit die Führung wieder übernehmen wollen, ohne Wiederworte. Sven, Nalle, Hortsenk und Wenger rasteten gerade an einem kleinen Bachlauf, als plötzlich Brenke und Nils aus dem Nichts vor ihnen auftauchten und bevor einer von ihnen beiden anfing zu berichten, erst einmal tiefe Züge zum Durchatmen nehmen mussten. Nils bemühte sich, zu erklären, was ihnen zwein widerfahren war. Er berichtete kurz und knapp, dass Brenke und ihm vor wenigen Minuten nicht allzu weit entfernt eine kleine

Patrouille aufgefallen war, was nicht weiter schlimm gewesen wäre, wenn es sich bei den klar auszumachenden Männern nicht um Soldaten gehandelt hätte, die das rotgrün des russischen Zaren trugen.

„Es waren ganz klar Russen," fügte Brenke bei Nils seiner Aussage hinzu, ehe dieser nickte und sich wieder den anderen zuwandte.

„Soweit wir das erkennen konnten, müssen mindestens zehn von ihnen in zweier Gliedern marschiert sein, angeführt von einem…ich weiß es ehrlich gesagt nicht. Die Truppe war zu weit entfernt und Brenke und ich wollten uns nicht näher heranwagen, um nicht aufzufallen. Wir hielten es für besser, auf Abstand zu bleiben. Auf jeden Fall führte einer dieser Soldaten die Truppe an!"

Sven schaute sorgenvoll auf Nils herüber und seine Miene verfinsterte sich von Wort zu Wort mehr. Zehn oder elf oder noch mehr feindliche Soldaten, nicht weit von ihrer Position entfernt? Das klang nicht gerade beruhigend, zumal sie anders als die letzten Russen, die ihnen begegnet waren, wahrscheinlich aufmerksam und kampfbereit ihren Weg voranschritten. Auffällig war und das ließ Sven schnell ins Grübeln verfallen, was dieser Trupp hier so weit ab von jeglichen Straßen und Wegen zu suchen hatte. Waren er und die anderen aufgeflogen? Hatte sie jemand verraten und würde nun nach ihnen suchen lassen? Hatten sie an jenem Tag, an dem sie die feindlichen russischen Soldaten an dem Waldrand überrascht und bekämpft hatten doch nicht alle erwischt und jemand konnte fliehen und Meldung machen? Egal, welches Szenario durch Svens Kopf ging, er war sich im Klaren darüber, dass es nicht üblich war, so weit entfernt von jeglicher Zivilisation auf eine feindliche

Patrouille zu stoßen, noch erst recht von einer anscheinend so gut geführten.

Seine Gedanken verließen ihn in dem Moment, als Nils gerade geendet hatte und nun die Augen erwartungsvoll auf Wenger gerichtet hielt, um zu erahnen, was dieser nun aufgrund dieser misslichen Lage vorhatte. Wenger jedoch sagte nichts, sondern sah nur abwechselnd auf Brenke und Nils, dann auf Sven und dann wieder zu Nils. Hortsenk ergriff die Initiative und räusperte sich, um auf sich aufmerksam zu machen und keine Sekunde später waren alle Blicke gespannt auf ihn gerichtet.

„Meiner Meinung nach sollten wir hier verharren, bis wir das Gefühl haben, dass diese Patroullie an uns vorbeigezogen ist und dann unseren Auftrag fortsetzen. Wir haben erstens keine Chance gegen zehn oder mehr von diesen Hinterwäldlern und zweitens steht unser Auftrag an vorderster Stelle. Nebenbei würde ein Kampf Zeit kosten, die wir nicht haben und deswegen lasst uns hierbleiben, uns ruhig verhalten, nichts auf uns aufmerksam machen und abwarten, bis der Trupp verschwunden ist...!"

„Du hast recht, Hortsenk", brachte sich Wenger bestätigend ein, seine anfängliche Zurückhaltung beiseitegeschoben. „Nalle, Sven, ihr beide geht an die Stelle, an der soeben Brenke und Nils den feindlichen Trupp ausgespäht hatten und legt euch dort auf die Lauer, um uns notfalls zu warnen, falls der Russe Anzeichen machen sollte, Kampfhandlungen oder Ähnliches aufnehmen zu wollen. Ihr hättet sowieso in weniger als zehn Minuten Wachwechsel mit Brenke und Nils gehabt, also sei es drum, könnt ihr auch gleich nach vorne gehen. Gebt erst Meldung, wenn ihr euch wirklich sicher seid, dass jegliche Gefahr gebannt und der Feind fort ist!"

Ohne etwas zu sagen, machten sich Sven und Nalle, nachdem ihnen Brenke erklärt hatte, wo sie sich zur Zeit der Entdeckung des gegnerischen Trupps aufgehalten hatten, daran, ihrem neuen Auftrag folgend, die Musketen aufzunehmen und vorsichtig gebückt den kleinen Hang hinauf und auf die andere Seite vorzustoßen, um ihre Stellung einzunehmen.

Das letzte Stück krochen beide, um nicht auf sich aufmerksam zu machen vorwärts, bis sie sich der Beschreibung Brenkes nach, genau dort einfanden, wo zuvor die anderen beiden den Feind beobachtet hatten. Um Sven und Nalle raschelten Zweige und Geäst von mehreren kahlen Sträuchern, die mit einer feinen Decke aus Schnee und Frost bedeckt waren und silbern weiß im Tageslicht schimmerten.

Nalle stieß Sven mit dem Zeigefinger an: „Du Sven, bin ich blöde, oder sehe oder höre ich weder Russen noch sonst irgendwelche Anzeichen auf irgendeine Patroullie?"

Sven schaute sich um, verharrte einen Moment und lauschte dem abwechselnden Geräusch des heulenden Windes und des knatternden Geästs entgegen, doch auch er vernahm kein Klappern, kein Scharren, kein Stampfen, keine Stimmen, einfach nichts, was auf diese von Nils beschriebene Truppe feindlicher Soldaten hindeuten könnte.

Er zucke nur mit den Schultern und machte ein fragendes Gesicht, während Nalle sich wieder seiner Umgebung zuwandte.

„Vielleicht sind sie ja schon fortgezogen, während Brenke und Nils ihren Bericht erstatteten? Könnte doch sein?" Sven überlegte kurz, kam aber schnell zu dem Entschluss, dass nicht viel Zeit vergangen sein konnte, in der die Beiden von ihrer Entdeckung erzählt hatten und er glaubte nicht, dass Brenke jemand wäre, der bis zuletzt an Ort und Stelle verharrt, bis er

Meldung machen wollte. Nein, wahrscheinlich waren beide so schnell wie nur irgend möglich zu dem Rest der Truppe zurückgeeilt, nachdem sie das Gefühl hatten, genügend notwendige Informationen gesammelt zu haben.

„Nalle, ich glaube nicht, dass ein zehn Mann -Trupp so einfach verschwinden kann und man nicht einmal mehr etwas von ihm hört. Soldaten mit Ausrüstung kann man schier endlos weit wahrnehmen, wenn der Wind gutsteht und der Soldat sich nicht darum bemüht, sich ruhig und verdeckt zu halten. Nein, ich glaube nicht, dass sie schon weg sind."

„Aber ich sehe nichts, verdammt! Und hören tue ich auch nichts!"

Während Nalle nach vorne starrte, versuchte Sven sich ein wenig mehr Überblick zu verschaffen und richtete sich vorsichtig auf. Sein Blick glitt langsam zwischen großen vereisten Grashalmen und Gebüschen hindurch und wanderte das Gebiet vor ihnen ab. Nicht weit von ihm entfernt war ein zweiter, etwas breiterer Bachlauf auszumachen, dessen Wasser leise unter dem zugefrorenen Eis dahinfloss. Dahinter ging ein Hang leicht nach oben und verdeckte die Sicht auf das Hinterland. Einige Bäume standen vereinzelt auf einer Wiese, die sich von Sven und Nalle an beginnend abwärts bis zu dem Bachlauf erstreckte. Nalle hatte recht gehabt. Auch Sven sah weder russische Soldaten oder sonst irgendetwas, was darauf hindeuten könnte, dass sich erst vor wenigen Augenblicken eine russische Patrouille ihren Weg hier entlang durchgeschlagen hatte. Zweifel kamen in ihm auf, hatten sich Brenke und Nils geirrt und das Rascheln der Bäume für das Klappern von Ausrüstungsgegenständen gehalten? Wohl kaum, außerdem waren sie zu zweit gewesen und vier Augen können nicht den gleichen Fehler machen und etwas Sehen, was gar nicht da gewesen wäre.

Sven richtete sich noch ein wenig mehr auf und hielt dabei den Atem an, obwohl er nicht wirklich wusste, warum er dies tat. Vielleicht wollte er seine Atmung verdecken, die ihn auf sich durch die Kälte hätte aufmerksam machen können. Nun stand er fast in der Senkrechten und noch bevor er sich ganz aufgerichtet hatte, brach der erste Schuss!

Sofort ließ sich Sven wieder zu Boden fallen und schaute erschrocken und geängstigt zu Nalle auf, der rechts von ihm lag und instinktiv seine Finger auf den Abzugshahn seiner Muskete gelegt hatte.

„Verdammt, Sven, was hast du dir dabei gedacht, dich so offensichtlich zu zeigen?"

„Ich…ich wollte doch nur sehen, was sich da vor uns abspielt, so ein Scheiß, verdammt, diese Kugel hätte mich fast getroffen! Wo ist mein verfluchter Dreispitz, Mann?"

„Der ist dir vom Kopf geflogen, als der Schuss brach! Da vorne liegt er, siehst du?"

Keine zwei Meter von Svens Position entfernt lag tatsächlich sein Dreispitz mit einem schönen großen Loch an seiner rechten Auswölbung. Diese Hunde hatten doch tatsächlich getroffen, auch wenn es nur Svens Kopfbedeckung gewesen war. Bevor ihm klar wurde, dass es auch ihn hätte erwischen können und er sofort tot gewesen wäre, fuhren seine Finger ruckartig an seine Schläfe auf die Stelle, wo sich das Loch in dem Dreispitz befand und er tastete nach Anzeichen irgendeiner Wunde. Er blutete weder, noch verspürte er irgendetwas Befremdliches auf seiner Stirn.

Nalle sah zu ihm auf, bemerkte seinen ängstlichen und erschrockenen Blick und musste für einen kurzen Augenblick grinsen, nachdem ihm klar wurde, dass Sven sich in Todesangst gesehen hatte. „Da ist nichts, Sven, dir ist nichts passiert! Hast du gesehen, von wo aus der Schuss gebrochen ist?"
„Was? Äh... nein, ich... ich habe es nicht gesehen, Mann, der Hundskerl hat auf mich geschossen, Nalle! Auf mich geschossen!"
„Ist gut jetzt, reiß dich mal am Riemen, Sven, dir ist nichts passiert und du hast verdammt nochmal Glück gehabt, hörst du? So, bevor du jetzt irgendetwas darauf erwiderst, sollten wir schleunigst zusehen, dass wir hier fortkommen und die anderen über unser Missgeschick aufklären und sie warnen, bevor wir in wenigen Minuten alle mausetot auf diesem gottverlassenen Stückchen Elend verrotten und sich die Ratten an uns erfreuen können!"
Nalle zerrte seinen immer noch fassungslosen und schockierten Freund nach oben und beide setzten sich durch das Dickicht zurück, ohne noch einmal nach hinten zu schauen.
Sven fluchte, weil er soeben über eine Wurzel gestolpert und beinahe hingefallen wäre, als sich ein neuer Schuss nicht weit von ihnen beiden entfernt löste. Nalle machte den Schützen in etwa dreißig Metern Entfernung aus. Auf diese Länge hätte der Gegner Sven garantiert getroffen, wäre da nicht die Wurzel gewesen, die seinen Freund glücklicher Weise in eine nach vorne hin gebeugter Haltung gezwungen und ihm somit wahrscheinlich gerade das Leben gerettet hatte. Er hielt kurz, zog selbstsicher die Steinschlosspistole aus seiner Koppel, zielte auf den Schützen, der gerade dabei war, seinen Ladestock in die Muskete zu rammen und drückte ab, so als ob er sein Leben lang

nichts anderes gemacht hätte. Feuer und Rauch entwichen schlagartig der Waffe und Nalle wurde die Sicht auf das sich vor ihm befindliche Terrain durch eine kleine weißliche Wolke aus Pulverdampf genommen. Ohne zu schauen, ob er getroffen hatte oder nicht, nahm er Sven bei der Schulter und zog ihn weiter vor sich, trieb ihn an nicht stehen zu bleiben. Dieser seinerseits war bemüht, sein Gleichgewicht wiederzufinden. Es dauerte nicht sehr lange, ehe die beiden Karoliner bei den anderen hinter der Hügelkuppe angelangt waren, die sie zwei mit aufgerissenen Augen schockiert anstarrten. Alle knieten auf dem harten kalten Boden und hielten ihre Musketen in Anschlag, die aufgepflanzten Bajonette auf den Hügelkamm über ihnen gerichtet.

Nalle, der ganz außer Atem war, schnappte nach Luft, ehe er Wenger und den anderen von ihrem Missgeschick berichtete und auch, dass der Gegner keineswegs weitergezogen war, sondern wie, als ob sie über ihre Position bestens informiert gewesen wären, ihnen beiden nahezu aufgelauert hatte.

Sven, der etwas abseits von Nalle in Deckung gegangen war, machte sich gerade an seinem Bajonettverschluss zu schaffen, als zwei weitere Schüsse fielen und eine der Kugeln in den Baumstamm neben ihn landete und Holz heraus splitterte, eine weitere nahe Hortsenk vorbei pfiff, was ihn sich instinktiv noch tiefer bücken ließ. Die sechs Karoliner machten die ersten Grünröcke oben auf dem Kamm aus, die ihre kleine Gemeinschaft entdeckt hatten und nun Schutz suchend hinter Bäumen ihre Waffen neu luden.

„Geht in Deckung verdammt nochmal", posaunte Wenger zornentbrannt hervor. Er ärgerte sich, dass ihre Position dank Sven und Nalle nun aufgeflogen war.

„Das habt ihr ja echt toll gemacht! Habt den Gegner direkt vor unsere Flinte geworfen, nur das wir das Wild sind!" „Hätten wir etwa dortbleiben und uns abschießen lassen sollen, wie Kanickel, Wenger", blaffte Nalle seinen Kameraden an. „Als ob du dortgeblieben wärst, wenn du das gesehen hättest, was wir sahen und nachdem die ersten Kugeln auf uns eindroschen!"
„Achtung!" Nils meldete sich zu Wort und machte seine Kameraden auf einen Russen aufmerksam, der nicht weit von ihnen zwischen zwei Bäumen hervorlugte und die Muskete in Anschlag auf sie gerichtet hatte. Noch ehe er abdrücken konnte, reagierte Wenger reflexartig, zog seine Waffe hoch, zielte entschlossen und drückte ab. Er zuckte bei dem Rückstoß zurück und lugte zwischen dem dichten Pulverdampf hervor. Ein Schrei kündigte sich keine Sekunde später an und der feindliche Soldat, der soeben noch bereitwillig seine Waffe auf die Karoliner gerichtet hatte, mit dem Ziel, den Nächstbesten direkt in die Hölle zu befördern, flog zurück, die Hand an seine Brust haltend, bevor er auf dem Boden zusammensackte.

Sven beobachtete das Schauspiel aus seiner gedeckten Haltung heraus. Das war Wenger. Er mochte ja ein völlig mieser Kamerad sein, ein hoch geblasener, selbstgefälliger Karoliner, in dessen Eitelkeit wohl niemand sonst in der Armee mithalten konnte, aber eines konnte er: *kämpfen*!

„Zieht euch nach hinten zwischen die Bäume zurück, damit wir mehr Abstand zu den Wichsern da oben gewinnen und sie den Hang zu uns hinunter zwingen!"

Nils wandte sich an Wenger: „Sollten wir nicht lieber hier in Deckung bleiben, um..."

„Wenn ihr Drecskerle überleben wollt, dann tut verdammt nochmal genau das, was ich euch sage! Von dort oben haben sie

die weitaus bessere Stellung und ein viel effizienteres Schussfeld, also setz deinen faulen Arsch in Bewegung, Mann!"
Ein weiterer Schuss fiel und die Kugel pferchte den Boden links von Brenkes Stiefeln, als sich alle sechs Karoliner langsam in gebeugter Haltung zurückfallen ließen.
Sven konnte einen Russen einen Warnruf schreien hören und blickte neugierig auf den Hügelkamm, der inzwischen an die siebzig Meter von ihnen entfernt den Feind immer noch einhüllte. Kurz darauf kamen die ersten Russen aus ihren Verstecken hervor und zeigten sich zwischen den Bäumen und Sträuchern. Zwei, drei, dann vier... Der Achte, Neunte und Zehnte knieten sich nebeneinander hin, um ein gebündeltes Feuer auf die Schweden abgeben zu können und ihre Treffsicherheit zu erhöhen und feuerten fast gleichzeitig. Die Rauchwolke hüllte sie ein und kurze Zeit später war das Krachen der Musketen wahrzunehmen, dann das mittlerweile vertraute Zischen der Kugeln, die links und rechts von Svens Ohren vorbei sausten und entweder in einem der Baumstämme landeten, oder auf dem Boden vor und hinter ihnen einschlugen.
„Wie weit wollen wir noch zurück, Wenger", fragte Nils besorgt, den Blick nach irgendeiner Deckung suchend.
Wenger drehte sich um und fand eine passende Position nicht einmal zehn Schritte hinter ihnen entfernt, an der mehrere verdorrte Stämme auf dem Boden verstreut lagen und eine natürliche Mauer bildeten, hinter der sich seine Männer halten und mit ein wenig Deckung geschützt laden und feuern konnten.
„Seht ihr hinten die Baumstämme, die rechts ein paar Schritte von diesem Bachlauf dort auf dem Boden herumliegen? Da suchen wir am besten Deckung und schießen dann auf alles, was sich vor uns bewe.,,"

Sein Satz wurde von einem weiteren Schuss unterbrochen, der sehr viel lauter als die anderen zuvor war, was bedeuten musste, dass der Gegner nicht mehr weit entfernt sein konnte. Die Kugel verfehlte zwar ihr Ziel, doch ihre Wirkung ließ die sechs Karoliner die deckende Haltung aufgeben und sie ihrer ausgemachten neuen Position entgegenrennen.
Hortsenk und Wenger waren die ersten, die ihr Ziel erreichten und hinter ein und demselben Baumstamm Deckung suchten. Brenke und Nalle fanden einen weiteren etwas abseits der Position von Sven und Nils, die sich zusammen hinter einen dritten Baumstamm verkrochen und nun, die Musketen in Anschlag gebracht auf der von Moos bewucherten Rinde aufgelehnt, den Vordergrund nach Zielen absuchten.
„Da ist einer, Sven", brachte Nils aufgeregt hervor und drückte keine Sekunde später den Abzugshahn nach hinten und löste einen Schuss aus. Ein russischer Soldat schrie auf und fiel nach hinten, was bedeutete, dass Nils sein Ziel nicht verfehlt hatte. „Ich hab einen", brachte er freudestrahlend heraus, bis er sich hinter den Baumstamm verkroch und seine Waffe neu lud.
Währenddessen fielen weitere Schüsse, ausgelöst von Hortsenks und Brenkes Waffen und Sven konnte einen weiteren Feind zählen, der im Oberschenkel getroffen wurde und vornüber in den harten Erdboden aufschlug, während er fürchterlich schrie und seine Hände auf die blutende Wunde drückte, nachdem er seine Waffe fallen gelassen hatte.
Sven spähte vorsichtig über die Rinde und machte keine zwanzig Meter entfernt weitere Feinde aus, die zwischen den Bäumen hervorkamen und abwechselnd schossen, dann hinter Geäst Schutz suchten und ihre Musketen von neuem luden. Es war ein Katz -und Mausspiel. Derjenige, der die bessere Deckung hatte,

lag klar im Vorteil und das schienen im Moment Sven und seine schwedischen Kameraden zu sein.

Er machte eine weitere Bewegung aus, zielte mit seiner Muskete in die grobe Richtung und wartete, was sich vor seinem Korn tat. Als ob er es geahnt hätte, zeigte sich keine drei Sekunden später ein weiterer Gegner, der gerade seine Waffe in Anschlag brachte und auf Hortsenks und Wengers Position zielte, dann atmete Sven noch einmal tief durch und drückte ab. Rückstoß, ein Pochen seiner Schulter, dann das Blenden der Funken und des Feuerblitzes seiner Waffe, dann das Piepen nach dem ohrenbetäubenden Schuss, der beißende faule Geruch von Eiern und der salzige Geschmack auf seiner Zunge von dem Schwarzpulver, dann die grau weißliche Rauchwolke. Der Schleier verflog und gab den Blick nach vorne hin frei. Der Gegner, der gerade noch versucht war, Wenger oder Hortsenk niederzustrecken, lag bewegungslos auf dem Boden und Blut quoll aus seiner Brust. Sein Dreispitz hatte er beim Fallen verloren und sein langes schwarzes Haar bedeckte das Gesicht des Toten, sodass Sven es nicht erkennen konnte. Zufrieden mit sich selbst ging er wieder in Deckung und seine Finger suchten in der Munitionstasche nach einer neuen Patrone. Den Blick wendete er nicht von dem Gelände vor ihm ab. Als er eine ergriff, zog er sie hervor, biss geschult das obere Papierende auf und schüttete gerade das erste bisschen Schwarzpulver auf seine Zündplatte als sich Nils neben ihm aufrichtete und zu einem neuen Schuss ansetzen wollte, gerade als sich plötzlich ein neuer Gegner völlig unerwartet rechts von ihrer Position auftat und mit seiner Waffe direkt auf Nils zielte.

Sven war noch bemüht, seinen Kameraden zu warnen, doch sein Schrei ging in dem Krachen zweier Musketen verloren, ausgelöst von dem gesichteten Russen und eines Zweiten, der keinen Augenblick später neben seinem Landsmann auftauchte und ebenfalls den Karoliner anvisierte und abdrückte. Ein lauter Aufschrei ließ Sven herumfahren und er starrte direkt in eine offene Fleischwunde im Bauch seines Nebenmannes. Nils war getroffen! Er ließ seine Waffe fallen und sackte langsam zu Boden, die Augen weit aufgerissen, das Gesicht schmerzverzerrt. Er landete hart auf dem Boden und hielt sich gekrümmt mit beiden Händen seinen Bauch. Der fürchterliche Schmerzensschrei ließ Sven einen Schauer über den Rücken fahren. Er wollte sich Nils annehmen, doch die beiden Russen stürmten nun vor, auf ihn selber zu, die aufgepflanzten Bajonette bedrohlich in seine Richtung haltend. Er reagierte umgehend und das monatelange Training in der Kaserne auf den Exerzierplätzen seiner alten Garnisonsstadt Ombergsheden machte sich ausgezahlt, denn selbst jetzt noch unter enormen Druck, dem Tode so nahe im Angesicht, die Bilder von Nils' böser Verletzung und seiner fürchterlichen Schreie in Bewusstsein, der immer näher rückende Feind und die Hoffnungslosigkeit, sich zwei Gegnern alleine gegenüber zu stehen, ließen ihn die Abfolge beim Laden seiner vertrauten Waffe nicht vergessen und das wenige Pulver, dass er bereits auf sein Zündplättchen geschüttet hatte, wurde nun durch ein wenig mehr ergänzt, sein Zündhahn zum Festhalten des Pulvers nach hinten gedrückt. Dann stemmte er sich ein wenig hoch, schüttete den Rest des Schwarzpulvers in den Lauf, stopfte dann die Kugel hinterher, zog seinen Ladestock, rammte ein, zwei, drei Mal die Munition in den Lauf, hatte aber keinerlei Zeit mehr, um den Ladestock wieder in seine Vorrichtung zurückzustecken, sondern ließ ihn einfach fallen. Er spannte den Abzugshahn nach hinten und mit einem merklichen Klicken rastete dieser ein, dann zielte er auf den erstbesten Gegner, der ihm am Nächsten war, brauchte gar nicht richtig zielen, da sich dieser keine fünf Schritte mehr entfernt von ihm auftat und drückte ab. Der Feind wurde unterhalb des Halses getroffen, Blut schoss aus seiner Wunde und er fiel zur Seite, ohne einen Laut von sich zu geben. Der andere Russe rechts von ihm schoss an seinem leblosen Kameraden vorbei und setzte gerade an, mit seinem Bajonett auf Sven einzustechen, als dieser instinktiv nach links hin auswich und der Gegner sein Ziel nur um Haaresbreite verfehlte. Sven richtete sich umgehend auf, drehe sich zu seinem Feind hin und voller Zorn und entschlossener Wildheit, sich an der Schusswunde seines Kameraden zu rächen, stieß er mit seinem aufgepflanzten Bajonett zu. Metall traf auf Haut und Knochen und mit einem knirschenden Geräusch drang der Stahl in den Unterleib des Gegners. Während sich der Feind vor krümmte, um den Schmerz in seinem Bauch entgegenzuwirken, zog Sven die Muskete mitsamt seinem Bajonett aus der Magengrube seines Gegenübers zurück und gab dem Russen den Rest, indem er von seinem Gewehrkolben Gebrauch machte und es mit ganzer Kraft gegen das Gesicht des Feindes stieß. Ein dumpfes Geräusch und eine knirschende Nase waren das Erste, was Sven innerhalb von wenigen Sekunden wahrnahm, gefolgt von Blut, was sich über das Gesicht des Gegners ausbreitete und einem jämmerlichen Stöhnen, bevor der Russe ruckartig zurückfiel und bewusstlos auf dem Boden liegen blieb.

Sven hatte keine Zeit sich dem sterbenden Soldaten hinzugeben, da Nalle direkt neben ihm auftauchte und seinen Freund herumriss. Er war herangeeilt, als er gesehen hatte, was vor wenigen Augenblicken passiert war.

„Sven, alles in Ordnung bei dir? Du blutest ja, Himmel…!"
„Nalle, mir geht es gut, das ist nicht mein Blut auf mir, aber, oh Gott, was ist mit Nils?"
Sven drängte Nalle beiseite und kniete sich vor Nils, der sich wimmernd und quälend auf dem Boden wälzte. Nalle sah währenddessen einen erneuten Feind, der aus der gleichen Richtung wie die beiden anderen kam und erschoss diesen mühelos, machte einen zweiten gleich neben ihm aus, der gerade an seiner Waffe herumfuchtelte und mit einem Kampfesschrei stürzte er dem Gegner entgegen, um ihn daran zu hindern, die Waffe zum Einsatz zu bringen und ihn vorher auszuschalten. Sven bekam von alledem nichts mit. Er blickte entsetzt auf den sterbenden Nils und stemmte sich mit beiden Händen fest auf die Wunde, um die Blutung zu stillen, doch das dunkle warme Rot quoll zwischen Svens Fingern hervor und verteilte sich zu einer Blutlache auf dem Boden.
Tränen rannen über Nils Gesicht und er spuckte Blut aus, während er versuchte, sich an Sven hochzuziehen. Dieser half ihm dabei, sodass er mit seinem Mund nahe Svens Ohr kam. Er röchelte, hustete und Blutspritzer landeten auf Svens Gesicht, doch das nahm er gar nicht war. Er verzweifelte, da er Nils nicht helfen konnte, suchte nach einem Ausweg, nach irgendetwas, um die starke Blutung zu stillen.
„Sven…Ich..ich will nicht sterben, hörst du? Ich will…"
Dann verstummte er, hauchte noch einmal ein wenig Atem aus. Seine Augen wurden gläsern und sein Herz setzte aus. Sven zog ihn vor sich, schaute ihm direkt in das blutüberströmte, regungslose Gesicht und ihm war klar gewesen: Nils war nicht mehr da. Er war tot, einfach tot und er hatte ihn sterben lassen, konnte ihn nicht retten, nicht für seinen Kameraden da sein! Eine

Träne ran über seine Wange, dann wurde er aus seiner Trauer gerissen, als Wenger und Hortsenk gerade ihrerseits einen Schuss abgegeben hatten und das Krachen der Musketen die trügerische Ruhe durchbrach. Er wirbelte hoch, völlig von Sinnen und suchte mit seinen Blicken das Umfeld ab.
Nalle hatte den Russen niedergestreckt und lud gerade seine Waffe angelehnt und Deckung suchend an einem Baum nach, Brenke verlagerte währenddessen seine Position zu einem Baumstumpf hin, um eine bessere Schussposition einnehmen zu können und Hortsenk und Wenger spähten gerade über ihre Deckung hinweg dem Feind entgegen, bevor sie sich wieder daranmachten, ihre Waffen neu zu laden.
Hin und wieder brach ein Schuss aus einem Teilstück des Geländes vor ihnen, doch sie wurden weniger und Sven konnte nur noch ein paar Gegner ausmachen. Plötzlich vernahm er ein Wiehern, wirbelte überrascht herum und nahm einen schwedischen Reiter war, der mit dem unverkennbaren dunkelgrauen Mantel auf seinem Schimmel mit gezogenem schweren Säbel auf den Feind zuritt, einen Gegner aus dem Hinterhalt überraschte und ihn von der Seite her aufschlitzte. Dieser schrie auf und viel sogleich zu Boden. Sven verfolgte mit seinem Blick den Vorgang weiter. Kaum hatte der Unbekannte sein Ziel eliminiert, gab er seinem Pferd die Sporen und trieb es weiter voran auf den nächsten Feind zu. Ein groß gewachsener rotgrün uniformierter Soldat mit einer Schärpe vor der Brust und Degen in der Hand versuchte sich dem Reiter zu stellen, doch er hatte keine Chance und innerhalb weniger Augenblicke stach der Fremde mit seinem Säbel in die Brust des augenscheinlichen russischen Offiziers und durchbohrte mit seiner Klinge den Oberkörper des anderen, drehte den Stahl und stieß die Waffe

wieder heraus, sodass Blut aus der Wunde spritzte und das weiße Pferd und die Hose des Angreifers dunkelrot färbte.

Hortsenk, Brenke und Nalle, genauso überrascht, wie Sven selbst, ergriffen die Chance und die Verwirrtheit des Feindes vom plötzlichen Auftauchen eines Reiters und strömten aus ihren Stellungen hervor den restlichen Russen entgegen und der Reihe nach wurden die letzten verbliebenen Gegner niedergemacht. Dann war es totenstill.

Kein Geräusch war mehr wahrzunehmen, der Kampf war vorbei, der Feind geschlagen, das eigene Leben gerettet…

Kapitel VIII

Der fremde Reiter, der den Karolinern durch sein Auftauchen und das Eingreifen ins Kampfgeschehen, aus der misslichen Lage geholfen hatte, führte seinen Schimmel ganz dicht an Sven heran, der sich wieder zu Nils herabgesenkt hatte und seinen leblosen Körper in den Armen hielt. Als er über ihn zum Stehen kam, blickte Sven hoch und dem Reiter fielen sofort Tränen in dem Gesicht des jungen Karoliners unter ihm auf, wie sie sanft über seine Wangen rannen, bis sie in seinen dunklen Bartstoppeln verliefen. Er warf ihm einen mitfühlenden Blick zu, ehe er sich Wenger zuwendete, der soeben auf den Fremden zugeschritten war.

„Wir müssen uns bei Ihnen bedanken, wer auch immer Sie sind, Sie haben uns allen hier wohl oder übel das Leben gerettet!" Während Wenger in seiner gewohnten Manier dem Fremdling skeptische Blicke zuwarf, lächelte dieser verlegen: „Keine Ursache, Soldat! Wenn ich mir das hier so ansehe, so bin ich augenscheinlich wohl noch gerade rechtzeitig gekommen." „Wir..., ich...", begann Wenger, doch konnte er seinen Satz nicht beenden, da ihm der Fremde sofort ins Wort fiel: „Mein Name ist Lütsson, Major Lütsson und ich komme höchstpersönlich vom Oberst Schlippenbach, welcher erst vor kurzem von Karl XII. selbst die Anweisungen erhalten hatte, einen seiner eigenen Männer zu entsenden, um euch alle hier ausfindig zu machen. Nun, hier bin ich, wie ihr seht..." Lütsson ließ seine Worte erst

einmal sacken, bevor er fortfuhr: „Es ist etwas vorgefallen, über das ihr unbedingt unterrichtet werden solltet."
Neugierige Blicke trafen auf das Gesicht des Majors und selbst Sven schien für einen Moment Nils vergessen zu haben, denn auch er blickte auf und sah den Reiter erwartungsvoll an. Nach all diesem Unglück hier hoffte er, dass die Führung den Plan vielleicht noch einmal überdacht hatte und zu dem Schluss kam, dass es andere, vielleicht bessere Mittel gab, dem Feind eine Falle zu stellen, um ihn dann vernichtend schlagen zu können.
„Wenn ich richtig liege, seit ihr sechs, oh, verzeiht, ich meine natürlich ihr fünf auf dem Weg nach Kolgaküla, um dort Kapten Olsson zu treffen, richtig?"
Verunsichert, des Wissensstandes dieses fremden Majors wegen, schauten sich die verbliebenen Karoliner nacheinander an, bevor sie zustimmend dem Reiter zunickten.
Nachdem Major Lütsson die Bestätigung über seine Aussage von den Soldaten unter ihm erhalten hatte, fuhr er fort: „Nun, daraus wird nichts mehr. Der Kapten ist verschwunden! Niemand weiß, wo er sich befindet, warum er ohne Meldung einfach untergetaucht ist. Zuletzt wurde er zusammen mit Överstelöjtnant Thorsten Rolste, einem Adjutanten des Generals Otto Vellingk, in Reval gesehen, dann verschwand er einfach von der Erdoberfläche und seitdem hat niemand mehr etwas über ihn gehört. Es wird davon ausgegangen, dass er aus einem ganz bestimmten Grund entführt wurde, da er angeblich an einer wichtigen Mission beteiligt war, über die ich aber keinerlei Informationen verfüge, falls ihr mich deswegen befragen wolltet.
Diese, wohl anzunehmen, geheime Mission, hat anscheinend etwas mit seinem Verschwinden zu tun. Da es dem König sehr

am Herzen liegt, den Kapten wiederzufinden, wurde ich vom Oberst ausgesandt, um euch nun folgende Befehle zu erteilen. Vorab, die bisherigen Anordnungen an euch werden hiermit durch diese Neuen ersetzt und durch dieses Schreiben hier vom Oberst bestätigt. Euer Auftrag liegt nun in dem Auffinden des Kaptens und dem sicheren Zurückschaffen in eines unserer Feldlager. Am liebsten wäre es dem Stab, wie auch dem König, ihr würdet zu gegebener Zeit Olsson direkt nach Reval zurückbringen, wenn er nicht ohnehin noch dort irgendwo ist, weil alle ranghöheren Offiziere, wie der Stab und wahrscheinlich auch Karl selbst bereits dort sein werden. Doch sollte euch dies nicht gelingen, aus welchen Gründen auch immer, schafft ihn bloß in den Schoß unserer Armee. Er muss ja ein ganz besonderer Kerl sein, wenn so ein großes Tamtam um diesen Kapten gemacht wird, aber worum es auch immer geht, ich will es gar nicht erst wissen. So, hier ist das Schreiben, dass meine Worte noch einmal bestätigt, vielleicht steht auch noch einiges mehr drinnen, dass werdet ihr letzten Endes schon selbst in Erfahrung bringen."
Der Major hielt das versiegelte Schreiben Sven hin, der einen Schritt nach vorne tat, den Brief an sich nahm und dem Reiter zum Dank zunickte.
„Wenn ihr mich fragt, solltet ihr schleunigst dorthin aufbrechen, wo der Kapten zuletzt gesehen worden ist und mit der Suche beginnen. Reval ist einen Dreitagesmarsch von hier in etwa entfernt, ihr solltet euch also sputen."
Lütsson gab seinem Pferd die Sporen und trieb es vorwärts, drehte sich aber noch einmal auf seinem Pferd zu den Karolinern um und rief ihnen zu: „Lasst euch nicht noch einmal von den Russen erwischen! Das nächste Mal werdet ihr nicht so ein

Glück haben, jemanden wie mich bei euch gehabt zu haben!" Er lächelte selbstsicher und nickte den schwedischen Soldaten zu: „Viel Glück euch allen, vielleicht sieht man sich ja eines Tages wieder..." Dann trieb der Major sein Pferd wieder an und galoppierte davon.

Die Gruppe blickte ihrem Retter noch ein wenig nach, bis dieser hinter der nächsten Hügelkuppe verschwunden war, dann öffnete Sven vor den anderen das Siegel des Schreibens, nachdem sich alle um ihn versammelt hatten und er las ihnen daraus hervor.

Im Groben und Ganzen wurde all das, was Major Lütsson soeben berichtet hatte, mit diesem Brief bestätigt, nur das noch ein wenig mehr Informationen ihres Auftrages betreffend näher erklärt wurden, die dem Reiter aus Geheimhaltungsgründen nicht mit auf dem Weg gegeben wurden.

Die ursprüngliche Idee, eine sichere Passage für Karls Heer zu finden, um gebündelt und unbemerkt an den Russen bei Naval heranzukommen, wurde vor wenigen Tagen über den Haufen geworfen, da durch die erst kürzlichen Stoßtrupps der Feinde auf schwedisches Territorium nahe Wesenbergs und den geführten Gefechten gegen die Truppen des Generals Otto Vellingk keine Zeit mehr verblieb, diese geplante Operation weiterhin durchzuführen. Stattdessen hatte sich Karl XII. dazu entschieden, nun den Faktor Zeit als letzte Alternative einzusetzen und möglichst schnell und geballt dem Feind die Stirn zu bieten. Eigentlich sollte dieses Schreiben direkt an Kapten Olsson weitergeleitet werden, doch da dieser nunmehr verschwunden war, fiel der Brief jetzt an die Karoliner, die als Einzige den bisherigen Auftrag kannten und mit dem Kapten in Kontakt standen. Sven entdeckte, dass unten am Briefende etwas mit frischer Tinte und anderer Handschrift erst kürzlich hinzugesetzt wurde und zwar, dass die sechs Karoliner nunmehr den Kapten suchen und ihn unter allen Umständen zurückbringen sollten, bestünde doch die Gefahr, dass er über zu viele wichtige Quellen verfüge und dem Feind genügend Informationen geben könnte, die dieser benötigte, was es unter allen Umständen zu verhindern galt. Bei dem geschriebenen Wort *sechs* musste Sven sich zusammenreißen, nicht wieder in Tränen auszubrechen, bestand die Gemeinschaft doch jetzt nur noch aus fünf Mitgliedern. Er verdrängte den Gedanken und überflog die letzten Zeilen, die nichts hergaben, außer dass sie sich beeilen sollten, mit der Suche südlich Revals beginnend und alle nötigen Hilfsmittel einsetzen dürften, um ihren Auftrag so gut es eben ging zu erfüllen. Falls im schlimmsten Falle der Leichnam des Kaptens gefunden würde, so solle dieser als Beweis ins Feldlager gebracht werden. So oder so sollten die Karoliner erst wieder zurück ins Schwedenlager, wenn Olsson aufgefunden worden wäre.

Als Sven die letzten Worte vorgelesen hatte, kehrte Stille ein und alle sahen sich nur ratlos an. Sven dachte an seine Hoffnungen auf eine plötzliche Beendigung seines Auftrages zurück und er hatte ja in gewisser Art und Weise mit dem Erhofften recht behalten, nur dass sie sich jetzt einem noch gefährlicheren Auftrag vorsahen, falls dem Kapten wirklich etwas zugestoßen sein sollte und er entführt wurde.

Nalle unterbrach die fürchterliche Stille nach einer Weile: „Tja..., wie sollen wir das bloß anstellen? Gibt es Zeugen, die Olsson zuletzt gesehen haben könnten, so hätten wir ja eine Spur, der wir nachgehen können, aber darüber wurde in dem Brief nichts geäußert. Und ich weiß nicht, also wart ihr schon einmal in Reval? Die Stadt ist riesig! Da verläuft man sich in den

tausenden von kleinen Gassen, die sich durch die ganze Stadt ziehen. Als kleiner Junge war ich mit meinem Vater einmal dort. Niemand, absolut niemand findet sich in diesem Gewirr von Häusern zurecht und schon gar niemand, der vorher noch nie dort gewesen ist!"
„Dann können wir ja von Glück reden, dass wir jemanden haben, der die Stadt schon einmal besucht hat, nicht wahr Nalle?" Wenger grinste den jungen Soldaten höhnisch an. „Wenger, ich war vielleicht acht oder neun Jahre alt, als ich dort gewesen bin! Ich erinnere mich an nichts mehr, außer daran, dass es jene Stadt gewesen war, in der ich mit meinem Vater einst verweilte."
Sven mischte sich ein: „Egal, ob du dort gewesen bist oder nicht, ob du dich dort auskennst oder nicht, ob diese Stadt verwinkelt und labyrinthisch ist oder nicht, wir haben den Auftrag unseren Kapten zu finden und das werden wir tun!"
„Bravo, Sven, endlich sind wir zwei einmal ein und derselben Meinung, du und ich, mein Kleiner", presste Wenger heraus und zog sich dann an einem Ast ein wenig hoch, um von all den Karolinern bestens gesehen zu werden: „Also, wir werden uns nun nach Reval begeben, dort mit der Suche beginnen und so gnade uns Gott, mit der Suche schnell erfolgreich sein, damit wir den Kapten ins schwedische Lager eskortieren können und dann hoffentlich zu unseren Einheiten zurück können, denn ich habe keine Lust mehr auf dieses *im Untergrund Getue* und diesem sinnlosen hin -und hermarschierens! Noch Fragen eurerseits? ... Dann los!"
„Wenger?"
„Was...?"
„Was wird aus Nils? Sollten wir ihn nicht ordentlich bestatten?

Er hat eine letzte Würdigung von uns verdient, findest du nicht?"
„Hortsenk, wir haben keine Zeit ihm ein verdammtes Grab zu schaufeln, wir müssen schnellstens aufbrechen, wenn wir erfolgreich sein wollen. Und Hortsenk, denk doch einmal daran, was passieren könnte, wenn der Kapten wirklich gefangen genommen wurde? Meinst du nicht, dass diese Verbrecher aus ihm alle nötigen Informationen herauskitzeln werden? Folter? Aushungern? Was weiß ich! Nein, das Risiko ist zu hoch. Je länger wir warten, desto höher ist die Wahrscheinlichkeit, dass Kapten Olsson irgendwo tot aufgefunden wird, das können wir nicht zulassen!"
„Gesetz dem Fall, dass der Kapten wirklich entführt wurde", fiel Hortsenk seinem Kameraden ins Wort.
„Vielleicht wollte er auch einfach nur weg von der ganzen Scheiße hier!"
„Fahnenflucht? Das glaubst du wirklich Hortsenk? Nach allem, was wir über ihn gehört haben und nachdem der König selbst, ihm, einem Kapten, solch einen wichtigen Auftrag hat zukommen lassen? Das kann nicht dein Ernst sein, Mann! Ich bin fest davon überzeugt, dass ihm etwas zugestoßen sein muss und wir werden ihn daraus befreien, was ihm auch immer zugestoßen sein mag! Also, jetzt hört verdammt nochmal auf, meine Entscheidungen anzuzweifeln und in Frage zu stellen und macht euch lieber an eure Sachen, wir brechen auf!"
Nalle, Hortsenk, Brenke und Wenger schnappten sich ihre Tornister und Musketen und machten sich bereits daran, aufzubrechen, als Sven noch schnell seinen zurückgelassenen Dreispitz von ihrer Ausgangsposition wiederholte und sich dann mit Tasche, Rapier und Muskete den anderen anschloss. Ein letztes Mal blickte er zurück auf den Leichnam von Nils und

bekreuzigte sich, um ihm zumindest so einen letzten Akt der Ehrenbezeugung mit auf den Weg ins Jenseits zu geben. Dann drehte er sich um und marschierte den anderen hinterher, wieder einmal einer ungewissen Zukunft, einem unbekannten Ziel und vor allem anderen aber, einem unerwarteten noch gefährlicheren Auftrag entgegen…

Kapitel IX

Sein Kiefer schmerzte, das war das Erste, was Kapten Olsson wahrnahm. Seine geschwollenen Augen versuchten sich in der Dunkelheit an irgendetwas zu orientieren, doch außer einem schwachen Lichtpegel, der von einer Kerze stammen musste, konnte er nichts erkennen. Er wusste immer noch nicht, wohin ihn diese Bande verschleppt hatte und es war unmöglich festzustellen, ob er es jemals erfahren würde. Generell rechnete Olsson nicht mehr damit, jemals wieder Tageslicht vors Gesicht zu bekommen, er sah sich bereits im Sterben.

Die letzten Tage waren die Hölle gewesen! Immer wieder wurde Olsson zum Överstelöjtnant Rolste gebracht, verhört, gefoltert und gequält, um an die Informationen zu kommen, die der schwedische Verräter brauchte, um dem Zaren zu imponieren und seine Gunst zu erkaufen. Nach jedem Verhör brach Olsson entweder zusammen oder er war so wund geschlagen, dass er mit den angeschwollenen Gesichtszügen keinerlei Worte mehr heraus stämmen konnte.

Der Tagesablauf war zur Routine geworden und Zeitgefühl oder Ähnliches waren verloren. Welcher Tag anlag, ob es Morgen, Mittag oder Abend war, diese Dinge waren das Erste gewesen, was Olsson vergaß.

Obwohl er ein enorm widerstandsfähiger Mann war und nichts so schnell an Informationen preisgab, so schaffte es der Överstelötjnant dennoch, ihn mehr und mehr zu brechen, indem er ihm bei jedem Treffen die Aussichtslosigkeit des Kaptens offenbarte und was er mit Worten nicht erreichen konnte, so gab er seiner Meinung mit geballten Schlägen Ausdruck.

Vor drei Tagen war der letzte Widerstandsgeist Olssons gebrochen und er fing an zu reden. Er gab Informationen preis, die den Geheimauftrag betrafen. Er erklärte entrüstet, was Karl XII. plante, wie er dem Feind begegnen wollte und vor allem, was Sven und seine Männer für einen Auftrag verfolgten, welchen Weg sie gehen sollten und wo ihr Treffpunkt ausgemacht war. Kurzum, Överstelöjtnant Rolste hatte nunmehr alle Informationen, die er brauchte und schon bald würde er sich mit ihnen auf den Weg zum russischen Lager machen und dann den Ruhm und die Lorbeeren ernten, die ihm, so hoffte er, auf ewig das Vertrauen des Zaren schenken würden. Doch vorher hatte er noch etwas zu erledigen...

Der Kapten schoss erschrocken hoch, als die schwere Tür aufgerissen wurde und zwei Helfersmänner des Överstelötjnant hereinkamen und ihn hoch zerrten. Es war die letzten Tage so ergangen. Immer wieder wurde er aus seinem Verlies durch dunkle Gänge zu der dicken eichernen Tür gebracht, hinter der das Zimmer des Överstelötjnant lag und wo dieser mit dem Verhör fortfuhr, um Stück für Stück alles aus dem Kapten herauszuquetschen und ihn zu immer neuen Geständnissen zu zwingen.

Wieder stand Olsson in dem Zimmer, welches das Einzige mit einem großen Fenster war. Er verkniff die Augen bei dem ungewohnt hellen Licht und blinzelte in Richtung des Överstelöjtnant.

Vor ihm stand Rolste mit einem schäbigen Grinsen auf den Lippen, der den geknickten schwedischen Kapten von oben bis unten studierte und sichtlich beeindruckt von seiner Arbeit schien, wie er diesen die vergangenen Tage zugerichtet hatte. Die blau violetten Flecken auf dem gesamten Körper über verteilt, die verkrusteten Wunden, das windelweich geprügelte Gesicht mit den geschwollenen Augen und den aufgeplatzten Lippen.

„Sie hätten sich all das sparen können, mein lieber Herr Kapten, wissen Sie? Manchmal ist es angenehmer einfach die Informationen auszuspucken, die ein anderer benötigt, um sich nicht unnötigen Qualen auszusetzen. Hätten Sie von Anfang an kooperiert, so hätte ich nie so weit gehen müssen, Ihnen eine Lektion nach der Nächsten zu erteilen und wir wären schon längst fertig hier. Aber Sie mussten ja unbedingt einen auf schwedischen Helden machen, was ja nun letzten Endes kläglich misslungen ist, denn Sie haben mir ja nun alles gesagt, was ich wissen wollte, ist es nicht so?"

Rolste machte einen Schritt nach vorne und sofort wich ihm Olsson aus, zu groß war die Angst, wieder geschlagen oder mit einem der Messer bearbeitet zu werden, die der Överstelötjnant so gern an ihm die vergangenen Stunden und Tage ausprobiert hatte. Olsson wendete seinen Blick ab und versuchte augenscheinlich etwas aus dem Fenster zu erkennen, doch Rolste versperrte ihm die Sicht und machte Anzeichen, seine Faust spielen zu lassen, wenn der Kapten nicht mitspielte. Olsson kannte den eindringlichen Blick des Överstelötjnant nur zu gut und nickte daher eingeknickt, da dieser sowieso früher oder später alles erfuhr, was er wissen wollte.

„Es gibt also keine weiteren Geschichten, die Sie mir verschweigen, wollen Sie mir das damit sagen, mein lieber Herr Kapten?"

„Nein", röchelte dieser hervor. „Sie haben alles von mir erfahren, was Sie wissen wollten und nun fahren Sie mit den Informationen zur Hölle und schmoren Sie da auf ewig!" Olsson spuckte Blut und obwohl er niedergeschlagen und gebrochen war, so hatte er immer noch genügend Anstand, um seiner Verachtung dem Överstelötjnant gegenüber Ausdruck zu verleihen. Dieser lachte jedoch nur, holte ein seidenes Tuch aus seiner Tasche und wischte sich damit die dunkle Masse auf seinem Bein ab.

„Ich bin die Hölle, Olsson, der Teufel höchstpersönlich und Sie werden auch sehr bald hinabsteigen in das Reich der Toten, das schwöre ich Ihnen!"

Olsson starrte den Överstelöjtnant mit fassungslosen Blicken an.

„Sie dachten doch nicht im Ernst, dass ich Sie je wieder gehen lassen würde, nach all dem, was Sie jetzt über mich erfahren haben? Ich kann ja schlecht zurück in den schwedischen Generalstab gehen, mit dem Wissen, das Sie auf freiem Fuß sind und dem Erstbesten von meiner Identität berichten, mein Lieber."

Rolste drehte sich um und ging ein paar Schritte Richtung des Schreibtisches, blieb vor ihm stehen und durchwühlte auf der Oberfläche einige Schriftstücke, bis er ein längeres Schreiben in der Hand hielt, dass er nunmehr zusammenfaltete, flüssiges Wachs auf die Öffnung goss und mit einem Stempel plattdrückte und somit den Brief versiegelte. Er nahm zufrieden das Schriftstück auf, zeigte es Olsson und grinste breit.

„Dieses Schreiben hier enthält jegliche Informationen, die der Zar noch von mir benötigt, um alles zusammen zu haben, was er für die Entscheidungsschlacht braucht und dann ist der Sieg greifbar nahe. Der Zar wird eurem schwedischen Bastard von

König schon zeigen, wie man mit Dreck verfährt und Ihr geliebtes Schweden wird brennen, zu Anfang, ja, aber dann, wenn ihr kapituliert habt, dann wird es wieder erblühen unter einem rechtmäßigen und anständigen Herrscher und Schweden wird wieder das werden, was es einmal war, mit Russlands Hilfe!"

Olsson richtete sich auf, verdrängte jeglichen Schmerz, den er dabei empfand. Er würde nicht mehr lange leben, das wusste er jetzt und von daher brachte er alle noch vorhandene Kraft auf, um ehrenvoll und aufrichtig dem Överstelöjtnant gegenüberzustehen und ihm zu zeigen, dass, auch wenn er jegliche Informationen preisgegeben hatte und auch wenn er gebrochen war, er als schwedischer Offizier immer noch genügend Stolz besaß, um jegliches Leid auszublenden und Stärke zu beweisen. „Nichts, aber auch nichts wird der russische Zar, Ihr Held tun, Rolste! Er wird die Schweden mit Ihrer Hilfe besiegen, wird in Stockholm den Sieg diktieren, in dem er Ländereien fordern wird! Er wird Schweden keinen neuen König schenken, sondern sich wahrscheinlich selbst zum neuen legitimen Herrscher erklären und Schweden zur russischen Marionette machen!" Olsson machte einen gewagten Schritt nach vorne und hob seinen Zeigefinger Richtung des überraschend dreinblickenden gegenüberstehenden Överstelöjtnant.

„Egal was Sie sich auch erhoffen, Rolste, er wird es Ihnen nicht geben! Ich weiß ja nicht, was er Ihnen versprochen hat, aber glauben Sie ihm kein Wort davon! Egal was für ein Verräter Sie auch sein mögen, ich habe das Gefühl, dass Sie alles, was Sie tun, ausschließlich für Schweden tun wollen, also sind Sie ja im Grunde genommen genauso ein Patriot wie ich es bin, nur

denken Sie in eine falsche Richtung, aber es ist noch nicht zu spät!" Der Kapten holte tief Luft, bevor er fortfuhr: „Sie können sich immer noch umentscheiden, Herr Överstelöjtnant! Lassen Sie uns hier verschwinden, vernichten Sie das Schreiben! Ich werde nichts über das hier berichten, das schwöre ich Ihnen bei meiner Ehre, niemand wird jemals etwas hierüber erfahren. Denken Sie an die Männer, an die Karoliner. Sollen sie alle Opfer Ihres Verrats werden und mit dem Leben bezahlen?"
Der Överstelöjttnant schien sehr überrascht von dem plötzlichen Lebenswillen, der aus dem Kapten heraussprudelte und dachte einen Moment über die soeben gesagten Worte nach.
Olsson hatte Hoffnungen, doch noch einen Ausweg gefunden zu haben, denn Rolste schien über seine Worte ernsthaft zu grübeln, doch ganz plötzlich verfinstere sich seine Miene und Zorn und Missgunst standen auf den Gesichtszügen des Överstelöjtnant geschrieben.
„Sie glauben wohl, Sie könnten mich überzeugen, meinen Kurs zu ändern und mich auf Ihre Seite zu schlagen, was? Meinen Sie wirklich, mein Lieber, dass ich darauf reinfalle und mein Leben in Ihre Hände lege? Sie sind ein hinterhältiges Aaß und wenn sich die entfernteste Möglichkeit ergibt, werden Sie mich verraten, soweit wird es nicht kommen! Ich vertraue dem Zaren, ich weiß, er wird mich nicht enttäuschen, denn er hat im Gegensatz zu all diesen Idioten im schwedischen Lager Sitte und Anstand und steht zu seinem Wort. Ich wünschte, Sie könnten mit ansehen, wie Ihr geliebter König Karl in einen russischen Kerker verrotten wird, während Schweden eine neue Staatsmacht bekommt, doch leider werden Sie das nicht mehr erleben..."

Der Överstelöjtnant legte das Schreiben zurück auf den Tisch und versteifte sich. Seine Miene wurde jetzt ernst und düster und seine Blicke verrieten nichts Gutes.
„Sehen Sie diese beiden Männer hinter Ihnen?"
Olsson drehte sich verkrampft um und schaute in die finsteren Gesichter seiner Gefängniswärter, die ihn die letzten Tage immer wieder zu Rolste verfrachtet hatten.
„Wissen Sie, mein Lieber, wer die sind...? Nein, natürlich wissen Sie es nicht, woher auch. Das sind Russen, die ein besonderes Vergnügen damit haben, Schweden langsam und genüsslich ins Jenseits zu befördern. Ich kann Ihnen versprechen, dass all das Leid, das Sie die vergangenen Tage durch mich erfahren haben, nichts im Vergleich zu dem sein wird, was Ihnen nun unmittelbar bevorsteht. Ich wünschte, ich könnte das verhindern, doch ich sehe mich leider dazu gezwungen, zu diesen drastischen Maßnahmen zu greifen, denn Sie lassen mir keine andere Wahl…"
Olsson war machtlos. Er konnte nicht verhindern in wenigen Augenblicken von diesen Hühnen von Russen massakriert zu werden. Er war zu schwach für einen Kampf, ganz zu schweigen für einen Fluchtversuch. Und überhaupt, selbst wenn er es irgendwie hier herausschaffen könnte, wo sollte er hin? Wo war der Ausgang? Er wusste ja noch nicht einmal, wo er sich genau befand. Vielleicht war er ja bereits irgendwo in Russland und dort hätte er sowieso keine Chance, jemals wieder wegzukommen, kannte er sich doch dort in keinster Weise aus, noch verstand er deren Sprache. Es war aussichtslos! Alles war vergebens, es war vorbei, endgültig!

Överstelöjtnant Rolste sprach ein paar Worte auf Russisch zu den beiden Männern, die vor dem Kapten standen und obwohl Olsson nichts von dem verstand, so war ihm bewusst, dass soeben sein Todesurteil gefällt wurde. Während Rolste zu seinem Schreibtisch zurückging und sich bequem in seinen Stuhl herabsinken ließ, um dem baldigen Spektakel als stiller Beobachter beizuwohnen, platzierten sich die beiden Russen um den Kapten herum. Während der eine in seiner Ausgangsposition verharrte, ging der andere auf die gegenüberliegende Seite von Olsson und stand gleich darauf mit dem Rücken zum Fenster, wohl um zu verhindern, dass sich Olsson den Tod erleichtern und selbst aus dem Fenster springen würde. Er grinste den Kapten an, als hätte er erraten, was dieser soeben gedacht hatte und zog langsam grinsend ein kleines Messer aus seinem Gürtel, der andere tat es ihm gleich, wie der Kapten bemerkte.

Der Överstelöjtnant konnte nun die totale Angst und die Aussichtslosigkeit in Olssons Gesichtsausdruck erkennen und freute sich darüber sehr, dass jeglicher Kampfgeist in ihm erloschen war und das alles entscheidende Leben in seinen Händen, in den Händen Rolstes lag. Er lehnte sich zurück und beobachtete das Spielchen, wie beide Russen vorsichtig auf den eingeschüchterten Kapten zukamen, ihre Messer hoben und dabei ein breites Grinsen auflegten. Es war alles perfekt, so wusste der Överstelöjtnant. Er hatte gewonnen! Hatte den Kapten um jedes Geheimnis gebracht, hatte seine Mission erfüllt und würde nach Olssons qualvollem Tod mit Stolz zurück ins russische Lager marschieren und dem Zaren Bericht erstatten. Er würde...

Plötzlich fiel ein Schuss und Rolste erschrak. Dann ein Aufschrei und kurz darauf das Blut, das aus dem Mund des vordersten

Russen kam, der sich immer noch nahe dem Fenster aufgehalten hatte. Er sackte stöhnend und mit weit aufgerissenen Augen zusammen bis er reglos auf dem Boden liegen blieb. Der zweite Russe stand wie erstarrt hinter dem Kapten und blickte auf seinen toten Kameraden herab. Bevor dieser auf die neue Situation auch nur reagieren konnte, wurde die Tür hinter ihm aufgerissen und ein weiterer Schuss fiel. Feuer und Rauch durchliefen die Öffnung und ein ohrenbetäubendes Krachen schoss durch den Raum. Der zweite Russe schrie auf und stürzte in einem Blutschwall zurück zu Boden, versuchte sich wieder aufzurichten, indem er sich an einem Schrank nach oben drückte, doch kam er nicht mehr dazu, denn dem soeben gefallenen Schuss, folgte nun eine Person, die die Muskete, samt aufgepflanztem Bajonett nach vorne hielt und dem Russen zwischen die Rippen stieß. Ein fürchterlicher Aufschrei war die Folge und dann sackte auch dieser Russe zusammen und starb auf dem Boden inmitten seines eigenen Blutes.

Olsson wusste noch gar nicht recht, wie ihm geschah, da kamen drei weitere Männer in den Raum, die ihre Waffen in Anschlag haltend, auf den Överstelöjtnant richteten. Während er schockiert die Hände in die Luft hielt und keine Anstalten eines Kampfes oder eines Fluchtversuchs unternahm, wurde dem Kapten langsam bewusst, dass er doch noch nicht sterben würde, sondern nunmehr eine Chance auf weiteres Leben erhielt. Er starrte verwirrt in die fremden Gesichter vor ihm, aber halt, so fremd waren sie gar nicht. Er kannte sie, hatte sie schon einmal gesehen.

Plötzlich kam ein weiterer Mann durch die Tür, groß, mit dunklem langem Haar, dessen dunkelblaue Augen freundlich auf den Kapten gerichtet waren. Dieser glaubte nicht, was er da vor sich sah, doch es bestand kein Zweifel daran, es war Sven Eriksson! Seine Uniform, seine Statur, sein junges Gesicht, sein strahlendes unschuldiges Lächeln. Es war sein Karoliner des ersten Bataillons seiner dritten Kompanie! Sven Eriksson. Langsam erkannte er auch die anderen, Nalle Halsson, Knut Wenger, Karl Hortsenk, Brenke Utsson. Seine Männer, die er bei Loska in dem kleinen unbedeutenden Ort Kolgaküla treffen wollte. Die Männer, denen er den Auftrag ihres Königs gegeben hatte, die Mission Schwedens. Sie alle waren hier!

„Hallo Herr Kapten," sprudelte es glückseelig aus dem jungen Karoliner heraus und Sven blickte auf den Mann unterhalb des Fensters, der verkrümmt und reglos auf dem Boden lag. „Mir scheint, ich habe ihn erwischt!" Zufrieden mit seiner Arbeit lächelte Sven Nalle an, der gerade seine Muskete auf den immer noch verdutzten Överstelöjtnant Rolste richtete. Bei dem Anblick dieser fremden Person verschwand Svens Grinsen und die Ernsthaftigkeit kehrte in ihm zurück. „Wer ist das?"

Olsson, der sich so langsam mit der neuen Situation abgefunden hatte und dessen Lebensgeister zurückgekehrt waren, nachdem er sich schon in der Hölle gesehen hatte, drehte sich zu dem immer noch hinter dem Schreibtisch sitzenden Mann um, der ihn die letzten Tage so abscheulich gequält und zugesetzt hatte. „Das ist Överstelöjtnant Thorsten Rolste, Adjutant von General Otto Vellingk. Aber er ist noch mehr als das!" Olsson spuckte aus: „Er ist ein Verräter!"

Wenger meldete sich zu Wort: „Ein Verräter, Herr Kapten? Inwiefern?"

„Das erzähle ich euch später, jetzt habe ich erst einmal eine Schuld zu begleichen…"

Der Överstelöjtnant starrte entsetzt in die Augen seines Gegenübers. Der Kapten strahlte solch eine Feindseligkeit aus, die Rolste noch nie bei einem Mann gesehen hatte. Purer Hass lag auf den Gesichtszügen von Olsson. Hass und Verachtung, nichts als Verachtung.

„Nalle, gib mir dein Bajonett!" Olsson trat auf den Karoliner zu und streckte seine Hand aus, um den soeben gesagten Worten Nachdruck zu verleihen. Ohne zu überlegen folgte Nalle den Befehlen seines Vorgesetzten und demontierte sein Bajonett, dass nach einem Drehen kurz klickte und die Klinge freisetzte. Er hielt dem Kapten den vierundfünfzig Zentimeter langen kalten Stahl entgegen und dieser nahm nickend die Waffe zur Hand, den Blick nicht vom Överstelöjtant abgewandt. „Sie sagten mir einmal, mein Lieber," äffte der Kapten Rolste nach, „Sie hätten keine andere Wahl, als mich ins Jenseits zu schicken…" Olsson schwieg einen Augenblick, um seinen Worten Nachdruck zu verleihen. „Sie sagten mir, Sie seien der Teufel höchstpersönlich und würden mich in die Hölle verfrachten, wissen Sie noch? Nun, aus dieser Vorstellung wird wohl nichts mehr, doch ich kann Ihnen mit dem Wunsch der Teufel zu sein, Abhilfe verschaffen… Sagen wir mal so, wenn ich Sie jetzt töte, gelangen Sie genau dorthin, wo Sie als Teufel hingehören, nämlich in die Unterwelt. Somit würde ich Ihnen einen Gefallen damit tun, oder was meinen Sie dazu?" Olsson wartete eine Antwort ab, doch als wieder erwarten keine kam, setzte er seine Unterredung fort.

„Wissen Sie, was Sie sind, mein lieber Herr Överstelöjtnant? Dreck! Abstoßender triefender Dreck und nichts weiter! Ein Verräter, ein vaterlandsloser Bastard, ein Stückchen Elend..." Sven und die anderen verfolgten stumm die Situation und

schienen überrascht der Feindseligkeit, die ihr Vorgesetzter ausstrahlend dem Överstelöjtnant entgegenbrachte. Nalle trat einen Schritt zu den anderen Karolinern zurück und hielt sich am oberen Ende seiner Muskete fest, die er auf den Boden gestemmt hatte, um von dort aus die Szenerie weiter zu verfolgen. Nun waren sich der Kapten und der Överstelöjtnant in einigem Abstand zu den anderen alleine gegenüber. „Sie wollten mich mit dem Tode vertraut machen, nun, den Gefallen werde ich Ihnen erwidern und wissen Sie warum? Weil die Welt einen dreckigen Bastard, wie Sie einer sind, nicht braucht! Weil die Menschen ohne Ihresgleichen besser dran sind und ein erfüllteres und vor allem ein sorgloseres Leben führen können. Niemand schert sich um Sie, niemand braucht Sie!
Weder wir, noch Ihre Familie, nicht einmal der Zar von Russland, denn Sie sind nur eines, mein Lieber… Ein Mittel zum Zweck!" Langsam ging Olsson Schritt für Schritt auf den Överstelöjtnant zu, der sich in seinem Stuhl versteifte, die Hände aber immer noch verschränkt hinter dem Kopf hielt, zumal Wenger, Hortsenk und Brenke auch weiterhin ihre Musketen auf ihn gerichtet hielten.
Der Kapten hatte den Schreibtisch erreicht und stand Rolste direkt gegenüber. Er nahm die Klinge nach oben, betrachtete die scharfen Seiten, berührte mit einem Finger das bedrohliche spitze Ende der Waffe und blickte dann Rache sehnend auf den immer ängstlicher wirkenden Överstelöjtnant. Er scharte mit der Klinge auf den Tisch und hinterließ tiefe Rillen in dem massiven Eichenholz. Das Kratzen schüchterte Rolste noch mehr ein und sein Entsetzen war ihm deutlich anzusehen. Das konnte alles nicht wahr sein! Vor wenigen Augenblicken war sein Leben noch so vollkommen, so perfekt, so voller Erfüllung gewesen

und nun schien alles aussichtslos. Er hatte einen Mann zu seinem schlimmsten Gegner gezüchtigt und nun würde es kein Erbarmen geben, keine Gnade. Die Rache würde kommen! Der Kapten zog die Klinge aus dem Holz heraus und setzte sich wieder in Bewegung. Langsam umrundete er den Tisch und trat auf Rolste zu, der instinktiv aufspringen wollte, doch als Wenger und Hortsenk Anzeichen machten, von ihrer Waffe Gebrauch zu machen, gab er die Bemühungen auf und setzte sich wieder auf seinen Stuhl, den Blick nicht von Olsson abwendend. Steif und unsicher, was als Nächstes folgen würde, verharrte er dort. Mittlerweile war Olsson direkt hinter ihm angelangt. Er beugte sich langsam vor und flüsterte Rolste ins Ohr: „Ihr Zar wird von unserem geliebten Karl vernichtet werden, wissen Sie? Er wird an seiner eigenen Infiltration ersticken, wird sich entweder in einem schwedischen Gefängnis wiederfinden, oder Suizid begehen, oder vielleicht, wenn er Glück hat, auf dem Schlachtfeld einen ehrenhaften Soldatentod sterben. Aber egal, was passieren wird, Sie werden es nicht mehr verhindern können. Sie werden hier in ihrem Arbeitszimmer schon lange verrottet sein, nachdem die Ratten sich Ihrer bemächtigt haben und keiner wird Sie vermissen, oder Ihrer gedenken! Sie werden in Vergessenheit geraten und niemand wird sich unter Ihrem Namen jemals etwas vorstellen können. Ein Överstelöjtnant Rolste, wer ist das, ich kenne ihn nicht, wird es heißen. Doch solange ich noch lebe, werde ich erzählen, welch ein unbedeutender kleiner Bastard, welch ein verlogener Verräter dieser Överstelöjtnant gewesen ist und das wir alle froh sein können, solch einen Schweinehund nicht mehr unter uns zu haben…"
Rolste wusste, dass er verloren hatte. Furcht und Angst vor dem nahenden Tod waren vergessen und an Stelle dessen schienen

ihn die Worte des Kaptens zu amüsieren und er legte ein dreckiges Grinsen auf die Lippen, wie um zu zeigen, dass er weder beeindruckt von Olssons Worten war, noch Angst vor seinem baldigen Ende hatte.

Der Kapten hatte mit solch einer Geste gerechnet und war darauf vorbereitet, sodass jegliche Provokation des Överstelöjtnant bei ihm nicht mehr wirkte.

Olsson holte tief Luft und glitt dann ganz langsam mit dem spitzen Ende des Bajonetts voran, Stück für Stück in den Rücken des Feindes, welcher zu Anfang dumpf aufstöhnte, bis er den immer tiefer gehenden Schmerz nicht mehr aushielt und grässlich zu schreien begann. Neben dem sich vor Höllenqualen windenden Överstelöjtnant vernahm Olsson ein schmatzendes Geräusch, welches von der Klinge stammte, die immer tiefer in das Fleisch des Gegners eindrang.

Mittlerweile war er so tief mit dem Bajonett in Rolstes Eingeweiden, dass er das warme aus dem Rücken sickernde Blut auf seiner Hand spürte, mit der er die Klinge führte. Das Ende des vierundfünfzig Zentimeter langen Stahls schaute bereits vorne dunkelrot aus der Brust hervor und Olsson, der sich über den Sterbenden beugte, um ihn festzuhalten, bevor dieser ausbrechen konnte, sah die Klinge über die Schultern des Gegners hinweg. Dann gab er sich einen Ruck und zerrte die Klinge blitzschnell heraus, sodass nun die offene Wunde einen schwoll an Blut auf dem Boden um Rolstes Stuhl herum verteilte.

Die markerschütternden Schreie verstummten und der Kopf des Överstelöjtnant sank auf seine Brust. Die Augen vor Qualen immer noch weit aufgerissen, nur diesmal leer, gläsern, ohne

Anzeichen von Leben. Rolste, der Agent des Zaren, der Verräter Schwedens und der größte Feind Olssons war tot.

Kapitel X

Der Kapten saß mit den Karolinern auf einem dicken alten Baumstumpf, der am Wegesrand lag und schaute zu Sven auf, der gerade an einem trockenen Stück Brot herumknabberte. Das Gebäude rechts hinter Svens Rücken keine fünfzig Meter von ihnen entfernt mit seinen dunklen Mauern schien nach wie vor bedrohlich auf Olsson, war er doch die letzten Tage hinter diesen Wänden so sehr gequält und gefoltert worden und bei dem Gedanken daran lief ihm ein Schauer über den Rücken. Schnell versuchte er sich abzulenken und an etwas anderes zu denken. „Ich habe Fragen...", begann der Kapten und die anderen schauten überrascht auf bei dem sich unerwarteten Melden ihres Vorgesetzten.

„Fangen wir einmal damit an, wie ihr hierher gefunden habt. Sven, sag du es mir. Woher wusstet ihr, dass ich hier festgehalten wurde? Woher wusstet ihr überhaupt, dass ich ein Gefangener dieser Hurensöhne gewesen bin?"

Als Sven aufgekaut und über seine einleitenden Worte nachgedacht hatte, erzählte er seinem Kapten alles, was die vergangenen Tage geschehen war. Er berichtete von der Auseinandersetzung mit den Russen vor zwei Tagen, mit dem Verlust ihres Kameraden, Nils Linting, der bei den Kämpfen ehrenvoll starb, erwähnte den fremden Reiter, der plötzlich mitten unter ihnen auftauchte und sie aus der ausweglosen Lage rettete.

Nalle setzte den Bericht fort, um Sven die Möglichkeit zu geben, noch eine Kleinigkeit zu essen, bevor es bald wieder losgehen würde und sie sich eine längere Zeit lang nicht mehr versorgen könnten. Nalle setzte in dem Punkt ein, als Sven über die Bekanntgabe dessen berichtete, dass der Kapten spurlos seit Reval verschwunden war und niemand wusste, was mit ihm geschehen sein konnte. Er erklärte, wie ihnen der fremde Reiter von der großen Sorgfalt der schwedischen Generalität erzählte und dass Olsson unbedingt gefunden werden musste, egal wie, denn das Schicksal Schwedens hinge davon ab. Weiter berichtete der Reiter, dass er den Auftrag bekommen hatte, die sechs Karoliner ausfindig zu machen, um ihnen von Oberst Schlippenbach neue Befehle auszuhändigen, diese dann die Aufgabe beinhalteten, den Kapten zu suchen und unter allen Umständen zu finden. Nalle fügte hastig hinzu, dass dieser Befehl wohl vom König höchstpersönlich gekommen sei, um nicht in Ungnade zu fallen, dass sie sich dem Befehl des Kaptens, sich bis nach Kolgaküla durchzuschlagen, durch ihre neue Route widersetzt hatten.

Olsson unterbrach ihn bei seiner Berichterstattung: „Du erzähltest mir von einem fremden Reiter. Wisst ihr, wer das war, ich meine, gab er sich zu erkennen?"

„Ja...", Wenger meldete sich nun zu Wort, der sich die vergangenen Stunden, seit dem Auffinden des Kaptens ziemlich zurückgehalten hatte, was sehr untypisch für jemanden wie Knut Wenger war, wie Sven feststellen musste.

„Er stellte sich uns als Major Lütsson vor, Beauftragter des Oberst Schlippenbach, der uns erreichen sollte, um uns diese neuen Befehle auszuhändigen. Hier, Herr Kapten." Wenger gab seinem Vorgesetzten die Papiere, die sie vor zwei Tagen von

Lütsson überreicht bekommen hatten und er seitdem in seiner Provianttasche aufbewahrte.

„Anfangs waren wir sehr skeptisch des Berichtes Lütssons gegenüber, schien das Ganze doch recht weit hergeholt, doch nachdem wir diese Papiere gelesen hatten und das königliche Siegel erkannten, gab es keine Zweifel mehr, dass es sich bei der Geschichte um die Wahrheit handeln musste."

Der Kapten öffnete den Brief und überflog einige Zeilen, während er weitere Fragen stellte: „Das erklärt aber noch nicht, wie ihr mich gefunden habt. Niemand wusste doch anscheinend, wohin ich seit Reval verschwunden bin. Wieso konntet ihr mich dann trotzdem finden?"

Wenger, der sich von den vergangenen Schweigeminuten wohl erholt hatte, übernahm die Berichterstattung und erzählte von der Vermutung, oder besser gesagt, der Hoffnung, dass der Kapten sich eventuell nicht allzu weit von der Stadt entfernt aufhalten könnte und ihre Aufgabe hätte darin bestanden, dort mit der Suche zu beginnen. Vor einem Tag etwa seien sie in einem kleineren Dorf nicht weit von Reval entfernt auf einen älteren Mann gestoßen, der sie gleich anhand ihrer Uniformen als schwedische Soldaten ausmachte und ihnen von einer Beobachtung berichtete, wo er eines Nachts in den Gassen von Reval die Entführung eines schwedischen Offiziers beobachtet hatte. Er sei ihnen darauf in gehörigem Abstand gefolgt, bis dorthin, wo die Karoliner dann vor wenigen Stunden ihren Kapten fanden. Warum der alte Mann nicht schon vorher mit irgendwem darüber gesprochen hatte, oder wieso er nicht gleich zum schwedischen Feldlager gegangen ist, war unklar gewesen, meinte Wenger. Angeblich hätte sich dieser zu sehr davor gefürchtet, bestraft, oder von den Entführern gekidnappt zu

werden. Doch er konnte wohl das Geheimnis nicht lange für sich behalten, da er ein schlechtes Gewissen hatte und als die erstbesten schwedischen Soldaten dann kamen, sprich sie, redete er sich aus, mit der Bitte, seinen Namen anonym zu halten, um sich und seine Familie nicht in Gefahr zu bringen.
„Und den Rest der Geschichte kennen Sie ja, Herr Kapten. Wir kamen und befreiten Sie von diesen Ungeheuern", beendete Wenger seine Erklärung.
Hortsenk stand von dem Baumstumpf auf, wandte sich an die Truppe und meldete sich zu Wort: „Das ist ja alles schön und gut, aber ich verstehe immer noch nicht, wieso zum Kuckuck wir vor zwei Tagen diese Russen vor uns hatten. Ich meine, wir waren so weit von jeglichen Verkehrswegen entfernt, soweit irgendwo im nirgendwo und dennoch fanden sie uns! Schlimmer noch, ich habe nach wie vor das Gefühl, dass sie über uns genau Bescheid wussten, so wie die uns überrascht hatten! Die haben uns doch aufgelauert!"
„Ich…", begann Kapten Olsson, „ich…, nun ja…" Es schien ihrem Vorgesetzten sehr schwer zu fallen, was immer er auch zu sagen hatte.
„Ich glaube, Schuld daran bin ich, muss ich gestehen… Vor einigen Tagen hatte mich Rolste soweit, dass ich anfing, auszupacken und ihm die Informationen zu geben, die er wollte und unter all diesen Geständnissen waren auch die Pläne und der Auftrag eurerseits dabei…" Olsson schaute auf den Boden, sichtlich beschämt seiner Aussage wegen. „Da bereits einige Informationen weitergetragen wurden, musste die russische Generalität entschieden haben, gegen euch etwas zu unternehmen, um Karls Pläne zu durchkreuzen. Die Patrouille sollte euch sicher beseitigen. Grund dafür war ich! Es tut mir

wirklich sehr leid, dass ich euch verraten habe..." „Das macht Sinn. Also waren Sie es, der durch Ihren Verrat unser Leben aufs Spiel gesetzt hat", brachte Wenger wütend hervor.

„Lass ihn, Knut", stieß Hortsenk dazwischen. „Wir wissen nicht, wie sehr ihn der Överstelöjtnant bearbeiten musste, bis er auspackte, glaub mir, du würdest genauso irgendwann aufgeben, wenn alle Hoffnung verloren scheint und niemand kommt, um dir zu helfen!"

„Ach!" Wenger drehte sich weg, beleidigt der Anschuldigung wegen, er würde seine Kameraden verraten, doch konnte er nichts entgegensetzen, hielt also den Mund und starrte auf seine Muskete.

„Wenger hat recht", sagte der Kapten. „Wäre ich nicht verweichlicht gewesen, hätten euch diese Russen niemals angetroffen und Nils Linting würde noch leben. Ich bin schuld daran, dass ihr alle in Lebensgefahr ward, das kann ich nun einmal nicht leugnen. Dennoch habt ihr den Angriff überstanden und bewundernswerter Weise den Weg hierher gefunden, auch wenn das nichts meiner Schande entschuldigt! Aber so leid es mir auch tut, wir haben jetzt gemeinsam die Chance, meine gemachten Fehler zu beheben und Schweden vor dem Untergang zu bewahren. Angefangen bei diesem Brief hier." Olsson holte aus seiner Uniformtasche das Schreiben von Rolste heraus, welches auf dem schnellsten Weg ins russische Lager und zu Zar Peter I. gelangen sollte und das Schicksal des schwedischen Reiches besiegelt hätte.

„Hier drinnen stehen alle meine Geständnisse, die ich dem Överstelöjtnant gegenüber gemacht habe. Ich muss dieses Schreiben so schnell wie möglich vernichten, damit nichts davon in Feindeshand gerät. Zudem werden wir uns nach der Rast sofort auf den Weg nach Reval machen, wo inzwischen unser König mit all seinem Gefolge angelangt sein müsste. Ich muss ihn dringend sprechen und ihm und dem Generalstab wichtige Informationen vortragen, die allesamt für die weitere Fortführung des Krieges von besonderer Wichtigkeit sind! Ich weiß, ihr habt das Vertrauen zu mir verloren und ich kann es euch nicht verübeln, doch bitte ich euch, das zu glauben, was ich euch sage und dass ihr mit mir gemeinsam ins schwedische Feldlager und zu König Karl gehen werdet. Alleine schaffe ich es nicht, zu schwach und ausgelaugt bin ich noch von den vergangenen Tagen der Gefangenschaft. Helft ihr mir?" Vorsichtig schaute Olsson in die Gesichter der anderen, um Anzeichen von Ablehnung oder Misstrauen in ihnen auszumachen, aber erleichtert stellte er fest, dass nichts der Gleichen geschah.

Sven stand auf und zog die Aufmerksamkeit der anderen auf sich: „Wenn Sie zum König müssen und unsere Unterstützung brauchen, dann stehen wir hinter Ihnen, egal was passiert ist. Sie können sich auf uns verlassen, Herr Kapten!"

„Das sehe ich auch so", fügte Brenke hinzu. „Schließlich hatten wir ja ohnehin einen Auftrag mit Ihnen zusammen, den wir für den König durchführen sollten. Jetzt ist es eben eine neue Lage und derer wollen wir uns nicht verschließen."

Die anderen nickten und zufrieden, aber vor allem erleichtert, stand Kapten Olsson auf, sammelte sich kurz und begann dann die kleine Truppe zu organisieren. Die Heimlichtuerei der vergangenen Tage und Wochen war nun endlich vorbei und sie alle, die Karoliner Schwedens konnten wieder das machen, wozu sie ausgebildet und bestimmt waren, nämlich richtige Soldaten zu sein!

Während Hortsenk, Wenger, und Brenke die Vorhut bildeten, blieben der Kapten und Sven mit ein wenig Abstand zurück. Nalle gab dem Trupp Rückendeckung und ging etwas abseits von allen in einigen Metern Entfernung.
Der Kapten nutze die Möglichkeit mit Sven ein Vieraugengespräch zu führen, jetzt, wo sie schon einmal allein waren und nicht alle mithören konnten, was der Kapten zu sagen hatte.
„Ich fühle mich beschämt, Sven! Ich weiß nicht, wieso ich das getan habe, was passiert ist, ich weiß es einfach nicht! Und was noch viel schlimmer ist", Olsson blickte Sven energisch in die Augen, „ich habe meinen Anstand verloren und meine Ehre gleich mit! Das hätte ich niemals erwartet, dass es einmal dazu kommen würde und das aus mir für ganz Schweden und für unseren König so ein Versager, ein Verräter werden würde..."
Sven blickte seinen Vorgesetzten wehleidig an und dachte einen Moment über die gesagten Worte nach. Dann antwortete er entschlossen: „Ich glaube, Sie haben nichts dergleichen getan, Herr Kapten. Zum einen dürfen Sie nicht vergessen, welchen Gefahren und Qualen Sie diesem Överstelöjtnant ausgesetzt waren. Zum anderen ist doch alles noch einmal gut gegangen. Die wichtigsten Informationen haben Sie bei sich und wenn diese erst einmal vernichtet sind, wird nie wieder darüber ein Wort fallen, was einmal vor Reval passiert ist. Rolste und seine Helfershelfer sind tot, die Papiere bald verbrannt, es wird Moos auf die ganze Sache wachsen und das Einzige, was nicht gelöscht werden kann, ist Ihre Erinnerung an diese fürchterlichen Tage in Rolstes Gewahrsam. Das ist etwas, Herr Kapten, wo Sie, so glaube ich, noch sehr lange mit zu kämpfen haben werden. Das Geschehene zu verarbeiten und die Schmerzen zu vergessen, die sie durch die Hand des Verräters zu spüren bekommen haben

wird Sie noch sehr lange begleiten. Doch eines Tages, da bin ich mir sicher, werden Sie auch dieses dunkle Kapitel hinter sich gebracht haben."

Olsson sah seinen Karoliner an, während dieser zu überzeugen versuchte und dem Kapten sein schlechtes Gewissen abringen wollte. „Sie meinen wirklich, dass es mein Leben nicht ruiniert hat und ich eine Chance darauf bekomme, meine Ehre wieder zu erlangen?"

„Da bin ich mir absolut sicher, Herr Kapten. Führen Sie uns nach Reval, sorgen Sie dafür, dass wir alle heile ankommen und dem König Bericht erstatten können und retten Sie somit das Schicksal Schwedens. Wenn Sie das schaffen, dann wird auch alles Vergangene vergessen und verziehen sein und Sie werden für sich das Gefühl bekommen, ihre Ehre wiederhergestellt zu haben, das glaube ich wirklich!"

Bei den gefallenen Worten spürte Sven, wie die Sorgen und die schweren Lasten von Olssons Schultern langsam verschwanden und er sich etwas entspannte. Sein grimmiger, düsterer Gesichtsausdruck war nicht mehr zu erkennen und anscheinend kehrten die Lebensgeister in ihm zurück, was Sven mit seinen Worten zu ihm beabsichtigt hatte. Das ganze Unterfangen nach Reval zurück zu gelangen, dem König alles Wichtige zu berichten, die Gefahren, die mit dem Marsch mit sich kommen würden, das Leben, dass in den Händen, in den Entscheidungen ihres Vorgesetzten lagen, all das konnte nur von Erfolg gekrönt sein, wenn der Kapten einen klaren Kopf bewahrte und voll bei der Sache blieb, sonst, befürchtete Sven, würden sie es wohl niemals bis an ihr Ziel schaffen.

„Es freut mich wirklich sehr, Sven, dass du trotz der Geschehnisse immer noch genügend Vertrauen in mich setzt und an mich glaubst, auch, wenn ich es mehr als nur nicht verdient hätte, denn was ich tat, ob es nun gewollt war oder nicht, tat ich für den Feind! Ich verriet all das, an was ich glaubte. Ich habe meinen Familiennamen in den Dreck gezogen und die Ehre beschmutzt. Nun wird es Zeit, den Fehler wieder gut zu machen und wenn wir es bis nach Reval und zum König schaffen, habe ich dieses Ziel erreicht! Dann kann ich mich selbst wieder einen schwedischen Offizier nennen, doch bis dahin werde ich mit meiner Schande leben müssen! Auch wenn ich mir das niemals mehr verzeihen werde, was ich getan habe, so bin ich dennoch davon überzeugt, dass sich mit eurer Hilfe alles noch zum Besseren wenden wird!"

Sven nickte bei diesen Worten und starrte nach vorne zu Brenke und den anderen, wie sie versetzt zueinander ihre Musketen schulternd voranmarschierten und jegliche Umgebung nach Feindeszeichen absuchten. Die Sonne kam gerade zwischen dicken, dunklen Regenwolken hervor und schenkte der kleinen Gemeinschaft kurz ein paar warme Tagesstrahlen. Durch das ungewohnt helle Licht leuchteten die dunkelblauen Uniformenröcke in kräftigen Farben und die roten und gelben Aufschläge, die goldenen oder silbernen Knöpfe, die schwarzen hohen Stiefel und das Schimmern der weißlichen Nähte an den Dreispitzen zeigten eine Symphonie aus Farbenvielfalt. Sven mochte seine Uniform und obwohl er zu Anfang, durch seinen Vater zum Militär gepresst, Abneigung gegen alles Soldatische hegte, zumal er widerwillig in der Garnisonsstadt in Ombergsheden einquartiert wurde, ohne Mitbestimmungsrecht, hatte er sich an das Soldatenleben gewöhnt. An all die Entbehrungen, die der Beruf mit sich brachte, an all die Einschränkungen. Mit der Zeit fand er ein Gespür dafür und nun war er sichtlich stolz auf das, was er bereits in seinem Leben erreicht hatte. Er entdeckte das Abenteuerleben im Soldatensein und die Abwechslungen, die seine Aufgaben mit sich brachten, ließen ihn immer besser über das Leben in der Armee denken. Jetzt diente er fast schon ein Jahr als schwedischer Infanterist, als Karoliner in der dritten Kompanie des *Närke -Värmland Regiments* und hatte die Zeit über eines gelernt, nämlich, dass sich nichts von alleine machte, sondern dass man selber darum bemüht sein sollte, sich in der Truppe zu machen und weiterzuentwickeln.

Einen Moment spürte Sven so etwas wie Glückseligkeit, doch dieses Gefühl hielt nicht allzu lange an und mit dem Verschwinden der Sonnenstrahlen, die sich wieder hinter dichten Regenwolken verkrochen, verschwand auch Svens Hochmut und der Ernst des Lebens kehrte in ihm zurück.

Die angenehme Wärme, die dank der Sonne ein wenig zu spüren gewesen war, wurde nun durch die unsägliche Kälte des immer näher rückenden Winters verdrängt und eisige, kalte Windstöße durchströmten die dick eingemurmelten Karonliner bis auf die Haut. Das erste Drittel des Novembers war mittlerweile um und die Temperaturen vielen genauso schnell abwärts, wie die letzten Tage vorangeschritten waren. Jetzt, am elvten des Monats waren die Ackerfelder um die kleine Gemeinschaft herum alle bedeckt mit weißlich kristallenen Farben und obwohl es die letzten Tage immer mal wieder geregnet hatte, waren die Böden steinhart.

Es vergingen einige Stunden, bis sich Nalle von hinten zu Wort meldete und nach einer Rastmöglichkeit fragte. Der Kapten, ohnehin immer noch erschöpft von den Strapazen der letzten Tage, hatte durchaus nichts dagegen, auch wenn seine inneren Gefühle ihm zum Voranschreiten antrieben. Er wurde den Gedanken nicht los, dass jeder verlorene Augenblick, den die Soldaten zum Campieren nutzten, die Niederlage Schwedens näherbrächte und von daher widerstrebte es ihn, anzuhalten und zu rasten. Doch jeder brauchte einmal eine Pause, auch ein schwedischer Infanterist war davon nicht ausgenommen und da das Wetter auch immer schlechter wurde, die Kälte jedem einzelnen unter ihnen schwer zusetzte und eine weite Strecke seit ihrem Aufbruch bewältigt wurde, entschied er sich der Bitte Nalles stattzugeben und ihnen allen und vor allem sich eine Pause zu gönnen. Er versuchte zwar seine Müdigkeit und die Erschöpfung, die er spürte, niemanden sehen zu lassen, doch Sven, der ihn die vergangenen Stunden immer wieder beobachtet hatte, erkannte die Müdigkeit und den wohl auch noch vorhandenen Schmerz der vergangenen Folter an Olsson, der bei scheinbar jedem Schritt, den der Kapten unternahm, durch seinen ganzen Körper fuhr.

Obwohl Sven das Sonnenlicht nicht mehr erkennen konnte und somit auch nicht sah, wie hoch die Sonne stand, schätzte er die Tageszeit auf Nachmittag, der beginnenden Dämmerung nach zu urteilen. Die Gruppe machte es sich an einem geschotterten Wegesrand bequem, jeder legte behutsam seine Muskete in Dreibeinaufstellung an die jeweils andere, indem die Karoliner, wie sie es einst gelernt hatten, die Kolben auf den Boden und die Läufe aneinander gestützt positionierten, sodass keine der Waffen umkippte. Daneben sortierten sie ihre Provianttaschen ordentlich über- und nebeneinander und zum Schluss wurde ein kleines Feuer entfacht, um zum einen die feuchten Uniformenmäntel zu trocknen, zum anderen, um sich ein wenig vor der immer kälter werdenden Luft zu schützen und zum dritten, damit Kapten Olsson sein erstes Versprechen bezüglich des Briefes von Överstelöjtnant Rolste einhalten konnte und endlich eine Möglichkeit fand, das Schreiben zu vernichten. Solange er den Brief noch bei sich getragen hatte, fühlte er sich unwohl bei dem Gedanken und befürchtete hinter jeder Kurve, an jeder Kreuzung, hinter jedem Haus einen Hinterhalt. Nun, da er die Flammen beobachtete, wie sie das Schreiben immer mehr zu Asche verwandelten, fühlte er sich wesentlich wohler und die Anspannung legte sich langsam.

Ein leises Knistern des Feuers war auszumachen, was sich mit dem Geräusch des eisigen Windes vermischte und fast schon beruhigend auf die schwedischen Soldaten wirkte. Jedem der Karoliner konnte man die Anstrengungen der letzten Tage ansehen. Seitdem sie aufgebrochen waren, verlief kein Tag wie der andere. Überall mussten sie auf der Hut sein, überall lauerten Gefahren, überall mussten sie misstrauisch sein. Ausreichend Schlaf gab es zuletzt im schwedischen Lager bei Pernau. Seitdem waren die Karoliner beinahe ununterbrochen durch Schwedisch-Livland marschiert, um ihren Auftrag zu erfüllen. Obwohl jeder müde war, hatten alle noch genügend Kraft, um dem letzten Ziel entgegenzustreben, nämlich endlich nach Reval und wieder in die vertrauten Arme ihrer schwedischen Kameraden und der Umgebung Karls XII. zu kommen.

Leichter Schneefall setzte nun ein und Sven schaute in den trüben Himmel. Die Landschaft vor ihm war eintönig grau. Kahle Wälder, weißlich bedeckte Felder, zwei verlassene ehemalige Bauernhäuser mit Scheunen und anderen kleineren Schuppen standen verteilt in der näheren Umgebung, doch ansonsten gab es nichts auszumachen. Sven hatte nicht das erste Mal das Gefühl, Schwedisch-Livland sei sehr bevölkerungsarm.

Abgesehen von den großen Städten, wie Pernau, Reval oder Wesenberg waren die Landstriche beinahe menschenleer, was aber bestimmt durch den Krieg mit Russland kam, wie sich Sven im Stillen dachte, während er verträumt in die Ferne schaute. Er fragte sich, ob es hier vor einigen Jahren nicht noch ganz anders ausgesehen hatte, waren doch die vielen vereinzelten Höfe und die unzähligen unbestellten Äcker, die sie während ihrer letzten Tage querfeldein durch das Land ausgemacht hatten, Anzeichen dafür, dass hier in der Vergangenheit Menschen gelebt und gearbeitet haben mussten. Doch wie dem auch sei, nun schien alles verlassen und wenn man einmal irgendwo eine vereinzelte Seele antraf, war das schon mehr als nur ein Wunder. Plötzlich wurde Sven aus seinen Gedanken gerissen, als sich Hortsenk zu ihm gesellte und neben ihm auf seiner Decke Platz nahm. Er starrte in Richtung Kapten Olsson, der in einigen Metern Abstand zu ihnen allen saß und in die Flammen starrte, die den Rest des noch vorhandenen Briefes Rolstes zerfraßen bis nichts mehr von dem Papier übrig ließen. Hortsenk wandte sich an Sven: „Du, sag mal, vertraust du ihm?" „Wem", wollte Sven wissen.

„Na ich meine Kapten Olsson, Mensch. Ich meine, wir wissen doch gar nicht genau, was die vergangenen Tage in diesem Gebäude mit ihm passiert ist. Vielleicht hat der Överstelöjtnant ihn so sehr gebrochen, dass er uns nur etwas vorspielt und in Wirklichkeit schon die Russen auf dem Weg zu uns sind..." „Du meinst, er soll uns verraten haben, Hortsenk? Nein, das kann ich mir nicht vorstellen. Außerdem hast du doch gesehen, wie er diesen Brief von Rolste soeben verbrannt hat. Meinst du, er hätte das getan, wenn er nicht auf unserer Seite wäre?" „Weißt du, was

in dem Brief tatsächlich drinstand? Vielleicht ist es ja auch nur ein leeres Blatt Papier gewesen!"
„Hortsenk, hör mir mal zu. Ich weiß, du misstraust ihm und ich habe Verständnis dafür, nach allem, was passiert ist. Du kennst ihn nicht, woher auch? Er ist nicht aus deiner Kompanie, kein Vorgesetzter von dir, doch ich kenne ihn seit Ombergsheden und ich habe mehr Vertrauen zu ihm, als zu sonst irgendwem und das nach wie vor!"
„Ich weiß nicht so recht…"
„Schau doch mal, erinnerst du dich noch an das Gesicht vom Överstelöjtnant, als Olsson vor ihm stand und Rolste mit dem Bajonett bedrohte? So etwas kann man nicht vortäuschen, Hortsenk! Da lag wahre Angst in den Gesichtszügen Rolstes, definitiv!"
„Du magst ja recht haben, Sven, aber ich vertraue ihm dennoch erst, wenn wir sicher in Reval angekommen sind. Bis dahin bleibe ich skeptisch und verhalte mich mit genügend Abstand. Irgendwer muss das tun, zum Wohle aller hier Anwesenden, Sven!"
„Ganz wie du meinst, Hortsenk. Tue, was du nicht lassen kannst, aber ich sage dir, du machst dir um sonst so viele Sorgen. Wir haben auch überhaupt gar keine andere Wahl, als ihm schlichtweg zu vertrauen, schließlich ist er der Einzige von uns, der zum einen weiß, wie wir am schnellsten in die Stadt kommen und im Übrigen auch der Einzige, der uns durch seinen Dienstgrad bedingt, an den schwedischen Vorposten bis ins schwedische Lager vorbeibringen kann. Nur weil wir schwedische Uniformen tragen, heißt das noch lange nicht, dass wir einfach so durch unsere Wachposten hindurchmarschieren

können, zumal wir auch keinerlei Befehle oder etwas dergleichen haben, schon vergessen?"
„Wir brauchen doch keine Befehle, um zu unseren Kameraden zu kommen, Sven, hör doch auf!"
„Achso, du willst mir also sagen, dass wir einfach so, ohne Befehle, ohne jegliche Papiere, die unsere Identität als schwedische Soldaten bestätigen würden, durch die Vorposten hindurchmarschieren sollen, am besten noch mit einem unschuldigen Lächeln auf den Gesichtszügen und damit hat sich das?"
„Hmm..., naja, wenn du es so sagst, klingt das ein wenig unglaubwürdig, da magst du schon recht haben, aber ich weiß nicht. Ich finde es dennoch besser, wenn wenigstens einer von uns aus einer kritischeren Sichtweise die nächsten Tage über den Kapten beobachtet. Es kann auf jeden Fall nicht schaden, oder?"
„Das ist wahr. Ich kann dich ja verstehen und wenn es dir damit besser geht, dann tue das bitte. Danke übrigens, dass du mir vertraust, von deiner Ansichtsweise berichtest und mich über dein Empfinden in Kenntnis gesetzt hast, Hortsenk. Das bedeutet mir wirklich viel und ich nehme es als Zeichen einer beginnenden guten Kameradschaft zueinander!"
„Ha, gesprochen, wie ein wahrer Karoliner, Sven! Du wirkst zwar in allem noch sehr jung, aber so langsam habe ich das Gefühl, du machst dich..."
Sven wollte gerade auf das Kompliment eingehen, da kam ein Reiter wie aus dem Nichts auf die Rastenden zugeritten, zügelte sein Pferd in einiger Entfernung und trabte das letzte Stück zu den Karolinern heran, bis er vor der kleinen Gemeinschaft zum Stehen kam. Sven und die anderen machten in dem Fremden sofort einen schwedischen Östersten aus, dem Uniformrock nach

zu urteilen. Dieser blickte sich um, bis sein Blick bei dem Kapten verharrte. Er stieg von seinem Pferd ab und führte es an den Zügeln nahe dem kleinen Feuer zu Olsson. Kurz vor ihm blieb er stehen, nickte dem Kapten zur Begrüßung zu und übergab ihm, der sich soeben von seinem Sitzplatz erhoben hatte und den Gruß erwiderte, ein versiegeltes Schreiben in die Hand.
„Mein Name ist Överste Brockner. Ich komme direkt vom schwedischen Generalstab mit dem Auftrag Richtung Reval nach einer Gruppe von sechs oder sieben Karolinern Ausschau zu halten. Als ich den Feuerschein in einiger Entfernung ausmachte, wusste ich, es könnt nur ihr gewesen sein. Daraufhin bin ich zielstrebig auf das Licht zugeritten und fand euch letzten Endes schneller, als erhofft, weil mir niemand genau sagen konnte, wo genau ihr steckt. Ich habe den Befehl, Ihnen, Herr Kapten und ihren Männern folgende Nachricht zu überbringen: General Otto Vellingk will Sie so schnell wie möglich in Reval haben! Der König und sein gesamtes Gefolge, zudem etwa fünftausend Mann sind bereits eingetroffen und in den nächsten Tagen soll eine Entscheidung gefällt werden, was nun aus Narva und deren Belagerung wird. Von unbedingter Wichtigkeit für diese Entscheidung sind anscheinend Sie und ihre Männer, warum weiß ich nicht, aber ich befolge auch nur meine Befehle, ohne diese zu hinterfragen. Alles Weitere zu dem Thema steht in diesem Schreiben hier, was vom General persönlich kommt.
Da ich noch einen weiteren Auftrag habe und schnellstmöglich nach Wesenberg muss, würde ich Sie bitten, mich gehen zu lassen, da die Wichtigkeit keine Verzögerung zulässt…"
Der Kapten nahm das Schreiben entgegen und nickte knapp. Er beobachtete, wie der Överste ihn studierte, sich dann zu seinem

Pferd umdrehte, in die Steigbügel trat und aufsaß. Er schaute noch einmal auf die Karoliner herab, die sich nahe dem Feuer in ihrem dunklen Blau fast der dunklen Wetterverhältnisse des nahenden Abends anpassten, nickte dem Kapten noch einmal zu und gab seinem Pferd dann die Sporen.

Nach wenigen Augenblicken war der Reiter auch schon in der Dunkelheit verschwunden und die Karoliner sahen sich wieder alleine den unendlichen, einsamen Weiten des Hinterlandes ausgesetzt.

Sofort machte sich Olsson daran, den Brief zu öffnen und zu lesen, was denn nun eigentlich dazu geführt hat, dass diese Gruppe so plötzlich nach Reval beordert wurde, wo sie doch ohnehin auf dem Weg dorthin waren. Sven und die anderen erfuhren, was sich die letzten Tage um und bei Wesenberg zwischen Otto Vellingk und dem russischen Generalfeld Scheremetew abgespielt hatte und das sich nun auf Karls Geheiß hin fünftausend Mann aus Pernau nach Reval aufgemacht haben, um sich dort mit den Verbänden des Generalmajors Georg Johann Maydell und seinen Männern zu vereinigen und über Wesenberg gemeinsam nach Narva aufzubrechen.

Kapten Olsson wunderte sich der plötzlichen Eile ihres Königs und fragte sich, was ihn wohl dazu antrieb. Bestimmt doch nicht diese paar kleineren Auseinandersetzungen zwischen den russischen sowie schwedischen Verbänden. Olsson war sich nicht sicher, denn vielleicht verriet der Brief ja nicht alles und verschwieg weitere wichtige Informationen, die würde er aber bestimmt im schwedischen Feldlager in Erfahrung bringen.

„Nun ja, egal, was wohl die Gründe für diesen dringenden Befehl, nach Reval und zum König zu kommen, auch sein mochten, Fakt ist, dass wir zum einen gar keine andere Wahl haben, als den Befehlen unseres Herrschers zu folgen und zum anderen wollten wir ja sowieso zu Karl, also sehe ich keinerlei Probleme darin, sofort loszumarschieren und zeitnah einzutreffen. Also auf mit euch, weiter geht's! Ich bin froh, wenn ich endlich wieder in einem vernünftigen Feldbett schlafen kann, bei einem richtig prasselnden Feuer und den Bauch voller Wein und ordentlicher schwedischer Küche!"

Ohne zu zögern setzten sich die fünf Karoliner in Bewegung, sammelten ihr Hab und Gut auf, schulterten ihre Musketen und schlossen sodann zu ihrem Kapten auf, der bereits an der Spitze Aufstellung genommen hatte, dicht gefolgt von Sven, Nalle, dann Brenke, Hortsenk und Wenger, der ihnen den Rücken deckte. Es ging weiter! Immer weiter nach Nordosten, weiter über Reval Richtung Wesenberg, gefolgt von Narva, wo der Feind stand und der Tod sie alle erwartete...

Kapitel XI

Es war fürchterlich laut um Sven und Nalle, die sich das ganze Spektakel um sich herum anschauten. Es gab wohl keinen Flecken Erde, der nicht in Bewegung war. Überall löschten Karoliner in ihren blauen Uniformen Feuer, zogen sich die Schultergurte um, überprüften den Sitz ihrer Proviranttaschen, nahmen ihre Musketen und Rapiere auf. Andere richteten gerade ihre Uniformen, bauten Zelte ab, verstauten Munition oder schirrten Pferde an Artilleriewagen an. Wiederum andere striegelten noch einmal ihre Rösser oder sattelten sie und überprüften die Festigkeit ihrer Steigbügel. Egal wohin man schaute, alles war in Bewegung und mitten unter dem ganzen Getümmel standen zwei Karoliner vollkommen erschöpft, der vergangenen Tage wegen und warteten auf weitere Befehle. Keine fünfzig Meter entfernt befand sich einer kleinen Anhöhe ein großer Feldtisch, um den sich eine Hand voll hochdekorierter, uniformierter Offiziere drängte, den Blick auf einen hochgewachsenen, schlanken und noch sehr jung wirkenden Mann gerichtet. Sven kannte dieses Gesicht bereits von Prägungen auf Riksdalern, wo das Portrait des Mannes immer wieder zu sehen war, aber auch aus Beschreibungen von anderen Kameraden, die ihn angeblich schon einmal zu Gesicht bekommen hatten. Es bestand kein Zweifel darin, dass wusste Sven, dass es sich bei diesem Mann, der umringt von den

Offizieren um ihn eine zentrale Position einnahm, um ihren König handeln musste.

Karl XII. flog gerade mit einem Finger über eine der vielen größeren und kleineren Feldkarten und die anderen folgten seinen Handbewegungen mit ihren Blicken. Sven wusste zwar nicht, worüber sie dort hinten sprachen, doch das Nicken der Offiziere verriet, dass sie mit den Ideen und Vorstellungen des Königs einer Meinung zu sein schienen, was Sven sehr beruhigte.

Nichts wäre schlimmer als Unstimmigkeit im schwedischen Generalstab.

„Ich würde nur zu gerne wissen, wann es endlich losgeht." Nalle sah seinen Freund an, der ihn anscheinend gar nicht zugehört hatte. „Hey, Sven, hallo...?" Er stupste Sven mit einem Finger an der Schulter an, sodass dieser erschrocken hochfuhr.

„Herr Gott, Nalle, was ist denn? Musst du mich immer so erschrecken?"

„Du bist ja witzig! Ich rede hier mit dir und du hörst mir gar nicht zu und dann soll ich dich auch noch erschreckt haben... Worüber hast du denn schon wieder nachgedacht?"

„Was heißt hier denn bitte *schon wieder*? Du tust ja so, als ob ich den ganzen Tag nichts anderes machen würde..."

„Na ja, um ehrlich zu sein..." Nalle grinste und Sven schubste ihn leicht von sich.

„Ach, sei doch still...Ich habe mir nur Gedanken darüber gemacht, worüber der Generalstab wohl gerade redet. Hast du unseren König schon einmal in echt gesehen, Nalle? Also ich noch nie."

„Ich auch noch nicht, woher denn auch?"

„Ich finde, es ist ein großartiges Gefühl, den Mann vor sich zu sehen, der einen in die Schlacht führt und über das Leben so vieler Kameraden entscheidet! Nalle, dieser Mann da vorne, Karl XII., unser König, da steht er! Das Schicksal Schwedens liegt einzig und alleine in seinen Händen und wir dienen ihm und seiner Führung..."

„Oh man, ist schon gut, mein kleiner Patriot", Nalle musste bei den Worten seines Freundes lachen, zugleich schien er überrascht, hatte er Sven doch so noch nie erlebt.

„Ich wusste überhaupt nicht, dass du so ein Königstreuer bist, Sven."

„Was, ich, aber natürlich bin ich das! Nur weil ich die Armee zu Anfang nicht mochte und widerstrebt war, meine Zukunft als dienender Soldat für andere Männer zu vergeuden, heißt das noch lange nicht, dass ich nicht königstreu wäre. Nalle, ich liebe unseren König und ich stehe für die Sache ein, unser Reich zu schützen, vor allem gegen diese Russen!"

„Ja ja, ist ja gut, du meine Güte, jetzt hat es dich ja voll erwischt!" Sven wollte gerade protestieren, aber Nalle ließ ihn nicht zu Wort kommen: „Sieh doch, da kommt unser Kapten!"

Olsson hatte sich von den anderen Offizieren abgewandt und trat entschlossen und mit sichtlich erfreuter Miene auf seine beiden Karoliner zu: „Männer, es ist erledigt. Ich habe dem König Bericht erstattet, habe ihm alles gebeichtet. Er weiß genauso über Rolstes Verrat Bescheid, wie auch über den meinen, den ich ab dem Moment begangen habe, als ich vor dem Överstelöjtnant zu reden begann. Stellt euch vor, der König verzeiht mir, nicht nur das, er bittet mich, das Kommando der dritten Kompanie wieder zu übernehmen, welches während meiner Abwesenheit irgend so

einem Emporkömmling von Förste Löjtnant in die Hände gelegt wurde. Ich darf meinen Pflichten wieder nachkommen und habe dank der Gnade unseres Königs die Möglichkeit, meine Ehre und die meiner Familie schon bald wiederherzustellen. Wisst ihr warum?"
Er trieb die Spannung noch weiter an, indem er eine Pause machte und die beiden Soldaten freudestrahlend ansah: „Weil es endlich losgeht! Sven, Nalle, habt ihr mich gehört? Es geht endlich los! In wenigen Stunden marschieren wir ab Richtung Narval und zwar allesamt, abgesehen von der Stadtgarnison, die zur Aufrechterhaltung der Ordnung in Reval verbleiben soll. Fast elftausend schwedische Soldaten aller Gattungen! Infanteristen, Kavalleristen, Artilleristen, alles was Schweden aufzubieten hat, kommt mit! Männer, baldigst bekommen wir endlich die Gelegenheit mit Zar Peter I. abzurechnen und ihm in den Hintern zu treten!"
Sven und Nalle schauten sich beide nacheinander verblüfft an und konnten das noch gar nicht wahrhaben, was ihnen Kapten Olsson soeben berichtet hatte. Wie lange schon warteten sie auf eine Gelegenheit mit den russischen Invasoren endlich abzurechnen? Wie lange schon wollten die Karoliner das, wofür sie Monate lang für geübt hatten, in den unzähligen Stunden auf ihren Kasernenhöfen des Schießens, Nahkampfes und Marschierens ausgebildet und gedrillt, nun endlich an dem Feind testen und ihr Können unter Beweis stellen? Karl XII. brauchte dringend einen Sieg, um die Unangefochtenheit der schwedischen Vorherrschaft auf dem europäischen Festland zu wahren und die Gegner des Reiches daran zu hindern, sich zusammenzuschließen und gegen die eigene Nation vorzurücken. Narva bot geradezu eine perfekte Chance,

befanden sich doch nicht nur über fünfzigtausend Feinde vor deren Stadtmauern, sondern dort kampierte auch der russische Zar Peter I. bei seinen Männern. Wenn sie den in die Finger bekommen könnten, dann wäre es aus mit Russland und der letzte große Gegner Schwedens würde kapitulieren, dachte sich Sven, als er so über die Worte Olssons nachdachte.

Der Kapten brach das nicht zu erwartende Schweigen seiner beiden Männer, hatte er doch mit ein wenig mehr Hochmut und sichtlicher Freude gerechnet: „Nun denn, ruht euch beide aus, in zwei Stunden trefft ihr mit der dritten Kompanie zusammen und dann marschieren wir endlich los!"

„Wo wollen Sie denn jetzt hin", fragte Nalle ganz verdutzt. „Nun ja, ich habe da noch eine Kleinigkeit zu erledigen, bevor ich mich daran mache, unsere Dritte schneidig dastehen zu lassen. Es gibt da so einen Förste Löjtnant, wisst ihr? Und nun, wie soll ich es am besten schildern... Er sitzt auf meinem Feldstuhl und bemüht sich vergebens um einen vernünftigen Vorgesetzten. Von diesem Stuhl möchte ich ihn jetzt gern verbindlichst stoßen, bevor er es sich noch darauf bequem macht und sich an den Luxus und das Privileg gewöhnt und dann nicht mehr weg will." Der Kapten legte ein breites Grinsen ab und verschwand dann zwischen vier bis fünf schwedischen Karolinern, die gerade mit Munitionstaschen beladen, den Weg zu einem der Transporter suchten, welcher Proviant und vor allem Waffen und Munitionskisten beinhaltete.

Sven versuchte Olsson noch einmal unter den vielen anderen vor seinem Blickfeld auszumachen, doch keine Chance. Es waren einfach zu viele Dinge, die sich gleichzeitig vor Svens Augen abspielten. Er hatte den Kontakt verloren.

Die zwei Stunden, welche Sven und Nalle von ihrem Kapten geschenkt bekommen hatten, um sich zumindest ein wenig von den letzten Tagen zu erholen, waren schnell vorbei gewesen und Nalle bemühte sich gerade darum, seine Proviantasche auf dem Rücken festzuschnüren, während Sven schon abmarschbereit auf seinen Freund wartete. Als dieser dann fertig war und seine Muskete aufgehoben und geschultert hatte, wollten sich beide gerade auf dem Weg zu ihrer dritten Kompanie machen, als sich plötzlich jemand an sie annäherte und vor ihnen stehen blieb.
„Verzeiht, wenn ich so direkt Frage, aber habt ihr zufällig einen Mann namens Reskatt gesehen? Er ist Hufschmied und mein Pferd lahmt und nun ja, ich wollte ihn schnell noch einmal bitten, meinem Tier zu helfen, bevor keine Zeit mehr für so etwas bleiben wird."
Sven blickte auf und schaute in ein junges, unschuldiges, zugleich wunderschönes Gesicht einer Frau, die sich gerade eine goldene Strähne hinters Ohr strich und die beiden abwechselnd anguckte, bis ihre strahlend blauen Augen auf Sven haften blieben, der sie anstarrte, als ob er noch nie zuvor etwas schöneres auf der Welt gesehen hätte.
„Also...?"
Nalle begann die Konversation, da er merkte, dass sein Freund in diesem Moment nicht in der Lage dazu war, auf irgendetwas zu antworten: „Naja, also ich kenne Reskatt, habe ihn sogar vorhin erst gesehen, aber wo er jetzt hin ist, weiß ich leider nicht genau."
Die fremde Frau löste ihren Blick von Sven und wandte sich Nalle zu: „Wie lange ist es denn her, dass du ihn gesehen hast, Karoliner?"

„Hmm..." Nalle dachte einen Moment lang über die Frage nach. „Also ich meine, keine zehn Minuten dürfte es her gewesen sein, aber sicher bin ich mir nicht..."
„Dann kann er ja noch nicht weit gekommen sein, nehme ich an. Das genügt mir, guten Tag die Herren!" Mit einem freundlichen aber bestimmenden Lächeln wendete sie sich von den zwei Soldaten ab und führte das Pferd an den Zügeln fort von ihnen.
„Puh..." Nalle pfiff kurz und schüttelte dabei den Kopf: „Oh man, da brate mir doch einer einen Storch, Sven, hast du die gesehen? Bei der ganzen Aufregung die letzten Wochen hat man doch glatt vergessen, welch Schönheiten es auf dieser Welt gibt." Sven, schaute ihr nach, wie sie sich immer weiter von ihnen entfernte und blieb mit seinen Blicken auf ihr haften, bis sie zwischen Soldaten und Pferden verschwunden war.
„Mag schon sein...", sagte Sven etwas benommen.
Nalle, der von Anfang an sofort bemerkt hatte, was sich in Sven abspielte, seitdem er ihre Schönheit wahrgenommen hatte, beobachtete amüsiert seinen Gegenüber, wie dieser nach wie vor mit einem durchaus verliebt dreinschauenden Blick nach Anzeichen suchte, diese Frau noch einmal zwischen den blau Uniformierten wiederzufinden. Doch kurz darauf fand Sven Besinnung und kehrte zurück ins wirkliche Leben. Er wandte seine Aufmerksamkeit Nalle zu und bemerkte dessen höhnischen Blick und das breite Grinsen auf seinen Lippen.
„Was ist?"
„Hast du dich mal angeschaut, Sven? Mein Gott, dich hat's echt erwischt!"
„Ich weiß überhaupt nicht, was du meinst, Nalle... Überhaupt nicht!"

„Mir kannst du nichts vormachen, dafür kenne ich dich zu gut, mein Lieber..."
„Ach, du spinnst dir da etwas zusammen. Ich, ich hatte nur überlegt, wo wohl Reskatt hingegangen sein könnte, um auf ihre Frage antworten zu können. Das ist alles..."
„Ja ja, schon klar, Sven. Du mich auch...Komm, lass uns jetzt aufbrechen. Die anderen warten sicherlich schon auf uns beide und wir wollen doch unseren Kapten nicht im Stich lassen, oder?"
„Du hast recht, Nalle. Wir sollten keine Zeit mehr verlieren und aufbrechen."
Sven schaute noch einmal zurück auf die Stelle, an der die Frau verschwunden war, drehte sich dann zu Nalle um, der mit einem Kopfnicken Aufmerksamkeit auf sich zog. „Wollen wir?"
„Dann los!"
Die beiden Karoliner folgten einem Pfad entlang, nahe der Stadtmauern von Reval bis sie sich an einer großen Zufahrtsstraße wiederfanden. Von dort machten sie einen Schwenker nach rechts, vorbei an unzählig vielen Soldaten, die in Formationen aufgeteilt, ihre Regimenter und Kompanien abbildeten. Die meisten Infanteristen hatten sich bereits zu ihren Abteilungen begeben und warteten nun angetreten und im Stillstand auf weitere Befehle ihrer Vorgesetzten, doch einige suchten noch verzweifelt nach ihren Männern, oder transportierten noch die übrig gebliebenen Güter zu Konvoiwagen oder zentralen Lagerstellen. Ein Dragonerregiment ritt gerade geschlossen keine dreißig Schritte von Sven und Nalle entfernt vorbei, gefolgt von einer Artillerieabteilung, die sich mit ihren aufgeprotzten Kanonen hinter jeweils sechs Pferden, zwei in jeder Reihe, einen Weg durch die vielen

Soldaten bahnten. Sven beobachtete die Artilleristen, wie sie gekonnt ihre Pferde und die schweren Geschütze manövrierten. Auf jeweils einem der zwei Pferde pro Reihe saß ein Artillerist und lenkte das Tier, hielt es notfalls ruhig, damit es zu einer beinahe einheitlichen Bewegung unter den sechs Zugtieren kam. Weitere sechs Männer waren darum bemüht, die Kanone an den Rädern vorwärts zu drücken, wenn es durch unebenes Gelände Schwierigkeiten gab und Gefahr bestand, die Geschütze könnten sich festfahren. Wenn sie nichts zu tun hatten, so marschierten sie einfach nur nebenher und achteten darauf, dass alles in Ordnung blieb. Den Schluss einer jeden Abteilung bildete dann der jeweilige Offizier, der ganz hinten die Möglichkeit besaß, alles mitzuverfolgen und notfalls rechtzeitig ins Geschehen einzugreifen, insofern dass bei diesem eingespielten Team, wie es Sven schien, überhaupt von Nöten war.

„Da sind sie ja, Sven! Siehst du unsere Fahnen? Da ist unsere Kompanie, da vorne!"

Sven sah sie, die Fahnen des ersten Bataillons, ebenso wie die eigenen Standarten ihrer dritten Kompanie, wie sie blau mit schimmernden Goldbeschlägen an den Rändern und einer römischen Drei in der Mitte mit einer Krone obendrüber herrschaftlich geradezu über die Männer unter ihnen hinweg wehten und die bestehende Einheit kennzeichneten.

Sie legten einen Zahn zu, hatte doch die Kompanie bereits Aufstellung genommen. Dort angelangt, reihten sich die beiden neben ihren Kameraden ein. Mats stand in einigen Metern Abstand und blickte freudestrahlend auf, die beiden Karoliner wiederzusehen. Sven nickte ihm knapp zu, verharrte dann jedoch im Stillgestanden, da sich Kapten Olsson auf seiner Fuchsstute annährte und vor seiner Kompanie zum Stehen kam.

Er hatte vor kurzem erst diesen Emporkömmling von Kommendör, der seine Stelle im ersten Bataillon eingenommen hatte, dankend zum Teufel gejagt und selbst wieder die Führung übernommen, während sich der andere daran gemacht hatte, wie befohlen, zu dem Generalstab zu gehen und dort neue Befehle und eine andere Zuweisung zu erhalten. Was genau der Neuling nun machen würde, war Olsson mehr als nur gleichgültig. Wichtig war für ihn nur gewesen, seine Männer wieder zu bekommen und gemeinsam mit ihnen gegen den Feind ziehen zu können.

Der Kapten hatte sein Ziel erreicht und nun saß er vor ihnen auf dem Rücken seines Pferdes und Gänsehaut durchfuhr ihn, bei dem Anblick dessen, was sich vor ihm abspielte. Seine Kompanie stand vor seiner Person angetreten in Formation. Keiner sah auf, keiner rührte auch nur einen Finger. Treu und diszipliniert hebte sich die Dritte mit Abstand den Aufstellungen der anderen drei Kompanien des ersten Bataillons ab, obwohl auch sie vor Disziplin nur so strotzten.

„Männer! Karoliner! Soldaten Schwedens! Unser König Karl hat sich entschieden, dass es Zeit wird dem Russen endlich in den Hintern zu treten!"

Ein plötzlicher Jubel brach unter den Männern aus und ein Kampfschrei durchflog die Reihen der dritten Kompanie. Olsson ließ sie gewähren, war er sich doch bewusst, dass sie jegliche Motivation brauchen konnten. Er wartete, bis alle wieder verstummt waren und setzte dann fort: „Zar Peter I. von Russland möchte aus unseren schwedischen Besitzungen russisches Territorium machen und euch, uns alle zu Sklaven seines Hauses! Er will etwas für sich beanspruchen, was ihm nicht zusteht! Er will uns Angst mit seinen vielen Männern

einjagen, will uns abschrecken und zur Umkehr bewegen, damit er dann in aller Ruhe unsere Heimat Stück für Stück unter seine Fittiche nehmen kann. Wollt ihr das?"
„Neeein", schallte es aus den Reihen unter ihm zurück.
„Die Russen möchten unsere erbauten Städte verwalten und unsere Höfe kontrollieren. Wollt ihr das?"
„Neeein!"
„Sie wollen unsere Kinder zu den ihren machen und unsere Frauen schänden. Wollt ihr das?"
„Neeein!"
„Dann kommt mit mir, meine Karoliner! Folgt mir, folgt eurem König, folgt eurem Herzen, denn dann wisst ihr, was eure Bestimmung ist! Kämpft mit mir und siegt mit mir und ich verspreche euch, ihr werdet wissen, warum ihr auf diese Welt gekommen seid!"
Der Kapten gab seiner Stute die Sporen und ritt die Reihen entlang und versuchte so viele Gesichter wie nur irgend möglich aufzufangen.
„Ihr seid auf diese Welt gekommen, um euer Land vor dem Untergang zu bewahren! Ihr seid auf diese Welt gekommen, um euch eurer Familien anzunehmen und sie von hier aus, so weit weg von all euren Heimen, zu schützen und all das, was sie aufgebaut haben, zu verteidigen! Das ist eure Bestimmung! Euer Auftrag! Euer Lebensziel! Erreicht es mit mir und ihr werdet auf ewig den Dank Schwedens erfahren und Helden unseres Reiches sein! Die Helden Karls XII. Bewährt euch in der Schlacht, zeigt Mut, zeigt Tapferkeit, keine Angst, kein Zögern und keine Hemmung und ihr werdet als das wahrgenommen, als das ihr geboren worden seid, nämlich als wahrhaftige Karoliner!"
Wieder jubelten und schrien sie ihrem Vorgesetzten zu und auch

Sven und Nalle waren ergriffen von diesem Hochmoment und reckten ihre Musketen gen Himmel.

Der Kapten wendete sein Pferd und ritt zu seinen restlichen Offizieren zurück, die sich auf ihren Pferden vor der Kompanie zurückgehalten hatten und die Einlage ihres Kaptens mit Spannung beobachteten.

„Nette Ansprache, Olsson", sagte Löjtnant Mattrek und grinste bei seinen Worten.

Dieser beachtete seine gesagten Worte jedoch nicht, sondern richtete sich an alle Offiziere vor ihm: „Bereit machen zum Abrücken! Wenn das erste Bataillon losmarschiert, gebt die entsprechenden Befehle. Wir bleiben in geordneter Formation, marschieren der Reihe nach hinter der Zwoten und vor der Vierten, wie gehabt. Achtet dabei auf den Abstand, dass wir nicht zu sehr den anderen in den Fersen hängen und sorgt für Disziplin! Ich möchte, dass sich die anderen Abteilungen ein Vorbild in uns sehen und zu uns aufblicken werden, verstanden?"

Die Offiziere hielten ihre Tiere ruhig und nickten zustimmend.

„Ich werde mich zum Generalstab begeben, da mich der König an seiner Seite wünscht. Ich lege also mein vollstes Vertrauen in Sie, meine Herren. Enttäuschen Sie mich nicht, haben das alle verstanden? … Dann los! Viel Glück Ihnen allen! Wir sehen uns dann an der Front wieder!"

Kapten Olsson trieb seine Fuchsstute an und ritt davon. Sven beobachtete ihn dabei und musste zurück an all das Denken, was ihnen die Tage zuvor widerfahren war. Wie sie sich durch leere, karge Landschaften schleppten, wie sie eiskalte, feuchte Nächte unter freiem Himmel zubringen mussten, wie sie sich in Kämpfen gegen den Feind zu bewähren hatten und wie sie ihrem

Kapten am Ende das Leben retteten. Er dachte an die Sorgen, an die Ängste, alleine in der völligen Wildnis ausgesetzt gewesen zu sein und daran, wie beruhigend es nun war, wieder Schulter an Schulter in Formation mit einem vertrauten Nebenmann zu stehen und den väterlichen Schutz der Armee um sich herum zu spüren.

Dann dachte Sven jedoch an die goldenen Haare, an die strahlend blauen Augen, an die wunderschönen Gesichtszüge, an die Frau mit ihrem Pferd und an das wunderschöne Lächeln, dass sie ihnen mit auf den Weg gegeben hatte, bevor sie sich auf die Suche nach dem Hufschmied begab. Wer war sie? Und würde er sie wohl jemals wiedersehen…

Kapitel XII

*E*ises Kälte durchschoss Svens Körper und der Wind gab sein Übriges, um auch nur den letzten warmen Gedanken aus dem Karoliner zu verdrängen. Seine Füße spürte Sven schon seit einigen Stunden nicht mehr. Den ganzen Tag über auf ihrem Marsch von Reval Richtung der belagerten Stadt Narva hatte es ohne Unterlass geregnet und gegen Abend hin ging dieser dann in einen so starken Schneesturm über, den Sven so noch nie erlebt hatte. Ohne Pause schossen die harten Schneeflocken auf die schwedischen Abteilungen nieder, angetrieben durch den steifen Wind. Das, was sich am Morgen des dreiundzwanzigsten Novembers noch als motivierte blau uniformierte Armee abzeichnete, wich einem in sich verklemmten weißlich dreinschauenden Haufen am Abend jenes gleichen Tages. Bis auf das Rumpeln der Artillerieabteilungen, dem Klappern des Geschirrs der Kavallerie und dem Knirschen der Stiefel jedes einzelnen Infanteristen, war nichts zu hören. Jeder der Anwesenden sparte seine Reserven auf und nur hin und wieder war ein Husten oder ein Schniefen auszumachen.

Sven starrte mit leeren Blicken auf die Schultern seines Vordermannes, versuchte sich mit anderen Gedanken abzulenken. Er war bei seiner Familie in Nilsby, saß in der Wohnstube am prasselnden Feuer des Kamins und unterhielt sich mit ihnen über irgendetwas. Seine Mutter blickte zu ihrem Sohn auf und lächelte ihn warmen Herzens an. Dann berührte sie mit ihren mütterlichen Händen seine Wangen und streichelte ihn...

Plötzlich wurde er aus seinen Träumen gerissen, als ein Befehl ertönte und die Truppe zum Anhalten aufgefordert wurde. Nach und nach verstummte das Knirschen und Dröhnen, das Klappern und Rumpeln sämtlicher Abteilungen und die Armee Schwedens, die knapp zehneinhalb tausend Mann hielten und warteten, was nun als Nächstes geschehen sollte. Sven, Nalle und die anderen der Dritten blickten sich ratlos an, ungewiss, was geschehen sein musste, dass sie ihren Marsch unterbrechen mussten. Eine Rast konnte nicht in Frage kommen, hatten sie doch erst vor wenigen Stunden kampiert. Nach kurzer Zeit galoppierte ein Meldereiter an Svens Reihen vorbei Richtung der Spitze jeglicher Kolonnen. Dann war auch schon wieder Totenstille.

Die letzten Kilometer durch den Schnee, der sich in kurzer Zeit schnell am Boden festgesetzt und gehäuft hatte, waren für die Infanteristen eine große Anstrengung gewesen und keiner hatte noch die Kraft oder den Willen, eine Unterhaltung zu beginnen oder überhaupt irgendetwas zu sagen. Sie standen einfach nur da und warteten auf weitere Befehle. Sven wollte sich ausruhen, wünschte sich nichts sehnlicheres, als sein Gepäck abzulegen und eine Pause einlegen zu dürfen, doch ihm war klar gewesen, jeder noch so kleine Zwischenhalt würde einen schnellen und überraschenden Sieg gegen den Russen verringern. Er machte sich Mut, dachte daran, dass in einigen wenigen Tagen all das hier vorbei sein würde. Dann könnte endlich das Winterlager aufgeschlagen werden und bis ins neue Frühjahr hinein eine Erholungsphase für die schwedische Armee und all ihrer Regimenter stattfinden. Doch bis dahin musste durchgehalten werden und das wusste jeder andere Soldat genauso gut wie Sven.

Ein die Stille zerbrechendes, dumpfes Dröhnen löste Svens Wunschvorstellungen auf und ließ ihn in die Gegenwart zurückkommen. Wie die anderen auch, richtete sich Sven auf, drehte sich in alle vier Himmelsrichtungen, um zu ermitteln, woher dieses plötzliche Dröhnen kam. Es war sofort nach seinem Aufklingen wieder verstummt und Sven dachte schon, sich das ganze nur eingebildet zu haben, doch keine Sekunde später war ein erneutes Dröhnen zu hören. Dann noch eines, und ein weiteres! Nalle blickte seinen Freund fragend an, Sven betrachtete ihn mit dem gleichen Blick, dem ihm auch Nalle entgegenbrachte. Zwei weitere Reiter trieben ihre Rösser an seiner Abteilung vorbei und rasten nach vorne, dem anderen Berittenen hinterher.

Mats unterbrach die Stille und wandte sich seinen Kameraden zu: „Was zum Teufel ist hier los? Was ist das für ein verdammtes Dröhnen am Horizont?"

Sergeant Radick platzte zwischen den Reihen der Soldaten hervor und befahl dem Karoliner die Schnauze zu halten und Ruhe zu bewahren. Mats zog sich bei dem Angefahre seines Vorgesetzten ein wenig zusammen und senkte den Kopf, wie um zu zeigen, dass er verstanden hatte. Sven hatte Radick schon seit den Tagen ihres Abmarsches aus Pernau nicht mehr gesehen und völlig vergessen, dass es ihn ja gab. Nicht alles war also schlecht an ihrer Mission gewesen, dachte er sich im Stillen, wenn er durch solche Aktionen Menschen, wie Radick oder Utritt nicht mehr zu Gesicht bekommen musste. Kaum war er wieder in die Truppe aufgenommen worden, da traten schon gleich jene

Kreaturen wieder hervor, denen er insgeheim die Hölle wünschte.
Weiteres Dröhnen unterbrach seine Gedanken und wieder blickte er sich um. Nach und nach setzten weitere Geräusche ein. Es klang wie... Ja, jetzt war sich Sven ganz sicher und Nalle konnte Fassungslosigkeit und Angst in den Gesichtszügen seines Freundes ausmachen... Explosionen! Ganz klar! Das Dröhnen, das waren Kanonenschüsse, die lauteren und ein wenig tieferen Geräusche waren die Einschläge, eben jene Explosionen und dann vernahm Sven ganz plötzlich das typische Geräusch von Salvenfeuer! Da musste irgendwo ein Kampf stattfinden, ganz eindeutig! Obwohl sich Sven zwischen all den Soldaten in Sicherheit wähnte und das Töten, dem Geräusch nach zu urteilen, in ziemlich weiter Entfernung stattfinden musste, war er beunruhigt, da er weder wusste, was nun als Nächstes mit ihnen passieren sollte, noch wer hier gegen wen kämpfte.
Kapten Olsson nährte sich plötzlich seiner Dritten Kompanie aus der Dunkelheit kommend an und stieg vor seinen Männern von der Stute ab, gesellte sich zu ihnen und wandte sich an sie, die ihren Blicken nach zu urteilen, einer dringenden Aufklärung bedurften. Sven wusste zwar, dass sie es nicht zu erfahren brauchten, wenn die Führung beschloss, Stillschweigen zu bewahren, doch er kannte ebenso seinen Kapten und wusste, dass er niemals seine Männer in Unwissenheit lassen würde. Das unterschied ihren Kapten von so vielen anderen in der schwedischen Armee. Nicht umsonst wurde er von der Dritten wie ein Vater angesehen, der sich stets um seine Kinder sorgte und ihnen das Gefühl gab, mehr als nur Kanonenfutter zu sein. Wie eine Traube schlossen sich die Soldaten um ihren Vorgesetzten und lauschten seinen Worten: „Männer, ich

komme soeben vom Generalstab und wir haben entschieden, zu halten, bis die Sache vor unseren Kolonnen geklärt ist. Legt eure Provianttaschen und alles Übrige ab und macht es euch bequem! Ruht euch aus und erholt euch vor dem Weitermarsch! Sammelt Kräfte, denn so wie es aussieht, wird sich unser Weiterkommen noch um einiges verzögern und das heißt wiederum, dass all die Zeit, die wir jetzt hier vergeuden, aufholen müssen! Und bevor ihr mich jetzt auslöchert, was da vorne eigentlich los ist, hört mir zu! Ich erzähle das jetzt nur einmal und Fragen werden nicht gestellt, klar?" Das war natürlich keine Frage gewesen, denn, wenn auch seine Worte immer wie ernst gemeint klangen, jeder wusste, dass niemand auf die Idee kommen würde, sich in irgendeiner Art einzubringen, denn der Respekt war, auch wenn sich Kapten Olsson von den anderen eingebildeten und hochnäsigen Offizieren stark unterschied, hoch und ehrfurchtsvoll.

„Unsere Vorausabteilungen unter Generalmajor Georg Johann Maydell sind vor einigen Augenblicken auf feindliche Truppenkontingente gestoßen und dem Rufe unseres Königs folgend stellte er sich ihnen seitdem, anstelle vor ihnen wegzulaufen! Angeblich, so einem Kurier des Offizierstabes unseres Generalmajors lautend, befände sich vor unseren Kolonnen der russische General Scheremetew mit seinen Truppen, die unbeabsichtigt aufeinandertrafen. Solange Maydell die Stellung behaupten kann und sich nicht genötigt sieht, Verstärkungen anzufordern, werden wir geduldig auf weitere Befehle warten. Die Kompanieführer sollen ihre Männer auf Trab und einsatzbereit halten, so lauten unsere Befehle, doch ich halte es für sinnfrei, solchen Befehlen zu folgen, da ich euch ansehe, dass ihr die vergangenen Stunden genug durchgemacht

habt! Ich kenne Maydell gut und ich weiß, er wird das schon machen, zumal der Kurier von ihm auch sehr optimistisch klang, dass dieses Scharmützel problemlos zu bewältigen sei, trotz feindlicher Übermacht! Ich bin mir nahezu sicher, dass er uns nicht benötigen wird. Also macht's euch bequem und wartet ab, was die nächsten Stunden bringen. Aber enttäuscht mich nicht! Wenn es unerwarteter Weise doch zu einem Heranziehen unserer Truppenteile kommt, will ich einhundert prozentige Einsatzbereitschaft von euch sehen und eine Marschaufstellung innerhalb weniger Augenblicke, ist das klar?"
Die Männer grinsten und nickten entschlossen und einstimmig wie immer und Kapten Olsson machte auf dem Absatz kehrt und stieg wieder in seine Steigbügel. In seinem Sattel angekommen nickte er seinen Karolinern noch einmal zu und machte sich dann auf und davon und verschwand wenig später wieder in der Dunkelheit, aus der er soeben erst gekommen war.
Das Donnern hatte unterdessen keinesfalls aufgehört, sondern wurde durch Salvenfeuer und weiteres Krachen einiger Geschütze unterschiedlichsten Kalibers ergänzt. Sven hatte bisher noch nie seit seinem Eintritt in die Armee die Artillerie in Aktion gesehen. Nun ja, dachte er sich, ihm fehlten ja auch jegliche Schlachtfelderfahrungen. Seine kleinen Auseinandersetzungen mit den paar Russen auf ihrem Zwischenmarsch von Pernau nach Kolgaküla waren wohl eher die Sorte kleinerer Scharmützel, als einer Schlacht. Und die Gefahren waren weitaus geringer als in offenen Feldzügen, wo der Gegner keine hundert Meter von einem entfernt mit seiner Muskete auf einen zielte. Wo Kanonenkugeln durch die Luft flogen und irgendwo gigantische Rauchwolken aus Erde, Staub und Dreck aufschleuderten. Wo Kavallerie herangestürmt kam und mit

Säbeln auf die Infanteristen eindreschte. Nein, Sven hatte solche Erfahrungen noch nicht gemacht und von daher war er, diesen Geräuschen lauschend, sehr aufgeregt und nervös, wie ein kleiner Junge.

Da die Dritte nichts weiter tun konnte, als auf weitere Befehle ihrer Vorgesetzten zu warten, fügte sich Sven seinem Schicksal und legte seine Provianttasche, Munitionsgürtel und Rapier ab und breitete sich auf seiner Filzdecke aus und tat es somit all den anderen gleich, die es sich bereits auf dem harten, steinigen und kalten Boden gemütlich gemacht hatten. Er blickte in den verschneiten dunklen Himmel, der die Nacht ankündigte. Der Schnee hatte kein bisschen nachgelassen und der Wind gab nach wie vor sein Übriges, um die Wetterverhältnisse so fürchterlich wie nur irgend möglich zu gestalten. Ein Schauer lief Svens Rücken herab und die ungewohnte Kälte an seinem Rücken, die zuvor von dem Reiben seines Gepäcks während des Marsches Wärme gespendet hatte, war schrecklich unangenehm. Er versuchte nicht daran zu denken und sich abzulenken, indem er auf die Geräusche hörte, die sich um ihre Kolonnen abspielten. Doch wo waren sie? Sven blickte auf. Kein Krachen mehr, kein Donnern, kein Dröhnen, einfach nichts! War der Kampf vorbei? Hatte der Generalmajor die Russen in die Flucht geschlagen, oder musste er selbst eine Niederlage einstecken?

Förste Sergeant Lasse Larsson trat plötzlich vor die Karoliner und meldete sich zu Wort: „Befehl von Kapten Olsson! Gepäcke und Waffen aufnehmen und in Marschformation antreten, wie gehabt! Es geht weiter!"

Jeder erhob sich sofort, das Versprechen, dass sie ihrem Kapten gegeben hatten, nicht vergessend und stellten sich wieder in Reih und Glied hinter der Zwoten Kompanie auf, dicht gefolgt von der Vierten, die ihrerseits die gleichen Befehle soeben erhalten hatte. Dann warteten sie auf Weiteres. Irgendwann wurden von vorne Rufe laut, die von Regiment zu Regiment, von Kompanie zu Kompanie nach hinten weitergetragen wurden und wodurch die Soldaten ein schneidiges „Marsch" von ihren Sergeants befohlen bekamen. Also setzte sich die zehneinhalb tausend Mann starke schwedische Armee wieder langsam in Bewegung. Kapten Olsson und Löjtnant Mattrek saßen auf ihren Pferden auf einer kleinen Anhöhe und beobachteten das Spielchen und soweit sie das in der Dunkelheit beobachten konnten, spielte sich das *In Marsch Setzen* der Kolonnen wie eine Raupe ab, bis die gesamte Armee irgendwann ein Marschtempo erreicht hatte und die Soldaten zügig vorankamen.

Kapten Olsson drehte sich in seinem Sattel zu seinem Överstelöjtnant um und verlangte die Uhrzeit zu wissen. Dieser wiederum holte aus seinem Uniformmantel eine kleine Taschenuhr hervor und deutete ihm, dass in etwas mehr als drei Stunden Mitternacht sei. Kapten Olsson nickte und wendete sich wieder seinen Soldaten unter ihm zu. In einigen Tagen sollte es endlich soweit sein! Dann würden seine Abteilungen, die Abteilungen des Königs, Narva erreichen und das Schicksal Schwedens würde alsbald entschieden sein! Einige wenige Tage noch, dachte sich Kapten Olsson, nur noch Tage…

Kapitel XIII

Es war mittlerweile zwei Tage her, seit dem Konflikt am siebenundzwanzigsten November zwischen dem schwedischen Generalmajor Georg Johann Maydell und dem russischen General Scheremetew. Was bei dem Abmarsch aus den Befestigungsanlagen und dem schwedischen Lager bei Reval noch wie eine respektable, fast schon furchteinflößende schwedische Armee gewirkt hatte, kam nunmehr einer Horde von undisziplinierten und total erschöpften Männern in Uniformröcken gleich!

Die letzten Tage waren die Qual gewesen. Der russische Winter war nun vollkommen über schwedisch Livland hereingebrochen und hatte von den Karolinern das letzte bisschen Kraft abgefordert. Verstärkt wurde dieser Effekt noch durch diese bitter kalten Regengüsse, die sich, meist am Vormittag, über die marschierenden Abteilungen ergossen, bis am Nachmittag die Temperaturen soweit abstürzten, dass dicke Schneeflocken und eisige Winde jedem einzelnen Soldaten zusetzten. Die Kombination aus matschigen und rutschigen Wegen am Vormittage, durchtränkt der vielen heftigen Regengüsse wegen, an denen schwere Gespanne, Kanonen und selbst die Stiefel der Infanteristen stecken blieben, zusammen mit dem zu Unebenen gefrorenen Gelände, welcher sein Übriges gab, um ein Vorwärtskommen nahezu unmöglich werden zu lassen, veränderte das Bild der Marschkolonnen.

Was am Anfang noch gesittet und diszipliniert und vor allem geordnet und strukturiert ablief, glich nunmehr einem wilden Haufen! Die Kolonnen waren zersprengt, Kavallerie mischte sich unter Infanterie und die Offiziere und Sergeants hatten Mühe, die Truppenkontingente zusammenzuhalten und niemanden zu verlieren.

Neben den schrecklichen Wetterverhältnissen kam nun auch noch die russische Politik der verbrannten Erde hinzu. Seit Tagen marschierten die Schweden durch verwüstetes Land, abgebrannte Höfe, zerstörte Infrastruktur und ähnliches. Nichts, aber absolut gar nichts wollten die Russen ihren Feinden in die Hände fallen lassen und so hatten die russischen Soldaten den Befehl ihres obersten Befehlshabers, dem Zaren selbst, alles zu vernichten, was für die Feinde von Nutzen sein könnte. Angefangen bei Getreidelagern für die Versorgung, über den Wohnraum zum einquartieren, bis hin zum Zerstören vieler gepflasterter Zufahrtsstraßen, die Richtung Narva verliefen, damit es um ein Vielfaches mühseliger war, mit den schweren Protzen über das Gelände zu kommen.

Auch wenn der Zar damit sein eigenes zukünftiges Territorium, so wie er hoffte, dem Erdboden gleichmachte, so hatte seine Strategie durchschlagende Wirkung, denn die Moral der Schweden sank von Stunde zu Stunde mehr und der Vormarsch gen Narva verzögerte sich zunähmest.

Nun jedoch, am achtundzwanzigsten des Novembers brach Zar Peter I. seine Zelte Hals über Kopf ab, nachdem ihm General Scheremetew von der plötzlich überwältigenden, schwedischen Streitmacht und seiner Niederlage gegen den schwedischen Generalmajor Georg Johann Maydell unterrichtete. Da er nicht

wusste, wie lange genau die schwedische Armee noch brauchen würde, bis sie Narva erreichte und da auch immer noch keine genaue Stärkezahlen betreffend Karls Truppen in dem russischen Lager bekannt waren -man vermutete zwischen zehn- und fünfzigtausend Mann -fürchtete Peter I. um seinen Generalstab und um sich selbst. Wenn er sich etwas absolut nicht leisten konnte, dann war es in schwedische Gefangenschaft zu geraten, denn ohne Zaren wäre Russland verloren, das wusste er. Er übertrug überstürzt sämtliche Befehlsgewalt einem seiner Generale, dem Herzog Charles Eugène de Croÿ, einem niederländischen Adligen, der in russischen Diensten stand, aber kein Wort russisch konnte. Er selbst entfernte sich bald darauf mit einigen wenigen seiner hohen Offiziere.
Das Gerücht, dass der Zar das Belagerungsfeld verlassen hatte, machte die Runde, wie ein Lauffeuer und Unruhe machte sich bei den Soldaten breit, denn weder wussten sie, ob die Gerüchte stimmten, noch, wenn ja, warum ihr Zar so abrupt der Belagerung und seiner Männer entfloh.

Karl XII. und sein Generalstab bekamen von alledem nichts mit. Sie sahen nur besorgniserregend ihre ungeordneten Kolonnen durch den Schnee und Matsch marschieren und blickten in die düsteren, erschöpften Gesichter jener Männer, die in Kürze einem fünffach größerem Feind gegenübertreten sollten. Generalmajor Maydell war inzwischen mit seinen knapp achthundert Mann zurückgekehrt. An seiner Seite befanden sich zwölf weitere hohe Offiziere, die allesamt zu Karls Generalstab zählten. Fältmarskalk Carl Rehnskiöld löste ihn ab und übernahm die Vorhut mit frischen Truppenteilen.
Auf ihrem Weitermarsch klärte Maydell seinen Oberbefehls-

haber über alles auf, was sich vor ihren Reihen am vergangenen Abend abgespielt hatte und nannte den Gegner bei Zahlen.
„Wenn man dem Glauben schenken konnte, was die gefangen genommenen, feindlichen Offiziere preisgaben, so wurden an die fünftausend russischen Soldaten vernichtend geschlagen, mein König", protzte der Generalmajor stolz hervor. „Seht ihr, meine Herren", so wandte er sich an die übrigen Anwesenden, „Achthundert gegen Fünftausend... Gott steht hinter uns, hinter der Sache unseres Königs, die Schlacht ist der Beweis!"
Karl XII. stutzte bei seinen Worten. Dieser Kampf gestern war eher ein Scharmützel, als einer Schlacht gleichzusetzen, aber Maydell hatte recht mit dem anderen Punkt, dass nämlich eine enorme Minderheit an Karolinern einen fast sechsmal so großen Gegner besiegt hatte und das konnte nur gut für die Moral seiner Männer sein! Er starrte finster in die Ferne, dorthin, wo in etwa Narva liegen musste. In der Pyhäjöggi-Schlucht standen sich gestern Abend die schwedischen Vorausabteilungen und die Russen gegenüber. Karl wusste, dass diese Schlucht keine dreißig Kilometer mehr von ihrem Ziel, der belagerten, schwedischen Stadt Narva, entfernt lag. Also hatten sie ihren Bestimmungsort beinahe erreicht.
Der Gedanke daran, so kurz vor dem Ziel zu sein, beunruhigte den König zutiefst. Er wollte nicht, dass die Feinde den wirklichen Zustand seiner Armee vors Gesicht bekamen. Er wollte sie wissen lassen, dass die Schweden unerschütterlich hinter ihrem König und hinter diesem Krieg stehen, nur unter den derzeitigen Bedingungen schienen solche Wunschvorstellungen so gut wie unmöglich. Er wollte sie ausruhen lassen vor der großen Entscheidungsschlacht, denn mit ausgelaugten und verdrießlichen Soldaten konnte er keinen Kampf gewinnen. Er

musste eine Entscheidung treffen. Er wollte den Truppen am liebsten ein paar Tage Rast einräumen und sie zu Kräften kommen lassen, doch die Zeit drängte in seinem Nacken und jeder verloren gegangene Tag nahm ihm eine weitere Möglichkeit auf den Überraschungsmoment, den seine Armee derzeit noch hatte, so war sich Karl XII. sicher. Moral gegen Zeit, ein schweres Unterfangen, doch er musste eine Entscheidung treffen. Seine Offiziere erwarteten dies von ihrem Oberbefehlshaber und er durfte seinen Männern keine Unsicherheit zeigen. Er musste entschlossen wirken, denn nur so würden sie alle ihm folgen, folgen bis in die Hölle!

Sven, Nalle und Mats machten sich gerade unter den strengen Blicken ihres Sergeants Utritt daran, ihre Proviantaschen in dem provisorisch errichteten Unterstand vor den Schneefällen zu verstauen. Jeder der Anwesenden wünschte sich nichts sehnlicher als ein Feuer, welches Licht und Wärme spenden konnte, doch die Wetterverhältnisse ließen keinerlei Flammenbildung zu. Viel zu stark war der Himmel bedeckt mit dicken, schweren Wolken, deren kalte Flocken sich auf den Äckern um die Abteilungen herum absetzten und eine höher und höher werdende Schneedecke schufen. Es blieb ihnen nichts übrig, als sich in ihren Mänteln zu vergraben und warme Gedanken zu schaffen, die ihnen die Realität schönredeten oder gar vergessen ließen.

Nalle hatte gerade seine Muskete an die der anderen gestellt und wendete sich Sven zu: „Sag mal, kannst du mir erklären, warum Utritt gerade uns zwei im Blick haben muss und ich mich dadurch fühle, als stände ich unter Beobachtung?" Nalle redete so leise, dass sie ihr Sergeant nicht hören konnte, was durch den lauten Wind sowieso beinahe unmöglich gewesen wäre.

„Naja, Nalle, weißt du, wir waren weg gewesen… Niemand, außer der Kapten, wusste aus der Dritten von unserer Mission. Das heißt, die Neugierde ist natürlich groß, was wir wohl die ganzen Tage über gemacht haben. Du kennst doch die Truppe, Nalle. Aus Geheimnissen werden urplötzlich Verschwörungstheorien und wilde Gerüchte machen sich breit und berichten über angebliche Wahrheiten, die wie ein Lauffeuer die Runde machen…" Sven sah von Nalle auf den Sergeant, der ihnen beiden skeptische Blicke zuwarf und keinerlei Anstalten machte, sein Augenmerk von ihnen zu lösen.

„Ich denke einfach, dass Utritt hier irgendetwas gehört hat und das für wahre Münze hält."

„Was könnte das denn schon sein, Sven? Was wollte unser Sergeant denn schon aufgeschnappt haben, dass er uns jetzt mit diesen warmherzigen Blicken begnügt?"

„Keine Ahnung, Nalle, aber es ist mir auch egal. Solange er uns nur blöde anstarrt, aber sonst nichts weiter tut, ist mir das relativ schnuppe! Ich mache mir eher Gedanken um morgen…" Nalle blickte überrascht auf: „Was soll denn morgen sein, Sven?"

„Ich habe vorhin beim Vorbeigehen an einigen Offizieren der Zwoten ein Gespräch belauschen können, wo es um den morgigen Tag ging. Ich bin mir leider nicht ganz sicher, über was genau sie gesprochen haben. Leider war ich zu weit weg gewesen und der Wind heulte zu sehr und so konnte ich nur einzelne Phrasen aufschnappen. Jedoch bin ich mir sicher, dass es um den morgigen Tag ging und das über irgendeine Aufstellung geredet wurde. Nun ja, eigentlich klang es eher wie eine Debatte, als ein Gespräch."

„Aufstellung, morgen, das kann doch alles Mögliche bedeuten, Sven. Wieso sollte man sich darüber einen Kopf machen?"
„Weil ich zuletzt das Wort *Schlacht* wahrgenommen habe! Nalle, verstehst du? Ich denke, wir werden morgen angreifen!"
Nalle dachte über die soeben gesprochenen Worte seines Freundes nach, versuchte sich einen Reim aus den gehörten Signalwörtern Svens zu machen, kam aber dennoch zu dem Schluss, dass immer noch eine Million andere mögliche Ursachen in den Worten stecken konnten und das es sich nicht unbedingt um eine anstehende Schlacht handeln musste. Außerdem hätte sie doch ihr Kapten längst schon aufgeklärt und ihnen über so ein wichtiges Unterfangen berichtet, wie er ihn einschätzte.
„Ich weiß nicht so recht, Sven..."
„Ach, glaub doch was du willst! Du wirst es schon sehen, Nalle, morgen stehen wir gemeinsam Schulter an Schulter in Angriffslinie vor unserem Feind und blicken ihm direkt ins Gesicht!"
Nalle zuckte nur mit den Schultern und wandte sich ab. Mats, der einen Teil des Gesprächs mitbekommen hatte, schaute besorgniserregend zu Sven herüber, doch er sagte nichts dazu, sondern murmelte sich nur noch tiefer in seinen schweren Uniformmantel. Mats wirkte eher wie ein Jäger aus Tierp, einer Ortschaft im Norden Stockholms, wo Sven als Kind mit seinem Vater manchmal im Winter zum Eisfischen war. Dort waren die Winter so hart, dass die Menschen in ihren dicken Mänteln eher wie Schneemänner wirkten und jetzt, wo er Mats betrachtete, dessen grauer Überrock fast nur noch dem winterlichen Weiß glich, kamen die Erinnerungen wieder hoch, denn er ähnelte den Ansässigen aus Tierp sehr.

Als Sven nichts mehr zu tun hatte und eine steife Brise durch sein Gesicht fuhr, hockte er sich auf den Boden, zog sich zusammen und klammerte seinen eigenen Mantel fest um sich, um wenigstens ein wenig das Gefühl zu haben, vor dem Winter Schutz zu finden.
Plötzlich war sie wieder da. Diese blondhaarige, fremde Frau mit ihren blauen Augen. Sven wusste nicht, wie oft er seit ihrem Erscheinen an sie denken musste, aber es war ihm auch egal. Sie gab ihm ein tolles Gefühl, sie gab ihm Ablenkung von dem alltäglichen Trott und dem immer wieder gleichen Prozedere vom Tagesdienst in der Armee. Ihr Auftreten hatte den sonst so schüchternen Karoliner umgeworfen, das wusste er, denn Gefühle können nicht lügen und er empfand tiefgehende Sympathien für diese Frau, obwohl er sie nicht einmal kannte. Aber das konnte ihm ja auch egal sein, denn wer sie auch war und woher sie auch kam, sie war das absolut Schönste, was er jemals zu Gesicht bekommen hatte.
Nalle zwängte seinen Freund aus den warmen Gedanken und holte ihn zurück in die Wirklichkeit, was Sven zu Anfang ärgerte, doch als er bemerkte, worauf Nalle hinauswollte, änderte er schlagartig seine Meinung. Dieser wies nämlich mit einem Kopfnicken Richtung eines geschaffenen Unterstandes für die Pferde der Gespanne und der Kavallerie hinüber und grinste verhohlen dabei.
Sven folgte seinen Blicken und konnte seinen Augen nicht trauen. Sie war hier! Jene junge Frau, die sie beide vor Tagen in Reval nach dem Hufschmied Reskatt fragte, jenes Mädchen, das Sven seitdem nicht mehr aus dem Kopf gegangen war und ihn immer wieder an sie denken ließ.

Während er so in seinem Mantel gekauert saß, beobachtete er sie dabei, wie sie gerade absattelte und eine Pferdedecke zum Schutz vor Wind und Wetter über den feuchten Rücken des Tieres warf. Obwohl sie Mütze, Schal, Handschuhe und einen dicken Pelzmantel trug und kaum etwas ihrer Schönheit preisgab, fühlte Sven sich magisch zu ihr angezogen und sein Herz schlug wie wild.

Vor einigen Tagen auf dem Marsch hierher fragte er sich noch, ob er sie jemals wiedersehen würde und nun stand sie keine fünfzig Meter vor ihm. Das konnte kein blöder Zufall sein! Sven stand auf, schaute noch einmal zu Nalle und entschloss dann, zu ihr zu gehen und sie anzusprechen. Während er ihr näher kam, schlug sein Herz immer heftiger. Er konnte es spüren, als ob es in wenigen Augenblicken aus seiner Brust herausspringen würde. Alles war vergessen, die Umgebung ausgeblendet, der Fokus, die Gedanken, die Blicke nur noch auf dieses bildhübsche Mädchen gerichtet.

Was tat Sven eigentlich? Er, der sonst immer so schüchtern war, gerade was Frauen anbelangte, setzte entschlossen einen Schritt nach dem Nächsten nach vorne und war mittlerweile keine zwanzig Meter mehr entfernt. Was sollte er ihr sagen? Würde er zu weit gehen, sie anzusprechen? Es gab nur einen Weg das herauszufinden und wenn er recht haben sollte und morgen wirklich die Schlacht stattfinden würde, dann wollte er seine letzte Nacht nicht mit dusseligen Träumereien verbringen, sondern wenigstens erfahren, wer genau diese junge Frau war! Sollte er morgen sterben, wäre es sowieso egal, würde er überleben, so wüsste er um einiges mehr über sie und das spornte ihn an, die letzten Schritte zu wagen und vor ihrem Pferd und ihr selbst zum Stehen zu kommen.

Sie stand mit dem Rücken zu ihm und striegelte gerade den Hals des Tieres. Sven beobachtete sie dabei und ihm fielen gleich die blonden Haare auf, die teils aus der Mütze und hinter ihrem dicken Mantel hervorlugten und musste an den Tag zurückdenken, als er sie zum ersten Mal gesehen hatte.
Er holte tief Luft und räusperte sich dann, um ihre Aufmerksamkeit auf sich zu ziehen. Es gelang ihm, denn sie drehte sich zu ihm um und ihre wunderschönen, blauen Augen blickten ihn direkt an. Erst wirkte sie verwirrt, nicht wissend, wer vor ihr steht, doch dann kamen ihr seine Gesichtszüge in Erinnerung und sie erkannte ihn wieder. Sogleich legte sich ein kleines Lächeln auf ihre Lippen und Sven sah sich zwischen den Wolken im Himmel.
„Hallo", sagte sie unvoreingenommen.
„Ich...äh... hallo." Sven wusste nicht so recht, wo er anfangen sollte und war so gebannt auf ihre Schönheit, dass er fast vergessen hatte, was er eigentlich sagen wollte, doch dann konzentrierte er sich und setzte seinen Satz fort: „Ich wollte dich nur fragen, ob du Erfolg hattest?"
Sie wirkte überrascht zugleich ein wenig verwirrt, worauf dieser Karoliner hinauswollte: „Erfolg? Mit was denn?"
„Achso, na ich meine mit dem Hufschmied damals in Reval. Hast du ihn ausfindig machen können?"
„Ah, ich verstehe, wegen der Sache damals im Feldlager. Nein, habe ich tatsächlich nicht, aber ich fand einen anderen Hufschmied, der sich meiner annahm und meinem Pferd helfen konnte. Wieso fragst du?"
„Ich, nun ja...", was sollte er ihr denn jetzt sagen? Er konnte ja schlecht erzählen, dass er nur gekommen war, um sie zu sehen und ihre Stimme zu hören.

„Ich wollte dieses Thema nur abschließen, weißt du?" „Achso, du bist ja süß", antwortete sie und bei ihren Worten schlug sein Herz schon wieder wie wild.
„Und..."
Sie blickte ihn tief und wissbegierig ins Gesicht: „Ja...?"
„Ach was soll's, ich wollte dich wiedersehen..." Bei diesen Worten vergaß Sven beinahe zu atmen und fast schon beschämt schaute er zu seinen Füßen, unsicher, wie ihre Reaktion jetzt auf seine Antwort sein würde.
Ihr fiel seine Beschämtheit sofort auf und sie lächelte noch ein wenig mehr: „Es muss dir nicht peinlich sein, mir so etwas zu sagen, weißt du? Du bist ja nicht der Erste, der Interesse an mir zeigt, ehrlich nicht."
Nun verstand Sven die Welt nicht mehr. Andere? Wer noch zeigte Interesse an ihr, wie viele haben dies schon getan? „Oh, dass wusste ich nicht, tut mir leid." Mehr konnte Sven im Moment nicht dazu sagen.
„Es muss dir nicht leidtun, wirklich nicht. Es ist ja irgendwo ein Kmpliment und um ehrlich zu sein, bist du auch der erste, den ich süß finde!"
Während sie ihn anlächelte, versuchte Sven in aller Eile ihre Worte zu verarbeiten und sich ins Bewusstsein zu rufen, was sie da soeben zu ihm gesagt hatte.
„Hör zu, ich muss weiter, habe noch Erledigungen zu machen und treffe mich gleich noch mit ein paar Freundinnen, die sicherlich schon auf mich warten, also sollte ich jetzt lieber gehen."
„Ja, ja, selbstverständlich. Tut mir leid, wenn ich dich aufgehalten habe. Ich wollte nur..."

„Ach was, ist schon in Ordnung. Ich werte es als Kompliment!" Sie verpackte gerade ihr Werkzeug und wollte sich sogleich auf den Weg machen, als Sven einen Schritt auf sie zumachte und eine Sache dringend noch loswerden wollte bevor sie verschwand: „Ich heiße übrigens Sven. Sven Eriksson." „Danke, mach's gut..." Sie wendete sich von ihm ab und trat aus dem Unterstand ins Freie, drehte sich dann aber noch einmal zu ihm um und fing seinen Blick erneut auf: „Vielleicht sieht man sich eines Tages wieder, Sven Eriksson. Ich heiße übrigens Freya..." Und mit diesen Worten verschwand sie zwischen all den Soldaten und Wagen und Sven stand wie angewurzelt da, keinen klaren Gedanken mehr fassend. Er sah nur noch diese wunderschöne, junge Frau vor sich, wie sie ihn anlächelte und mit ihm gesprochen hatte. Sven wusste, sein Herz hatte sich verliebt. Verliebt in Freya…

Kapitel XIV

Es war noch stockdunkel und Sven hatte Mühe, sich wach zu halten. Er stand ausgerüstet mit Munitionsgurt und Rapier, die Muskete geschultert, angetreten in Formation inmitten der dritten Kompanie und starrte entrüstet in die Leere. Die Nacht über hatte er kaum Schlaf gefunden, zu kalt war es einfach gewesen und nebenbei hinderten ihn die Gedanken an Freya daran, den Kopf frei zu bekommen und sich auszuruhen. Die plagende Kälte und das Schneetreiben gaben ihr Übriges, sodass sich der Karoliner schwach und ausgelaugt fühlte.
Keiner wusste, warum sich vor wenigen Minuten über das schwedische Nachtlager der Befehl durchzog, alles außer die Provianttaschen aufzunehmen und in den Regimentern und Kompanien anzutreten, doch die Älteren unter den Kameraden, die solche Prozesse schon unzählige Male mitgemacht hatten, verstanden nur zu gut, um was es sich bei diesem Manöver handelte, doch behielten sie es für sich, um den unerfahrenen Mannschaften unter ihnen keine Panik zu machen.
Sven, der den vergangenen Abend dieses Gespräch über Narva und vor allem über das Thema *Angriff* belauscht hatte, dann das jetzige Tragen ausschließlicher Kampfgarderobe, die Aufstellungen sämtlicher Abteilungen und die Schärfe dahinter, mit derer die Truppen auf ihren Abmarsch vorbereitet wurden, nahm ihm jeglichen Zweifel daran, ob er das, was er gestern zu Nalle gesagt hatte, nämlich, dass sie morgen in den Kampf ziehen würden, stimmte oder nicht. Jetzt war er sich absolut

sicher und er wusste, Nalle würde nun seinen Worten Glauben schenken, doch seit dem Wecken und dem Antreten hatten sich die beiden aus den Augen verloren und waren voneinander getrennt worden. Sven hatte keine Ahnung, wo sich Nalle zwischen all den Männern ihres *Närke -Värmland -Regiments* befand und es beunruhigte ihn, wollte er nicht ohne seinen besten Freund und Kameraden in die Schlacht ziehen. Doch es war zu spät gewesen, sich auf die Suche nach Nalle zu machen, zu sehr waren die Sergeants darauf bedacht gewesen, möglichst schnell und reibungslos die Truppenteile zusammenzuschließen. „Vorwääärts…, Marsch", ertönte es aus den Vorausabteilungen und langsam aber sicher setzten sich die Regimenter in Bewegung. Es ging eine flache Ebene entlang in Richtung der belagerten Stadt, die sich allmählich in ihren dunklen Konturen zeigte. Es war zwar noch immer dunkel, doch die Lichter der Stadt und die Feuer der Belagerungsstellungen der Russen gaben den Blick frei auf die hohen Mauern und die Stadt dahinter. Das Gelände vor der marschierenden Truppe war fast vollkommen frei von Bäumen und bestand größtenteils aus vereisten und zugeschneiten Ackerfeldern und Wiesen. Obwohl es einige Steigungen gab, verlief das Terrain ansonsten relativ flach und eben und die Karoliner hatten wenig Mühe, voranzukommen. Svens Dritte machte einen plötzlichen Schwenk nach links, während die Abteilungen vor ihm ihre Marschrichtung beibehielten. Kavallerie ritt gerade an Kapten Olssons Kompanie vorbei und verschwand irgendwo vor ihnen in der Dunkelheit.
Eine gute dreiviertel Stunde später kam das *Närke -Värmland -Regiment* zum Stehen und die vier einzelnen Abteilungen, die sich wie eine Aufmarschlinie von ihrem Lager aus hierher bewegt hatte, löste sich nun auf und wurde umgestellt in die

typisch schwedische Kampflinie. Wie gewohnt stand Sven wieder an seinem Platz in der Mitte seines Peletons der Dritten. Die äußeren Peletons, traditionell geführt von Grenadieren, flankierten die schwächeren und unerfahreneren Musketiere in der Mitte ihrer Formation. Die Sergeants nahmen ihre Positionen vor den drei, in die Länge gezogenen Peletonen ein und so stand die dritte Kompanie in trainierter Gewohnheit mit seinen einhundertvierundvierzig Mann auf einer kleinen Anhöhe und Sven hatte, in der vorderen Reihe stehend, den Blick frei auf das sich vor ihm abzeichnende Gelände. Während sie auf Weiteres warten mussten, hatte der Karoliner Zeit, sich ein wenig umzuschauen und die anderen schwedischen Truppenkontingente dabei zu beobachten, wie sie in exzellenter Manier und disziplinierter Weise in kürzester Zeit Schwenkungen vollzogen, ihre Richtung änderten und, an ihren Bestimmungs-orten angekommen, die Linien auseinanderzogen und sich in Angriffsreihen umgruppierten. Dadurch, dass der Morgengrauen anbrach und die Schwärze der Nacht dem winterlichen Grau des Morgens wich, wurden immer mehr Details sichtbar.
Gerade das *Björneborgregiment* konnte Sven sehr gut erkennen, da es ein wenig weiter unterhalb seines eigenen Regiments Aufstellung bezog und ihm somit einen perfekten Blick gestattete. Er konnte die Aufstellungslinie dabei beobachten, wie sich das Regiment mit knapp eintausend Infanteristen der Länge nach positionierte und in sechs Reihen hintereinander, der Rest nebeneinander dem Feind entgegenstellte. Die Truppenfahnen im Zentrum der Kompanien wehten steif durch den immer noch anhaltenden, kräftigen Wind und verliehen der Einheit einen beinahe glamourösen Ausdruck. Sven stellte ebenso fest, dass er mit seinem Regiment anscheinend den linken Flügel von

Karls Armee stellte, denn die schwedischen Kontingente zogen sich immer weiter auseinander, doch dies geschah alles rechter Hand von ihm und seinen Kameraden. Er wandte seinen Blick wieder nach vorne in die Ferne, in derer er, mit dem immer heller werdenden Licht des Tages, die Konturen der feindlichen Feldbefestigungs- und Belagerungsanlagen erkennen konnte. Die russischen Wälle, die Laufgräben dahinter, glichen einer Zick- Zack- Linie, die sich von dem Nordufer des Flusses *Narva* bis zum Südende ausdehnte und der Stadt ein Ausbrechen in den Westen nahezu unmöglich machte. Nach hinten weg war es der Stadtgarnison unmöglich, einen Fluchtversuch zu unternehmen, grenzte doch der Fluss beinahe direkt an die Stadtmauern.

Die Russen hatten also ganze Arbeit geleistet! Zar Peter I. hatte hinter dem ersten, kleineren Belagerungsring einen zweiten, größeren anlegen lassen, um für einen Angriff sowohl von innen heraus, wie auch von außen hin gewappnet zu sein. Beinahe sieben Kilometer streckte sich dieser zweite Wall von Flussende zu Flussende und glich einer wahren Festung bestückt mit Kanonen und unzählig vielen russischen Soldaten, die in den Laufgräben beste Deckung fanden und sich ohne Weiteres gegen jeden Angriff verschanzen konnten. Da lag aber das Problem bei der russischen Belagerungsstrategie.

Karl XII. wusste, dass die Russen ihre Abteilungen durch die sieben Kilometer lange Verschanzungsanlage auseinanderziehen mussten, um in möglichst vielen Stellungen gleichzeitig Präsenz zu zeigen. Das bedeutete aber wiederum, dass es somit zu keiner Zeit an irgendeinem Ort zu einer massiven Truppenverstärkung kommen konnte und jedwede Linie nur dünn besetzt war. Würde der schwedischen Armee also ein Durchbruch an einer der

Frontabschnitte gelingen, was durch die unglaublich auseinander gezogene Länge der russischen Wallanlagen durchaus möglich war, so könnte er die Russen von der Seite her aufrollen und sie Richtung des Flusses zurückdrängen und genau das hatte Karl XII. im Sinn! Er stand mit seinen Generalen auf dem höchsten Punkt der Ebene, eine übliche Situation, konnte man doch vom höchsten Punkt den genauesten Überblick erhaschen, und besprach das weitere Vorgehen. Unter ihm in knapp zweihundert Metern Entfernung war die Artillerie gerade dabei, ihre Geschosse abzuprotzen und die Kanonen gen Feinde auszurichten, während andere mit dem Abladen oder Stapeln der Ausrüstungsgegenstände eines jeden Sechspfünders beschäftigt waren. Es wurden Kugeln gestapelt, Eimer mit kaltem Wasser zum Kühlen der Geschützrohre besorgt und Zündschnüre vorbereitet. An anderer Stelle wurden die Kanonen bereits ausgerichtet, indem Kanoniere hinter den Geschützen standen, die Entfernungen zu den feindlichen Stellungen abschätzten und dann Anweisungen an die anderen gaben, die Stellung des Rohres zu erhöhen oder zu vertiefen.
Unbeeindruckt von diesen Ereignissen redete Karl XII. auf seine Generale ein, was genau geschehen sollte, um als Sieger aus dieser Schlacht hervorzugehen und die Offiziere lauschten gespannt und aufmerksam seinen Worten: „Meine Herren, zu allererst einmal möchte ich jedem einzelnen von Ihnen danken, dass wir alle es mit Gottes Hilfe geschafft haben, unsere Armee von Pernau über Reval bis hierher vor die Tore Narvas zu bringen! Ich weiß, dass Wetter machte nichts einfach und forderte von jedem einzelnen Soldaten ihren Tribut, dennoch sind wir nun hier! Keiner ist desertiert, keiner hat sich fehl verhalten und das trotz der unmenschlichen Zustände der letzten

Tage und Wochen! Ich rechne es Ihnen zu, meine Herren, dass die Moral, aber vor allem die Disziplin dank Ihrer guten militärischen Führung Einhalt gebot und keiner abtrünnig wurde! Das beweist einmal mehr, dass unsere Armee die Beste der Welt ist und wir als solche zurecht angesehen werden können!

Nun aber zu unserer Schlacht. Fältmarskalk Rehnskiöld, Sie übernehmen mit Ihren Regimentern den linken Flügel unserer Streitmacht und rücken auf Befehl hin auf die äußeren, nahe dem Fluss gelegenen Grenzbefestigungsanlagen vor. Drücken Sie mit ihren Männern durch die Laufgräben des ersten Walles und setzen dann über nach rechts! Jetzt kommen Sie ins Spiel, mein lieber Herr General Vellingk. Sie tun dasselbe nur von der rechten Flanke aus! Wichtig ist, dass Sie beide etwa zur gleichen Zeit angreifen und hinter den feindlichen Stellungen auftauchen, um jegliches Agieren des Russen auf Ihren Angriff zu untermauern und ihn daran zu hindern, seine Armee um formieren zu können, ist das klar?" Der schwedische Oberbefehlshaber wartete keine Antwort ab, sondern redete direkt weiter: „ Haben Sie beide mit Ihren Regimentern dieses Ziel erreicht, dann preschen Sie von links und rechts von der Seite her auf die russische Mitte zu, die zur Zeit am stärksten bemannt und befestigt ist und rollen den Gegner auf. Seine Schutzanlagen werden wirkungslos sein, wenn Sie von der Seite her zuschlagen. Achten Sie darauf, dass Sie Reserven an den bereits eroberten Punkten festhalten, damit der Feind nicht in Versuchung kommt, die verloren gegangenen Gräben zurückzuerobern. Wenn Ihre beiden Armeeteile im Zentrum zusammengekommen sind und der Feind sich Richtung des inneren Verteidigungsrings zurückzieht, setzt die Verfolgung an und geht wie beim ersten Wall in gleicher Weise fort. Drängt daraufhin den Gegner zum Fluss, sodass ihm jedwede Handlungsfreiheit genommen wird und er in der Falle sitzt! Sollte alles so geschehen, wie gewünscht, so haben wir schon morgen diese Schlacht gewonnen! Gibt es noch Fragen, meine Herrn Generale?"

Jeder wusste, was er zu tun hatte. Die Befehle waren klar und deutlich und ergaben Sinn. Wieder einmal bewies der junge Karl, aus welchem Holz er geschnitzt war und dass er das Zeug dazu hatte, ein Oberbefehlshaber zu sein und eine Armee zu führen! Nachdem keiner etwas zu sagen hatte, drückte der König jedem seiner Generale die Hand und wünschte ihnen alles Glück dabei und entließ sie dann zu ihren Männern mit den folgenden Worten:

„Gott ist auf unserer Seite!"...

Kapitel XV

Sven hielt seinen Atem ruhig und blickte seine schneebedeckten Kameraden an, wie sie links und rechts neben ihm in gleicher Weise ihre Musketen auf dem Boden abgestellt, am Griffstück haltend, auf den Angriffsbefehl warteten und mit angespannten Gesichtszügen Richtung der gegnerischen Stellungen sahen. Das Schneegestöber hatte die letzte Stunde seit ihrem Aufbruch vom Nachtlager nachgelassen, doch nun brachen wieder dickere Flocken durch die Wolkendecke und fielen auf die sich gegenüberliegenden Armeen der Schweden und Russen nieder. Der Wind heulte und war das einzige wahrnehmbare Geräusch weit und breit. Die Eiseskälte der Luft ließ jede Fingerbewegung schwerfällig und mühselig werden, doch in wenigen Augenblicken würden die Soldaten alles um sich herum vergessen und nur noch an das eine denken, nämlich daran, zu überleben!
Kapten Olsson befand sich nicht weit von Sven in der hintersten Reihe auf seiner Fuchsstute und wollte während des Kampfes bei seinen Männern sein, um sie moralisch zu stützen und ihnen das Gefühl zu geben, sie nicht alleine zu lassen.
Ein Trompetensignal ertönte vom Hügelkamm, wo sich Karl XII. und sein Generalstab befand und zum Angriff blies! Die Sergeants wussten, was sie zu tun hatten und stießen ihre Hellebarden in die Höhe, um das Zeichen zu geben, bevor sie die Befehle ausriefen, die Sven auf dem Kasernenhof schon tausende Male gehört hatte: „Vorwääärts… Marsch!"

Und wieder rückten die Regimenter Schwedens aus, um sich einer weiteren Schlacht zu stellen und erneut über das Schicksal ihres Reiches zu entscheiden und die Geschicke in die Hände zu nehmen. Das Prozedere, wie die Abteilungen ausrückten, war das Gleiche, wie bei ihrem Aufmarschieren in den frühen Morgenstunden, nur das die Soldaten dieses Mal in Gefechtsformation und mit schwedischer Marschmusik in langen Reihen und auf weiter Fläche ihrem Gegenüber immer näher kamen und sämtliche Fahnen aller Bataillone, Regimenter und Kompanien dem Feind präsentiert wurden und wild durch den winterlichen Sturm, wie man das Getose um die Karoliner herum bezeichnen konnte, umher flatterten.

Sven marschierte mit geschulterter Muskete Schulter an Schulter mit seinen Kameraden den Hang hinunter, immer tiefer in Richtung der linken Belagerungsanlagen und das Bild von den Ausschanzungen, von Gräben, gespitzten Pfählen und geflochtenen Erdkörben zum Schutze gegen Artilleriegeschosse wurden immer deutlicher und Angst kam langsam aber sicher in ihm auf. Zum ersten Mal seit seinen kleinen Zwischenkonflikten mit den Russen sah er sich ihnen nun wieder gegenüber, doch dieses Mal stellten sich ihm keine fünf oder fünfzehn Gegner in den Weg, sondern fünfzigtausend!

Ein Donnern durchstieß das Heulen des Windes und die Pfeifen und Trommeln mit einem beinahe ohrenbetäubenden Lärm und die schwedische Artillerie kündigte sich an. Sie hatte nun anscheinend das Feuer eröffnet, um Breschen in die russischen Stellungen zu schlagen und den Feind daran zu hindern, ihrerseits das Feuer auf die vorrückenden, schwedischen Infanteristen zu eröffnen.

Keine Sekunde später schlugen die ersten Kugeln in das gefrorene Erdreich etwa fünfhundert Meter vor Svens Närke-Värmland- Regiment ein und wirbelten grobe Erdbrocken, Staub und Dreck auf, welches sich zu einer Wolke gen Himmel formte. Die ersten Schüsse fielen zu kurz, wie Kapten Olsson feststellte, doch das war meistens so, mussten sich die Kanoniere erst warm schießen und mit kalten Geschützrohren schossen sich die Kugeln sowieso nicht so passabel, wie, wenn sich die Kanonen erhitzten.

Nach einem Hagel von Kugeln, die teils ins Erdreich schlugen, teils so flach flogen, dass sie über den Boden sprangen und wieder abhebten, bis sie ihr Gewicht irgendwo anders herunterkommen ließen und in einigen hundert Metern hinter den Bastionen der Feinde einfielen, folgte nach einer kurzen Ruhepause die zweite Salve, nachdem die Kanoniere ihre Sechspfünder durch den mühseligen Prozess des Nachladens wieder in Position gebracht hatten. Die zweiten Schüsse kamen schon besser, aus den einhundert Metern wurden nur noch etwa fünfzig bis zur gegnerischen Linie, wie Sven einschätzte, als er so während des Marschierens die Einschläge beobachtete. Es benötigte aber zwei weitere Salven, bis die schwedische Artillerie soweit war, Treffer zu vermelden und die Artilleristen die richtigen Winkeleinstellungen an ihren Kanonen vorgenommen hatten, denn nun trafen die Kugeln ihr Ziel, drängten sich zwischen die Reihen der Belagerer und schufen Chaos und Zerstörung.

Mittlerweile waren die schwedischen Regimenter nur noch etwas mehr als dreihundert Meter von den Gegnern entfernt, als Sven plötzlich dichte, grau -weißliche Rauchwolken bemerkte, durch die sich grelle, orange -gelbe Feuer zogen. Sie traten

zwischen den Verschanzungen der Russen hervor und kündigten die feindliche Artillerie an, die zum Gegenstoß überging. Schon donnerte es und die ersten Kugeln flogen an Sven und seiner Kompanie vorbei und landeten irgendwo hinter ihnen zwischen seinesgleichen und brachten Tod und Verwundung.
Plötzlich sah er ein schwarzes Etwas auf sich zukommen, eine Kanonenkugel aus einem der russischen Geschütze und er befürchtete schon, es wäre in wenigen Sekunden aus mit ihm, doch er hatte Glück, sie landete ein paar Schritte vor ihm und zwängte sich ins Erdreich. Dreck und Erdbrocken flogen empor und kleinere Erdteilchen landeten auf Svens Uniformmantel. Während des Einschlages erbebte der Boden leicht unter seinen Füßen und Sven dachte sogar, eine Art Druckwelle zu spüren. Eine weitere Kugel kam geflogen und landete mit einer ungeheuren Geschwindigkeit zischend, unweit von seiner eigenen Position gelegen, genau in den vorderen Reihen seiner Kompanie in etwa dort, wo sich das äußere Peleton der Grenadiere befand. Schreie der Verwundeten und Sterbenden mischten sich mit dem Krachen des Einschlages und dem Geräusch auf den Boden fallender, einzelner gefrorener Erdbrocken.
Marschmusik, das Klappern der Ausrüstungsgegenstände, das gleichmäßige Stampfen des Gleichschrittes der Karoliner, das Donnern der Kanonen von hinten und von vorne, Schreie und Flüche der Soldaten und das Heulen des Windes waren zu vernehmen. Ergänzt wurde dieses durch Rauchschwaden, die sich dank des starken Windes schnell auflösten und die Soldaten nicht, wie üblich, in einen dicken Pulvernebel einhüllten, grelle Lichtblitze, die aus allen Richtungen zu kommen schienen und wildes Schneetreiben. Dies alles nahm Sven in sich auf, während

ihn seine Vorgesetzten erbarmungslos zwangen, weiterzumarschieren. Es gab kein Halten, kein Fliehen vor dem Tod, nur das stumpfe geradeaus marschieren begleitet durch fröhliche Pfeifentöne eines schwedischen Reitermarsches und dem gleichmäßigen Rhythmus der vielen Trommeln, die den Takt angaben und den eigenen Männern Mut machen sollten.
„Kompanieeeee...Halt!"
Ein letzter Trommelschlag erklang und dann herrschte für einen Moment absolute Stille. Die eigene Artillerie hatte das Feuer eingestellt, um nicht ihre eigenen Männer zu treffen und für die gegnerische Artillerie waren die Schweden nunmehr zu nahe, als das sie noch irgendwelchen entscheidenden Treffer vermelden könnten. Somit war wieder ausschließlich das gewohnte Sausen und Pfeifen des Windes zu hören und die harten Einschläge der dicken, nassen Schneeflocken auf dem Gesicht zu spüren. Die Sicht war vollkommen frei zu den feindlichen Stellungen und Sven konnte hinter teils herausgewirbelten Geflechten und Barrikaden in die Gesichter der grün berockten Feinde schauen, die mit finsteren Blicken in Richtung der schwedischen Linien starrten.
Sergeant Gustafsson, der mit der Truppenfahne in den Händen zwei Reihen rechts von Sven stand, sprach gerade ein leises Gebet zu sich, fürchtete wohl von der ersten Salve der Russen tödlich getroffen zu werden. Sergeant Utritt, links neben ihm, beachtete das Gebrabbel nicht, sondern hob erneut seine Hellebarde und wartete auf die anderen Sergeants bis sie ihrerseits das Signal nach außen hin weitergaben. Von Peleton zu Peleton und von Kompanie zu Kompanie, bis alle Sergeants der linken Flanke ihre Hellebarden nach oben hielten. Wieder,

von der Mitte ausgehend, wurden nunmehr die bekannten Befehle gerufen und nach links und rechts hin weitergegeben:
„Bereit macheeeen!"
Die Karoliner, Musketiere, Grenadiere, alle arbeiteten wie in einem Uhrwerk, in einem in sich geschlossenen System und keiner tanzte aus der Reihe. Sie hoben ihre Musketen und spannten die Hähne ihrer geladenen Waffen, hielten dann die Läufe vor sich und blickten schnurstracks geradeaus. In einer Schlacht wurde einer der beiden sich gegenüberliegenden Seiten das Eröffnungsfeuer gewährt und der Ehre folgend, hielt die andere Seite sich zurück, bis die Salve abgefeuert wurde. Dann war diese wiederum an der Reihe und nach diesem Schema lief es auch dieses Mal. Die Schweden durften als Angreifer und aufgrund ihrer großen Unterzahl das Gefecht eröffnen und die erste Salve abgeben.
„Leeeegt an!"
Über zweitausend Infanteristen ließen ihre Musketen nach vorne schnellen und visierten ihr Gegenüber an, während sie klopfenden Herzens auf den endgültigen und letzten Befehl warteten. Mehr als zweitausend Läufe waren auf die Reihen der Russen gerichtet, etwas mehr als die Hälfte der Kugeln sollte sich in wenigen Augenblicken ihren Weg in die feindliche Linie bahnen. Bei dem Rest der Musketen würde sich der Schuss aufgrund von Ladefehlern oder zu wenig Schwarzpulver auf der einen, oder zu feuchtem Pulver auf der anderen Seite, nicht lösen. Das war die Regel. Daher wurde auch gleichzeitig aus so vielen Mündungen geschossen. Die Salven glichen eher einer gewaltigen Kartätsche, als einem Gewehrfeuer, war die Streuung bei Musketen auf über fünfzig Meter zur damaligen Zeit einfach zu groß und man erhoffte sich durch den Makel an Zielgenauig-

keit und Ladefehlern aus dem *Linienfeuer* solche Fehler wett zu machen und eine halbwegs brauchbare Funktion aus den Musketen zu holen. Svens Arm wurde schwer, die Kälte, der eisige Wind und die fünfeinhalb Kilogramm schwere Waffe gaben ihren Anteil dazu, doch dann kam endlich der erhoffte Befehl, auf den alle gewartet hatten:

„Feueeer!"

Die Sergeants ließen ihre Hellebarden niedersausen und ein ohrenbetäubendes Krachen erfüllte die Luft Narvas mit Schrecken! Eine Mischung aus grellen Feuern, Funken und dem enormen Pulverrauch schossen aus den Musketen und hüllten die Karoliner dahinter in völligem Nebel ein, sodass sie für kurze Zeit in dichten, grau -weißen Wolken verschwunden waren.

Schnell verzogen sich die sonst so schwer in der Luft liegenden Rauchschwaden und gaben den Blick wieder frei auf das Gelände.

„Bajonette aufpflanzeeeeen!"

Der Befehl wurde gegeben und die Männer machten sich sogleich daran, ihre Bajonette aus den Schultergurten an ihrer Seite zu holen und mit dem Einrastsystem am oberen Ende des Laufes, kurz vor der Öffnung, mit einem Drehverschluss zu befestigen. Ein lautes Klicken, nachdem die Bajonette eingerastet waren, machte sich die Linie entlang bemerkbar.

„Muskete schultern!"

Wie unzählige Male auf dem Kasernenhof exerziert, nahmen die Männer ihre Waffen wieder auf und schulterten diese. Nun war ihr Part des Gefechtszuges getan und es lag an dem Feind, sein Übriges zu tun, um den klassischen Gefechtsbeginn zu vollenden.

Natürlich hatten die Schweden mit ihrer Salve nur geringen Schaden angerichtet, hatten die Russen doch den Vorteil, in geschützten Stellungen zu sein, während die Schweden nun auf einem offenen Gelände wie auf einem Präsentierteller standen und keine Deckung finden konnten. Der Ehre nach mussten sie nun aufrecht den Kugelhagel über sich ergehen lassen und hoffen und beten, dass sie nicht diejenigen waren, die durch eine dieser tödlichen Geschosse getroffen wurden.

Sven hörte irgendetwas auf Russisch, und sah sogleich die gleiche Abfolge wie bei seiner eigenen Armee, beobachtete, wie sie ihre Hähne spannten, dann die Waffen anlegten und auf die offenen, schwedischen Linien zielten und dann wurde der Feuerbefehl gegeben und das einzige, was Sven dann noch wahrnahm, war das Krachen, die Rauchwolke, der Lichtblitzhagel, daraufhin das Zischen der herannahenden Kugeln und dann die dumpfen Einschläge. Schreie, Stöhnen, Fluchen, Blut und fallende Soldaten zeichneten das Bild um ihn herum. Sven schloss die Augen, dachte daran, wie es sich wohl anfühlen musste, wenn einen die Kugel traf und wünschte sich nichts sehnlicher als einen schnellen Tod.

Der Lärm verstummte, und die Schreie ließen nach. Sven begann wieder zu atmen und öffnete die Augen. Wie durch ein Wunder hatte er unbeschadet der Feuertaufe überstanden. Aber obwohl ihm nichts zugestoßen war, überkam ihn Übelkeit, als er sah, was sich vor seinen Augen abspielte. Die Salve der Russen hatte gesessen, aber so richtig! Überall auf dem Boden links, rechts und hinter ihm zwischen den Reihen lagen Tote und Sterbende auf dem schneeweißen Boden, der alles andere als noch schneeweiß war. Blutlachen und kleine Rinnsale ergossen sich um Svens Stiefel herum. Durch Kugeln zerfetzte Körper lagen reglos auf dem Boden. Eine Kugel musste wohl direkt neben Sven eingeschlagen sein, denn sein Kamerad, der noch vor einer Minute aufrecht neben ihm gestanden und gefeuert hatte, lag mit aufgerissenen Augen auf dem Boden und starrte gen Himmel. Wäre da nicht der Befehl ergangen, die Waffen zum Sturmangriff zu senken, hätte sich Sven sofort übergeben, doch Gott sei Dank wurde seine Aufmerksamkeit von einem schon neuen Ereignis abgelenkt. Hoffentlich hatte Nalle diese tödliche Welle überlebt. Das war der letzte Gedanke, den Sven aufbringen konnte, bis seine Welt sich auf eine völlig neue Situation einstellen musste.

„Vorwääärts zum Angriff!"

Jetzt war es endlich soweit! Beide Linien hatten ihre tödlichen Salven abgefeuert und in der Regel wurde auf eine zweite Salve verzichtet, da der Ladeprozess einfach zu langwierig war und anstelle des konzentrierten Feuerns lieber auf den Nahkampf umgestiegen wurde. So auch jetzt, als die Karoliner mit gesenkten Waffen, aufgepflanzten Bajonetten in Richtung der russischen Stellungen stürmten und wild um sich schrien. All ihre Ängste und die Nervosität mischten sich mit dem hohen Adrenalin zu einem Blutrausch und niemand konnte die Männer mehr davon abhalten, ihre Pflicht zu tun und den Feind niederzumähen.

Sven nahm nichts mehr war. Angetrieben durch seine vorstürmenden Kameraden, durch die ohrenbetäubenden Schreie, hasserfüllt auf den Gegner, der ihnen vor wenigen Augenblicken so viel Tod und Verderben beschert hatte und die eisigen Temperaturen sowie der Drang danach, der Kälte für immer und ewig zu entfliehen, machten ihn zu einer wilden Bestie, die vollkommen automatisiert und unbewusst einfach den anderen folgte und jeden Augenblick dem Feind den Gar ausmachen würde.

Über zweitausend grau uniformierte Soldaten Schwedens stießen nun über das offene, verschneite und zu Eis gefrorene Gelände über ihre eigenen Leichen hinweg nach vorne, rannten sich die Seelen aus dem Leib und kannten nur noch ein Ziel, nämlich diese verdammten, russischen Belagerungsgräben zu stürmen und einzunehmen und den Rest der Feinde in die Flucht zu schlagen!

Sven sah, dass der Großteil der Gegner noch damit bemüht war, die Bajonette an seinen Läufen zu befestigen, als auch schon die ersten schwedischen Grenadiere die Befestigungswälle erreicht hatten und nun versuchten, über sie hinweg ins Innere zu gelangen. Sven selbst entdeckte eine Bresche, die durch einen Treffer schwedischer Kanonen stammen musste und wandte sich ihrer Richtung zu. Andere sahen sie ebenfalls und folgten ihm. Keine Minute später hatte er die beschädigten Wehranlagen erreicht und zwängte sich durch eine Lücke in den dahinter liegenden Teil der Laufgräben. Kaum hatte er diese durchstoßen, sah er sich gleich dem ersten russischen Gegner gegenüber, der noch immer an seinem Bajonett herumhantierte und Sven noch gar nicht wahrgenommen hatte. Der Karoliner dachte nur noch ans nackte Überleben und schaltete alles Weitere in seinem Kopf aus. Sein Instinkt ließ ihn wie ein Tier handeln und so kannte er kein Erbarmen mehr und stieß schreiend mit seiner Muskete nach vorne und traf mit seinem Bajonett warmes, blutendes Fleisch seines Gegenüber und versenkte es durch seinen Ansturm bis zum hinteren Ende seines Bajonettverschlusses.

Schreiend fiel der Russe rücklings und Sven gleich mit ihm, die Wucht des Aufpralls hatte ihn aus dem Gleichgewicht gebracht.

Zum Glück, wie sich nun herausstellen sollte, denn eine kleinere Abteilung von einigen wenigen Russen hatte sich zu einer loseren Formation zusammengeschlossen und mit geladenen Musketen eine Salve in Richtung des herein strömenden Gegners abgegeben und fünf Karoliner ums Leben gebracht, die der Reihe nach zurückgeworfen wurden oder in die Gräben vor ihnen fielen. Sven wusste, wenn er nicht auf den russischen Soldaten gefallen wäre, würde er jetzt garantiert mit unter den Sterbenden liegen. Das Beobachten, wie seine Kameraden abgeschlachtet wurden, ließ ihn noch zorniger werden. Wild und ungestüm wirbelte er auf, zog mit aller Wucht seine Waffe aus dem leblosen Körper des Feindes heraus und kämpfte sich seinen Weg frei. Eigentlich hatte er keinen wirklichen Weg, er schaute nur nach grünen oder roten Uniformröcken und suchte sich so eine Bahn durch die feindlichen Stellungen. Andere taten es ihm gleich und somit strömten immer neue Reserven durch die Bresche, die noch von einigen erweitert wurden, als sie Geflechtkörbe und Palisadenzäune, Holzpfähle und Kanonen entweder auseinanderrissen oder fortzogen, um mehr Platz für die nachrückenden Infanteristen zu schaffen. Sven bekam von alledem nichts mit. Er war in einem Kampfrausch, rammte mit seinem Körper einen russischen Plänkler beiseite und brachte diesen aus dem Gleichgewicht, doch anstatt sich seiner anzunehmen und ihn zu töten, stieß er mit seinem Gewehrkolben bereits auf den nächsten Feind ein, als dieser gekrümmt und stöhnend zu Boden brach, als ihn Sven mit dem harten hölzernen Ende in die Magengrube traf. Sein Nebenmann war es, der dem Russen den Rest gab und sein Bajonett in den vor Schmerzen gekrümmten Körper stieß und ein weiteres Leben genommen wurde.

Schlachtenlärm umgab Svens Sinne. Schreie von Kämpfenden, Sterbenden oder Verwundeten, vereinzelte Schüsse, die abgegeben wurden, Granaten, die irgendwo explodierten und das Klirren, wenn Stahl auf Stahl traf, dominierten die Geräuschkulisse. Ebenso der eiserne Geruch von Blut, der wie ein Nebel in der Luft lag und sich über die schwedischen und russischen Soldaten legte, dazu der bittere Beigeschmack von verbranntem Schwarzpulver.

Ein neuer Gegner wollte Sven töten, holte zum Stoß mit dem Bajonett aus, doch der Karoliner bemerkte ihn gerade noch rechtzeitig und wich zur Seite hin aus, sodass der Stoß ins Leere ging. Für die Muskete zu nah, ließ er sie fallen, zog sein Rapier aus dem Schultergurt und stieß dem fluchenden und finster dreinblickenden Russen die Klinge in die Seite, sodass dieser schmerzerfüllt aufschrie und sich krümmte. Er zog die Klinge gleich wieder heraus und nahm seine Muskete vom Boden auf und stieß nun mit beiden Waffen in der Hand völlig wahnsinnig weiter durch die, mit immer neueren Leichen gefüllten Laufgräben.

„Sven! Sven… hey! Komm zu dir, Mann!"

Blutüberströmt und keuchend blieb Sven stehen und erst jetzt fasste er allmählich einen ersten klaren Gedanken und seine Umgebung wurde wieder zu einem in sich geschlossenen Bild. Langsam nahm er die Konturen desjenigen wahr, der ihn gerade so eindringlich angestoßen hatte und er traute seinen Augen nicht, als er verstand, was er da vor sich sah. „Nalle, du lebst?"

„Na klar lebe ich, was soll die Frage? Ich kann dich in dieser Scheiße hier doch nicht alleine lassen, Mann!"

„Aber… wie…"

„Dafür ist jetzt keine Zeit, Sven, sieh doch!"

Nalle wies mit seinem Finger auf den Feind, der erst langsam und kontrolliert, doch dann immer schneller und furchtsamer zurückwich und aus den Gräben zu entkommen versuchte. Als weitere Reserven von links und rechts herannahend in die Breschen stießen und den Russen zu erdrücken drohten, brach sämtliche Moral zusammen und der Feind floh Halsüberkopf vor den Schweden. Für sie zählte nur noch das eigene Überleben! Kameradschaft und Mitgefühl waren vergessen, Soldaten drängten ihre eigenen Männer zurück, stießen sich an ihnen vorbei, schlugen mit Waffen oder Fäusten zu, um sich mit Gewalt in Sicherheit bringen zu können und hechteten nach hinten weg, aus den ehemaligen Belagerungsgräben heraus, Richtung des inneren Belagerungsringes.

Der schwedische Generalstab, der bis eben noch von der Anhöhe her das Spektakel beobachtet und zufrieden festgestellt hatte, dass die russischen Flanken zur Linken wie zur Rechten aufgerieben und zum Rückzug gezwungen wurden, machten sich nun auf den Weg zu ihren Tieren, denn Karl XII. hatte noch ein Ass im Ärmel. Eine Trumpfkarte, die er ausspielen wollte, um seinen Sieg, der durch seine Strategie schon in greifbare Nähe gerückt war, noch zu glorifizieren. Nebenbei, dass wusste Karl, war trotz des schnellen Erfolgs der Einnahme von den äußeren Befestigungswällen das Problem gegeben, dass es sich um eine blutige und vor allem verlustreiche Angelegenheit handelte und er viele gute Männer verloren hatte. Da er sowieso schon in enormer Unterzahl gegenüber den Russen ins Feld zog, konnte er sich, im Gegensatz zu dem Feind, keinen auch nur einzigen Gefallenen mehr leisten. Und obgleich die Gräben genommen, so stand ihm immer noch das Vierfache an Gegnern und der zweite Befestigungsring gegenüber, die ihm einen Sieg immer noch nehmen konnten. Karl wusste, seine einzige Chance, um nicht noch eine tödliche Salve über seine Männer durch feindliche Linieninfanterie ergehen zu lassen, lag darin, sofort die Verfolgung vor den fliehenden Feinden aufzunehmen und ihnen keine Gelegenheit zu bieten, sich neu zu formieren. Würde er es schaffen, sie bis zum Fluss zurückzudrängen, dann hätte er gewonnen. Bloß keine weitere feindliche Salve mehr!

Die Generale saßen auf und ritten sodann durch das Schneetosen den Hügelkamm hinab, schlossen sich Kavallerieregimentern an und preschten nun gemeinsam vor, Richtung der eingenommenen und von Leichen übersäten Laufgräben.

Das war sehr untypisch, denn normalerweise waren die Generale nicht diejenigen, die selbst in die Schlacht eingriffen. Das war einzig und allein Sache der niedrigeren Offiziere und Mannschaften. Sie sollten nur einen klaren Kopf bewahren und notfalls neue Befehle erteilen, wenn etwas nicht nach Plan lief. Das, was hier vor Narva geschah, dass die wichtigen Köpfe der Armee, die Strategen selbst zu den Waffen griffen, war einzig und allein ihrem Oberbefehlshaber zu verschulden, denn Karl XII. wurde nicht um sonst oftmals als *Soldatenkönig* bezeichnet. Er zeigte sich gerne in der Schlacht unter seinesgleichen, suchte die offene Konfrontation mit dem Feind und kümmerte sich nicht um Regeln und Etiketten. Er sagte einmal zu seinen Generalen, dass ein König nur eine Armee führen könne, wenn er den Mumm habe, sich dem Feinde persönlich in den Weg zu werfen und weder Angst noch Furcht zu zeigen.

Nun preschte er vor, den Tod nicht fürchtend! Hinter ihm folgten zweitausend Reiter aller Art. Ulanen, Kürassiere, Dragoner auf

Schimmeln und Füchsen, auf braunen und schwarzen Pferden und ein Donnern der vielen Hufe ließ den Boden unter Svens Füßen erbeben. Hinzu kam Artilleriefeuer von Richtung der Stadt und der Karoliner nahm an, dass die Garnison nun ihrerseits in den Kampf eingriff und die fliehenden russischen Belagerer beschoss, die auf ihre Mauern zuströmten, um wenigstens so einen kleinen Teil an der Schlacht beizutragen. Sven zitterte, während er so die anrückenden Kavalleristen beobachtete. Während des Gefechts war es ihm nicht aufgefallen, stand er zu sehr unter Adrenalin, doch jetzt, wo er wieder einen klaren Kopf fassen konnte, merkte er die Überanstrengung in seinem Körper und spürte, dass er an seine Grenzen gekommen war. Er stützte sich auf seine Muskete, wie auf eine Krücke und atmete in schnellen Zügen durch den Mund die eiskalte, unangenehme Luft ein und aus.

„Männer, Karl ist unter ihnen! Der König ist bei den Kavalleristen", kamen Rufe aus den eigenen Reihen und jetzt sah auch Sven die königliche Standarte über die unzähligen Köpfe der Reiter hinweg flattern. Das genügte! Keinen hielt es mehr in den eroberten Stellungen. Alle preschten heraus, folgten den Feinden und blieben ihnen dicht auf den Fersen. Und genau das hatte sich Karl XII. mit seinem Präsenszeigen erhofft, dass ohne irgendwelche Befehle alle seinem Beispiel folgten und ohne zu zögern dem Feind hinterherrannten und ihm keine Erholungsphase einräumten.

Der Anblick von wildem Schneegestöber, von furchtlosen und motivierten Karolinern, galoppierender Reiterei und den Marschklängen des Musikcorps stellten ein beeindruckendes Bild dar und die Männer der Garnison konnten das Spiel unter ihnen von den Mauern der Stadt perfekt mitverfolgen. Die zusammengebrochene Moral der vielen Russen, das wilde Zurückfallen unzähliger Soldaten und das Herannahen der gefürchteten, schwedischen Kavallerie steckte die russischen Verteidiger der inneren Belagerungskette an und sie gaben ihre Stellungen auf und kehrten den herannahenden Schweden den Rücken. Auch sie flohen, obgleich sie immer noch in der deutlichen Überzahl waren.

Die Stadtgarnison hatte mittlerweile ihr Artilleriefeuer eingestellt, um nicht die herannahenden eigenen Männer zu treffen und somit konnte sie nichts weiter tun, als auszuharren und den Gefechtsverlauf schweigend zu beobachten. Einige Offiziere wollten einen Ausbruch wagen und mit einem Ersatzheer aus der Stadt heraus dem Gegner mit Salvenfeuer begegnen, doch der Garnisonskommandeur entschied sich vorerst dagegen und lieber noch eine Weile zu warten, bevor die Entscheidung auf einen endgültigen Sieg gefallen wäre, denn erst dann könnte er einen Ausbruch versuchen. Er wollte nicht seine ohnehin schon unterbesetzte Garnison in einen Kampf schicken und weitere Verluste riskieren, daher ließ er jeden an seinem Platz und starrte einfach von der Torbrücke aus weiter zu den Geschehnissen unter ihm.

Die Kavalleristen, wie auch die Karoliner drängten die Masse der feindlichen Soldaten immer weiter zurück bis nahe des Flusses, wo die Infanteristen, Kanoniere, Reiterei und Sonstiges, alles, was von den russischen Streitkräften übriggeblieben war, sich Hilfe suchend nach einem weiteren Fluchtweg umschauten, doch es gab Keinen und sie saßen in der Falle. In ihren Gesichtern spiegelte sich Furcht und Entsetzen wieder. Sie hatten verloren!

Die anrückenden Infanteristen der Schweden, die dahinstürmende Reiterei in der Mitte und die nun auch noch aus der Stadt entsandte Garnison, die sich nun aktiv in die Kampfhandlungen einbrachte, zwängten den Russen immer weiter in die Defensive. Nach und nach hoben die Russen ihre Waffen, wie um zu signalisieren, dass sie keine weiteren Kampfhandlungen führen würden und im Inbegriff waren, sich zu ergeben.
Sven, Nalle und viele andere Infanteristen verlangsamten ihr Lauftempo, als sie von der eigenen Kavallerie überholt wurden, um zu Atem zu kommen. Sie hatten genug zu dem Kampf beigetragen und suchten nun nach Erholung.
„Sie geben auf, Sven!" Mats war bei den beiden Karolinern angelangt und atmete schwer. Er wies auf die, zwischen den Reitern zu beobachteten, russischen Soldaten, die die Hände oder ihre Musketen gen Himmel hielten und jegliche Kampfhandlungen nach und nach einstellten.
„Wir haben es geschafft, mein Gott!"
Nalle war genauso überrascht wie Sven, hätte doch keiner der beiden mit so einem schnellen Sieg gerechnet, zumal der erdrückenden Übermacht ihrer Feinde wegen. Zum ersten Mal seit Wochen konnte sich Sven entspannen, war die Schlacht geschlagen und er unbeschadet daraus hervorgegangen. Die ganze Angst vor dem bevorstehenden Kampf, das Unbehagen, was ihn erwarten würde, seine Unkenntnis und Unerfahrenheit in einem Schlachtengetümmel, dies alles war nun vorüber! Sven Erikson hatte seine Feuertaufe überlebt...

Kapitel XVI

Zwei Tage später, es war der zweite Dezember, wurde unter Anstrengung und mithilfe Aller ein Winterlager nahe der nunmehr befreiten Stadt Narva aufgebaut. Da bis zum Einsetzen des Frühlings die Armee hier vor Ort verbleiben sollte und keine weiteren Aktionen geplant waren, wurde nicht gespart und eine mühselige Verteidigungsanlage um das Schwedenlager herum errichtet. Gräben wurden ausgehoben, Palisadenzäune geschaffen, Geschützstellungen konstruiert und bei all den Arbeiten machte man sich die Überreste der ehemaligen russischen Belagerungsanlagen zu Nutze und baute sie in das System ein.

Sven und Nalle hatten den Befehl, sich am Nachmittag vor dem schwedischen Hauptquartier bei Kapten Olsson zu melden, doch bis dahin blieb noch ein wenig Zeit und sie nutzten sie und halfen ihren Kameraden beim Aufstellen weiterer Zelte, indem sie Spanngurte strafften oder Pfosten in die harten, verschneiten Böden hämmerten.

Der Schneefall hatte seit dem letzten Tag aufgehört und die Sonne bahnte sich ihren Weg durch die dicke, weiß-gräuliche Wolkendecke und bei dem ungewohnt grellen Licht mussten die schwedischen Soldaten die Augen zusammenkneifen, um nicht geblendet zu werden. Mit den Sonnenstrahlen kam eine

angenehme Wärme einher, die jeder der Soldaten genüsslich aufnahm.
Plötzlich näherte sich ein Sergeant der Gruppe an, die immer noch damit beschäftigt war, das Zelt in die Waagerechte zu bekommen: „Sind unter euch ein gewisser Sven Eriksson und Nalle…, Nalle Halsson", wollte dieser sogleich wissen und die Karoliner meldeten sich und traten einen Schritt auf den Fremden zu.
„Ihr sollt beide zu Kapten Olsson! Er wartet vor dem Hauptquartier auf euch und ihr sollt euch ins Zeug legen, wie er sagte! Er hätte nicht Ewigkeiten Lust darauf, auf euch *Grünschnäbel* zu warten, seine Worte, nicht meine!"
Nalle und Sven schauten sich verwirrt an. Dann wendete sich Sven dem Sergeanten zu und gab ihm zu verstehen, dass sie sich sogleich auf den Weg zu ihm machen würden.
Während sich beide Soldaten von den Anderen aus der Gruppe lösten und den direkten Weg zu dem Hauptquartier nahmen, blickte Nalle seinen Freund verdutzt an: „Sag mal, hieß es nicht, wir sollten heute Nachmittag dort erscheinen, oder habe ich da etwas nicht richtig mitbekommen? Meinst du, er ist sauer?"
„Zum einen, Nalle, habe ich das wie du verstanden, mit dem Nachmittag, und zum anderen, ich glaube nicht, dass Kapten Olsson sauer auf uns sein wird. Warum denn? Wahrscheinlich gab es mal wieder eine Lageänderung, ist doch typisch bei der Armee, Nalle, und nichts Neues. Deswegen müssen wir nun vorzeitig zu ihm, ganz einfach…"
Zufrieden mit der Antwort wendete sich Sven von seinem Freund ab und schweigend schritten die beiden Männer vorwärts, ihrem Ziel entgegen. Das große Zelt, das Gleiche, wie vor wenigen Tagen in Reval errichtet, befand sich auch dieses

Mal im Zentrum des schwedischen Winterlagers, sodass wichtige Meldungen auf schnellstem Wege in alle vier Himmelsrichtungen ausgetragen und überbracht werden konnten. Zwei Karoliner standen bewaffnet vor dem Zelteingang und kontrollierten jeden, der hineinwollte. Kapten Olsson stand rechts von ihnen und unterhielt sich gerade mit einem Översten, als er seine beiden Männer von der Dritten herannahen sah und brach das Gespräch mit dem anderen Offizier sofort ab.

Langsam begann sich Sven Sorgen zu machen, war er sich auf einmal nicht mehr sicher, ob sie am vergangenen Tag nicht doch den Befehl missverstanden und sich bereits jetzt hätten melden sollen, doch der Kapten lächelte die beiden Männer an und zeigte kein Anzeichen auf Wut oder Verbitterung und somit wich langsam die Angst und Neugierde mischte sich unter den Gefühlen von Sven, was wohl so Wichtiges ihrer beiden Aufmerksamkeit bedürfe.

„Sven, Nalle, da seid ihr ja endlich. Habt euch aber reichlich Zeit gelassen, was?"

Er bemerkte die Sorgenfalten in den Gesichtszügen beider Karoliner und hob entschuldigend die Hände: „Nein, nein, ich mach doch nur Spaß, Jungs! Es gab eine kleine Veränderung in dem Ablaufplan unserer Generalität und Karl möchte euch sofort sehen! Die anderen sind schon drinnen! Hättet euch ruhig ein wenig ranhalten können, dann müsste ich jetzt nicht wie blöde dastehen und miterleben, wie meine Männer der Dritten die Letzten sind, die auftauchen. Egal, sei es drum, kommt mit!"

Sven verstand die Welt nicht mehr. Was wollte denn der König von ihm und Nalle und welche anderen?

Das Rätsel löste sich sogleich auf, als sie das Zelt betreten hatten und die anderen drei Karoliner, Knut Wenger und Karl Hortsenk von der ersten Kompanie und Brenke Utsson von der Zwoten aufblickten und Sven und Nalle freundlich aber bestimmt zulächelten. Naja, Wenger eher nicht wirklich, als er Svens Visage vors Gesicht bekam, doch ein kleines Nicken konnte auch er sich nicht verkneifen.

Sven wusste nun, dass es sich um etwas handeln musste, dass mit ihrer Mission zu tun hatte. Warum sonst hätte Karl ausgerechnet jene Anwesenden zu sich befohlen, wenn es um etwas ganz anderes gehen würde?

Nachdem alle nebeneinander Aufstellung genommen hatten und Ruhe eingekehrt war, wendete sich der König ihnen zu, der, wie immer, hinter einem großen Feldtisch in der Mitte des Zeltes stand und die Arme hinter seinem Rücken verschränkte. „Erst einmal Gratulation, Männer, für den hervorragenden Sieg vor Narva! Ihr habt dem Land und mir treue Dienste erwiesen und dafür gebührt euch der Dank des ganzen schwedischen Reiches und Volkes! Doch was ihr mehr als alle anderen zudem bewiesen habt, ist Stärke und Mut, Treue und Tapferkeit! Ihr habt euch, ohne zu zögern, auf den Weg gemacht, meine Befehle auszuführen und bewiesen, dass ihr es allemal wert seid, Karoliner genannt zu werden! Selbst als alle Hoffnungen auf einen schnellen und reibungslosen Erfolg der Mission dahinstarben und euer Kapten Olsson hier gefangen genommen wurde, seid ihr nicht eingeknickt, sondern habt entschieden und richtig gehandelt! Für diese Taten gebührt euch mein persönlicher Dank. Schweden braucht Männer wie euch, denn nur durch sie kann ein Grundgerüst geschaffen werden, das auf ewig hält, sodass auf ihm ein Imperium errichtet werden kann! Ihr seid wahre Schweden, meine Söhne und ich bin sehr stolz auf euch! In diesem Sinne komme ich jetzt zu dem Punkt, warum ich

euch alle zu mir bestellt habe. Sveska, bringen Sie sie bitte herüber, ja? Sie liegen auf dem kleinen Ecktisch dort hinten."
Einer der anwesenden, hohen Offiziere setzte sich sogleich in Bewegung und kehrte mit einer etwas größeren, hölzernen Schatulle zurück, die König Karl XII. öffnete und zusammen mit seinem Offizier der Reihe nach der kleinen Linie ablief und einige Worte zu dem jeweiligen Soldaten sprach, bis er als letztes bei
Sven angelangte und ihm tief in die Augen blickte: „Sven Eriksson, richtig?"
„Jawohl, mein König!"
„Ich habe schon einiges über dich von unserem lieben Herrn Kapten erfahren. Du sollst schreiben können, stimmt das?"
„Jawohl, ein alter Freund, dessen Vater Lehrer war, hatte es mir einst beigebracht, mein König!"
„Woher kommst du, Soldat?"
„Aus Varmland, mein König, von einem Hof nicht weit von Nilsby!"
„Aha, verstehe und wie alt bist du?"
„Siebzehn, mein König!"
„So so, siebzehn Jahre, meine Herren, habt ihr das gehört? Ein siebzehnjähriger Junge überlebt eine durchaus gefährliche Mission, gelangt beinahe unentdeckt durch feindliches Territorium und überlebt seine erste Schlacht, wie ich mir hab sagen lassen! Seht ihr, das ist genau die Sorte von Männern, die wir benötigen, um Zar Peter den Gar aus zu machen!"
Er wandte sich wieder seinem Karoliner zu: „Auch du sollst diesen Treueorden hier erhalten, Sven Eriksson! Du hast ihn dir redlich verdient! Trage ihn in Ehre und gedenke seiner immer aufrecht und stolz!"

Nachdem er ihm einen blau -goldenen Orden in der Form eines Malteserkreuzes mit den Initialen Karls XII. in die Hand gedrückt hatte, lehnte er sich ein wenig weiter vor, sodass die nächsten Worte nur für Svens Ohren bestimmt waren: „Unter uns, inwiefern kennst du Kapten Olsson genau und belüg mich nicht, hörst du?"
Sven war der ungewöhnlichen Frage wegen überrascht, doch er antwortete seinem König: „Ich kenne ihn seit dem ersten Tag meiner Ausbildung vor etwa einem Jahr in der Garnisonsstadt Ombergsheden, mein König!"
„Achso, also keine Verwandtschaft oder dergleichen?"
„Nein, mein König!"
„Dann solltest du besser wissen, dass ich das Gefühl nicht loswerde, der Kerl hält große Stücke von dir. Er riet mir, dich zum Sergeant zu befördern, gerade durch deine Begabung des Schreibens, was nicht viele Mannschaften von sich behaupten können. Zudem lobt er dich in vollsten Zügen deiner Taten und deiner Dienste..."
Karl XII. löste sich und machte einen Schritt zurück, betrachtete dabei den Karoliner von oben bis unten mit skeptischen Blicken: „Ich habe noch eine letzte Frage an dich, Sven Eriksson. Glaubst du, du hast das Zeug zum Unteroffizier?"
„Ich halte mich an die Befehle meiner Vorgesetzten und vor allem an die Ihren, mein König! Wenn Sie mich als Sergeant sehen, so will ich dankend und voller Stolz den Dienstgrad annehmen, wenn Sie aber Zweifel hegen, so verbleibe ich lieber einfacher Soldat, mein König!"
„Gesprochen, wie ein wahrer Karoliner, hört, hört. Nun denn, dann befördere ich dich, Karoliner Sven Eriksson, mit Wirkung vom heutigen Tage, zum Sergeant! Alle weiteren Befehle

werden dir von deinem Kapten gegeben und jetzt ab mit euch!"
Mit einer groben Handbewegung entließ er die Männer aus seinem Zelt und wandte sich wieder seinen Feldkarten zu.
Kapten Olsson wäre zu gerne mit nach draußen getreten, um Sven gratulieren zu können, doch der König behielt ihn noch bei sich, sodass er das erst zu einem späteren Zeitpunkt würde nachholen können.
Draußen angelangt, die Glückwünsche der Kameraden, mit denen er die vergangenen Wochen so viel durchgemacht hatte, entgegengenommen, blickte er der Sonne entgegen und konnte sein Glück gar nicht fassen. Würde ihn jetzt seine Mutter sehen können, sie wäre so stolz auf ihren Jungen! Aber Sven war sich sicher, sie würde zu ihm vom Himmel aus herabblicken und nunmehr bei ihm sein und in genau diesem Moment trat ein wärmender Sonnenstrahl auf sein Gesicht und gab ihm das Gefühl von Geborgenheit und Wärme.
Er, der Karoliner der dritten Kompanie des Närke -*Värmland - Regiments*, jenes ersten Bataillons der schwedischen Infanterie, hatte seine erste Auszeichnung erhalten und wurde vom König selbst zum Unteroffizier befördert, was einem Mannschafter zu damaliger Zeit nahezu unmöglich war. Er hatte es geschafft! Sergeant Sven Eriksson holte noch einmal tief Luft und folgte dann seinen Kameraden in eine ungewisse Zukunft…

Historische Anmerkung

*O*bgleich ich zu gerne über einen ganzen Feldzug berichtet hätte, so bedürfe es vieler weiterer Bücherseiten, die in diesem Werke nicht angebracht erscheinen. Dennoch habe ich mich stets bemüht, so viele Fakten wie nur irgend möglich in diesen historischen Roman einzuarbeiten. Jedoch, so muss ich gestehen, habe ich auch das eine oder andere dem Reize nach verfälscht und eigenen Einfluss geltend gemacht. Damit Sie, verehrte Leserinnen und Leser, nicht auf eine falsche Fährte gelockt werden und mit dem letzten Satz meines Werkes mit richtigem Wissen dieses Buch beenden können, möchte ich noch einige wenige Anmerkungen zu der historischen Korrektheit aufführen. Nach der Kriegserklärung des Zaren Peter I. an Karl XII. und dem unerwartet schnellen Einfallen der russischen Streitkräfte in Schwedisch Livland, sah sich der König gezwungen, massive Truppenkontingente aus dem besetzten Dänemark nach Livland überzusetzen und mit etwa 10.500 Mann gegen die Russen vorzurücken. Sein Ziel war es, die Belagerung von Narva durch die etwa 35.000 bis 40.000 Mann starke russische Armee zu beenden und den Feind vernichtend zu schlagen. Der Zufall wollte es, dass Zar Peter I. und sein Generalstab erst viel zu spät von der Landung der schwedischen Truppen in der Hafenstadt Pernau und dem Aufmarsch von Reval aus nach Narva am 23.11.1700 erfuhren. Vorbereitungen gegen diese neue Gefahr von Südwesten konnten nicht mehr getroffen werden und so blieb keine andere Möglichkeit, als die bereits geschaffenen Belagerungswälle als Verteidigungsring umzufunktionieren und zu nutzen.

Dass es eine geheime Mission gegeben hatte, in der schwedische Soldaten einen sicheren Weg für die Armee Karls XII. durch feindlich besetztes Territorium suchen sollten, ist von mir frei erfunden. Das sich aus der ursprünglichen Mission, die Sven und seinen Kameraden aufgetragen wurde, schnell etwas völlig anderes entwickelte und der Plan Karl XII. aufgegeben werden musste, habe ich mit Absicht in meinen Roman eingebaut, da ich durch eigene soldatische Erfahrungen schnell mit dem Begriff „Leben in der Lage" in Berührung kam und gelernt habe, dass nichts so unbeständig ist, wie ein ausgeklügelter und gut durchdachter Plan. An dieser Stelle sollte dem Leser bewusst gemacht werden, dass es innerhalb des Militärs zu plötzlichen und ungewollten Veränderungen kommen kann und der Soldat sich jederzeit schnell und instinktiv auf die neue Situation einstellen muss.

Einzig die Truppenbewegungen von Pernau über Reval bis nach Narva sind der Historie treu nachempfunden. Ebenso korrekt sind die oftmals erwähnten Wetterverhältnisse, die den schwedischen Truppen seit ihrer Landung in Pernau schwer zu schaffen machten. Regen und Schnee dominierten das Klima seit den Novembertagen bis zur eigentlichen Schlacht und zermürbten einen Großteil der schwedischen Bataillone. Dennoch hielten sie aus und wie durch ein Wunder kam es trotz der unmenschlichen Zustände zu keiner Desertation, was für eine sehr disziplinierte und kampfstarke Armee sprach. Dennoch erkrankten viele Soldaten auf ihrem letzten Drittel des Marsches von Reval nach Narva, da die Kälte kurz vor Beginn des Dezembers ihre volle Härte zeigte.

Auch das Scharmützel in der Pyhäjöggi-Schlucht zwischen dem schwedischen Generalmajor Georg Johann Maydell und dem russischen General Scheremetew entspricht der Wahrheit, ebenso die Truppenstärke der 800 Schweden gegen die etwa 5.000 Russen. Trotz des Sieges Maydells ging die schwedische Armee geschwächt ins Gefecht. Nur durch die überhastete Flucht des russischen Zaren und seinem Entscheid, einen nicht russisch sprechenden niederländischen General zum Oberbefehlshaber seiner Streitkräfte vor Ort zu bestimmen, konnten die dreifach unterlegenen Schweden die Schlacht für sich entscheiden. Gewichtigen Anteil an den Sieg Karls XII. hatte auch der gravierende Fehler Peters I., den niederländischen Generalfeldmarschall Charles Eugène de Croÿ, der in russischen Diensten stand, überhastet zum Oberbefehlshaber der russischen Streitkräfte zu ernennen, denn dieser konnte kein Wort russisch und daher gab es von vornherein enorme Verständigungsprobleme. Er konnte kein Vertrauen zu seinen russischen Generalen und Offizieren aufbauen und seinen Willen nicht durchbringen, die Verteidigungslinien umzustrukturieren, war er doch von Anfang an der Meinung gewesen, die 7 km langen Laufgräben seien eine tödliche Falle für die russische Armee, da sie viel zu weit auseinandergezogen seien. Dass er damit recht behalten sollte, zeigt uns die Geschichte.

Die Schlacht vom 30.11. 1700 dauerte nicht, wie in dem Roman beschrieben, in etwa einen Tag lang, sondern zog sich in Wirklichkeit noch über die Nacht bis in den 01.12. hinein hin. Erst in den frühen Morgenstunden des Tages nach dem Angriff, der um etwa 10 Uhr morgens begann, ergaben sich die russischen Verteidiger aus dem inneren Verteidigungsring und überließen das Feld Karl XII. und seiner Armee. Die russischen Streitkräfte waren nach der Schlacht total aufgerieben und Zar Peter I. sollte nun damit beginnen, eine völlig neue Armee aufstellen zu müssen. Es würde seine Zeit brauchen, bis er über eine neue Streitmacht verfügte und diese Zeit fiel dem schwedischen Feldherrn Karl XII. zu. Was er mit dieser gewonnenen Zeit anfangen sollte, gehört an einer anderen Stelle erwähnt...

Zum Autor

Marcel Zentrich ist am 13.07.1995 in Großburgwedel bei Hannover geboren und im Weserbergland in einem kleinen Ort namens Lügde bei seinen Eltern und mit zwei weiteren Geschwistern aufgewachsen. 2015 hat er sein Abitur absolviert und ist daraufhin zur Marine gegangen, wo er bis dato ist. Nach zwei gefahrenen Einsätzen bei der Marine hat er seinen Offizier eingereicht und dient seitdem in den Seestreitkräften.
Zu seiner großen Leidenschaft zählt das Fach Militärgeschichte, dem er sich seit seiner frühesten Jugend an widmete, sowie das Schreiben von eigenen Romanen, inspiriert von bekannten Autoren, wie zB. Bernard Cornwall. Dem Menschen das Militärgeschichtliche mit einem geschriebenen Roman näher zu bringen, ist wohl seine größte Leidenschaft…